UN ASTRONAUTE EN BOHÊME

D'origine tchèque, Jaroslav Kalfar immigre aux États-Unis à l'âge de quinze ans sans savoir parler anglais. Incapable de suivre au collège, il se déscolarise et apprend seul la langue. Il intègre ensuite l'Université de New York et obtient une maîtrise en Beaux-Arts. *Un astronaute en Bohême*, son premier roman, est en cours d'adaptation sur Netflix avec Adam Sandler dans le rôle principal.

JAROSLAV KALFAR

Un astronaute en Bohême

TRADUIT DE L'ANGLAIS (ÉTATS-UNIS)
PAR GEORGINA TACOU

CALMANN-LÉVY

Titre original :
SPACEMAN OF BOHEMIA
Publié par Little, Brown and Company,
New York, 2017.

ISBN : 978-2-253-07386-4 – 1re publication LGF

Pour mon grand-père,
Emil Srb

Une maison en ruine. À travers les murs
[fissurés
Se déploient des fougères gloutonnes,
Et des tribus parasitaires de lichens.

Au sol émergent des dauphinelles,
Une forêt d'orties. Le puits empoisonné
Un abreuvoir pour les rats.

Le frêle pommier, fendu par l'éclair,
Oublie qu'il fleurissait autrefois.

Les jours de ciel dégagé, des chardonnerets
[chanteurs
Chutent dans les ruines. Les jours de soleil
[lumineux
L'arc de l'horloge vit
Sur la façade, capricieuse et joyeuse
L'ombre du temps danse,
Et récite solennellement aux cieux :
Sine sole nihil sum.

Car tout est un masque.

Karel TOMAN,
« Cadran solaire »

PREMIÈRE PARTIE

Ascension

Le côté perdant

Mon nom est Jakub Procházka. C'est un nom ordinaire. Mes parents désiraient une vie simple pour moi, une vie de bonne camaraderie avec mon pays et mes voisins, une vie de dévotion à un monde uni dans le socialisme. Puis le rideau de fer est tombé avec un bruit sourd et le croque-mitaine a envahi mon pays avec son amour consumériste et ses marchés libres.

Avant que je ne devienne astronaute, le croque-mitaine et ses nouveaux apôtres m'ont demandé si je voulais changer mon nom pour quelque chose de plus exotique. Plus occidental. Un nom digne d'un héros.

J'ai refusé. Je l'ai gardé comme il était : ordinaire, simple.

Printemps 2018. Du sommet de la colline de Petřin, par une chaude après-midi d'avril, la nation tchèque assista au décollage de la navette *JanHus1* depuis un champ de pommes de terre nationalisé. L'orchestre philharmonique tchèque accompagnait le compte à rebours en faisant résonner l'hymne national entre les tours gothiques de la ville, jusqu'au moment où la foule retint son souffle alors que la navette, aspirant et brûlant son carburant, propulsait vers le haut ses neuf millions de kilogrammes, dont environ quatre-vingts appartenant à son seul passager humain.

En un éclair, *JanHus1* éclaira les cent clochers de la ville avec une lueur de pochoir en forme de colombe. Les citoyens et les touristes suivirent la navette dans son ascension sphérique jusqu'à ce qu'elle disparaisse enfin dans les rayons du soleil, réduite à une ombre capturée par quelques objectifs de caméra haute définition. Laissant le vaisseau à son nouveau destin dans les cieux, les citoyens bavards redescendirent la colline de Petřín pour étancher leur soif de bière.

J'assistai au triomphe de ma nation sur un écran scintillant et muet. Il me fallut environ une heure pour m'habituer aux vibrations du siège qui malmenait brutalement mes fesses. L'une des ceintures thoraciques s'enfonçait dans ma combinaison et se frottait contre mon aréole, sans que je puisse me soulager de son emprise. La chambre de lancement dans laquelle je me trouvais faisait la taille d'un placard à balais, une galerie d'écrans phosphorescents, de panneaux extraplats, et le trône de l'astronaute. Les machines autour de moi, inconscientes de leur propre existence, m'emportaient tranquillement loin de la maison, indifférentes à mon malaise. Mes mains tremblèrent.

J'avais refusé de boire de l'eau avant le lancement, malgré l'insistance de mes entraîneurs. Mon ascension était l'accomplissement d'un rêve impossible, une expérience spirituelle inégalable. La pureté de ma mission ne serait pas souillée par un geste indigne de l'humanité si l'urine se relâchait dans ma Tenue à absorption maximale. Sur l'écran me faisant face, mon peuple agitait des drapeaux, des bouteilles fraîches de Staropramen à la main, échangeait des couronnes contre des navettes spatiales en plastique et des figurines d'astronaute. Je cherchais le visage de ma femme, Lenka, dans l'espoir d'entrevoir une dernière image de son chagrin, l'assurance que j'étais aimé, que l'on s'inquiétait pour moi, et que notre mariage pourrait supporter mes huit mois d'absence, ou pire. Peu importait que ma gorge soit desséchée, que ma langue racle le long de la chair rugueuse de mes gencives, que les muscles de mon corps se crispent et se crampent alors que tout le confort élémentaire de l'existence humaine disparaissait, kilomètre par kilomètre, tronçonné par les couches de divisions atmosphériques. Ces moments d'Histoire m'appartenaient. Les écoliers répéteraient mon nom pour les siècles à venir, et une sculpture à mon effigie irait inévitablement se joindre à la collection du musée de cire de Prague. Déjà, les panneaux d'affichage jonchant les horizons de Bohême affichaient mon visage regardant vers les cieux avec engouement. Des tabloïds avaient suggéré que j'avais quatre maîtresses et que je luttais contre une addiction au jeu. Ou que la mission était fausse et que j'étais simplement une image de synthèse doublée par un acteur.

Le Dr Kuřák, mon thérapeute préposé par l'État, avait insisté sur le fait que mon ascension serait empreinte de terreur absolue – celle d'un être humain voyageant seul vers l'inconnu, à la merci d'une technologie indifférente et silencieuse. Je n'aimais pas le Dr Kuřák. C'était un pessimiste déguisé en homme d'expérience et il puait le cornichon. Il avait été chargé de préparer ma fragile psychologie à la mission, mais la plupart du temps il avait pris des notes sur mes phobies (intoxication alimentaire, chenilles, existence de la vie après la mort, donc impossibilité d'échapper à la vie) avec une férocité qui suggérait qu'il espérait écrire ma biographie officielle. Il avait recommandé que, lors de mon ascension, je consomme mes bonbons d'enfance préférés (Tatranky, des feuilles de gaufres enveloppées de chocolat, cachées dans le compartiment à ma gauche) et que je médite sur mes responsabilités scientifiques envers le monde, l'immense privilège dont j'étais honoré, offrir aux Tchèques leur plus grande découverte depuis que Jan Evangelista Purkyně avait reconnu l'individualité des empreintes digitales, ou peut-être qu'Otto Wichterle avait inventé la lentille de contact souple. Alors que mon imagination embrassait ces stimuli d'ego, dans le silence de l'habitacle, je commençai à murmurer mon discours de lauréat du prix Nobel, jusqu'à ce que ma soif devienne insupportable. Je violai ma résolution et appuyai sur le bouton de H_2O, et le liquide jaillit du récipient sous mon siège jusqu'à une paille attachée à mon épaule. J'étais soumis à ma propre matière, un nain escaladant un haricot géant pour faire un bras de fer avec le colosse, une structure cellulaire de besoins banals en oxygène, en eau, en rejet de déchets. « Chasse les pensées sombres, bois ton eau », murmurai-je alors que des montées d'adrénaline aiguisaient mes sens et anesthésiaient les maux de mon corps.

Près d'un an et demi plus tôt, une comète inconnue était entrée dans la Voie lactée de la galaxie Canis Major et avait submergé notre système solaire d'une tempête de poussière cosmique. Un nuage s'était formé entre Vénus et la Terre, un phénomène sans précédent nommé Chopra par ses découvreurs à New Delhi. Il baignait les nuits terrestres d'une lumière zodiacale pourpre, modifiant le ciel que nous avions connu depuis la naissance de l'homme. La couleur de l'Univers nocturne observée depuis la Terre n'était plus noire, et le nuage reposait, parfaitement statique. Il ne recelait pas de danger immédiat, mais son comportement stoïque titillait notre imagination vers des possibilités terribles. Les nations se démenèrent pour planifier des missions qui leur permettraient de capturer les particules du mystérieux Chopra et d'étudier la chimie et les signes de vie issus de ces microscopiques morceaux de mondes au-delà du nôtre. Quatre navettes sans pilote furent envoyées pour identifier les spécificités de Chopra et en ramener des échantillons sur Terre, mais les sondes revinrent le ventre vide et sans aucune donnée utile, comme si le nuage était un mirage, le rêve collectif de milliards d'individus.

L'étape suivante était inévitable. Nous ne pouvions pas faire confiance à des machines pour cette mission. Une navette télécommandée transportant le chimpanzé allemand Gregor fut envoyée pour traverser le nuage et s'assurer que, avec une protection adéquate, un humain pourrait survivre à l'intérieur de Chopra assez longtemps pour observer et analyser des échantillons.

Gregor était revenu dans sa cage de laboratoire sain et sauf alors qu'un nouveau comportement fut décelé dans le nuage : il avait commencé à se consumer, la masse de ses couches externes se dissipant et fuyant à l'intérieur du noyau plus épais. Certains parlèrent d'antimatière, d'autres attribuèrent cela aux propriétés organiques du nuage. Les médias offrirent des spéculations – qui des gouvernements mondiaux serait assez fort pour envoyer des humains depuis la Terre durant quatre mois vers un nuage de poussière cosmique aux particules inconnues et potentiellement mortelles ? Des murmures, rien que des murmures provenant des Américains, des Russes, des Chinois, et même des Allemands, qui s'étaient pourtant montrés les plus impliqués au sujet de Chopra, en y envoyant Gregor.

Enfin, une annonce vint d'un pays de dix millions d'habitants, mon pays, les terres de Bohême, de Moravie et de Silésie. Les Tchèques voleraient jusqu'à Chopra pour en réclamer les mystères. Je serais leur champion, celui qui déclencherait la fanfare de la gloire scientifique. Par les mots d'un poète ivre à l'absinthe, réimprimés dans tous les grands journaux du lendemain : « En *JanHus1* reposent nos espoirs d'une nouvelle souveraineté et prospérité, car nous rejoignons désormais les explorateurs de l'Univers. Nous détournons les yeux de notre passé qui nous a été spolié par d'autres, dans lequel notre langue a été presque éradiquée, et durant lequel l'Europe a fermé les yeux et les oreilles alors que son cœur même était pillé et brutalisé. Ce n'est pas seulement notre science et notre technologie qui vont franchir le néant ; c'est notre humanité, notre beauté, sous la forme de Jakub Procházka, le premier astronaute de Bohême, qui va porter l'âme de la République jusqu'aux étoiles. Aujourd'hui, nous l'affirmons finalement et absolument : nous appartenons à nous-mêmes. »

Alors que je me préparais pour la mission, mes routines quotidiennes devinrent propriété publique. La rue en face de l'immeuble où Lenka et moi vivions était si encombrée de fourgons de médias, de journalistes qui grignotaient, de photographes posant leurs coudes sur les voitures comme des tireurs d'élite, d'enfants errant à la recherche d'autographes et de badauds curieux que la police dut mettre en place des barricades et rediriger le trafic. Finies mes promenades solitaires autour de la ville, l'interrogation tranquille de quelle pomme de terre choisir sur le marché. On m'avait assigné une équipe qui me suivait partout, pour la sécurité (j'avais déjà été inondé de lettres détraquées de fans et de futures amantes) et l'assistance – aide pour les courses, pour coiffer mes cheveux rebelles, pour parler. Il ne me fallut pas longtemps pour m'impatienter de quitter la Terre et, une fois de plus, de profiter du luxe simple de la solitude. Silence.

Le silence était désormais un autre bruit indésirable. J'ouvris le compartiment de casse-croûte et croquai dans la gaufre Tatranky. Trop sèche, un peu fade, rien du goût paisible de l'enfance qu'elle était censée évoquer. Il fallait que je me transporte ailleurs, dans le confort d'un moment que je pouvais saisir, dans la vie qui m'avait mené à *JanHus1*. L'existence fonctionne à l'énergie, un mouvement fluide vers l'avant, mais nous ne cessons jamais de chercher le point d'origine, le big bang qui nous a placés sur notre inévitable course. Je coupai le moniteur diffusant les festivités de ma nation et fermai les yeux. Quelque part dans les cercles profonds du temps en collision avec la mémoire, une horloge égrenait les minutes.

Mon big bang se produit à l'hiver 1989, dans un village appelé Středa. Les feuilles de tilleul ont chuté et pourri, et celles qui n'ont pas été ramassées étalent leur pâte brune dans l'herbe décolorée. C'est le Jour de la tuerie, et je suis assis dans le salon de mes grands-parents qui sent la pomme, à dessiner l'image de Louda le cochon dans mon cahier. Mon grand-père aiguise la lame de son couteau d'abattage sur l'affûteur ovale, s'interrompant ici et là pour mordre dans une épaisse tranche de pain recouverte de saindoux. Ma grand-mère arrose ses plantes – le grand feuillage violet, rouge et vert qui encadre chaque fenêtre – en sifflant au rythme d'une horloge. Sous l'horloge est accrochée une photo en noir et blanc de mon père en écolier, avec un large sourire, une expression si sincère et candide, un sourire que je n'ai jamais vu sur son visage d'adulte. Šíma, notre gros épagneul, dort à côté de moi, sa respiration chaude, rassurante, près de mon mollet.

Ceci est le monde silencieux et lent d'un petit village quelques heures avant la révolution de Velours. Un monde dans lequel mes parents sont encore en vie. Un goulasch fraîchement cuit, des pieds de porc avec du raifort maison et le capitalisme m'attendent dans un futur proche. Mon grand-père nous a interdit d'allumer la radio. Le Jour de la tuerie est son jour. Il a nourri avec amour son porc, Louda, avec un mélange de pommes de terre, d'eau et de boulgour chaque matin et chaque après-midi, grattant l'animal derrière l'oreille et saisissant des poignées de ses côtes grasses en souriant. Louda est si gros qu'il va éclater si nous ne le tuons pas aujourd'hui, dit-il. La politique peut attendre.

Ce salon, la chaleur de cette cheminée, ces rythmes chantants, lame, chien, crayon, estomacs gargouillant – peut-être que quelque part ici, une décharge spontanée d'énergie scella mon destin d'astronaute.

Mes parents arrivent de Prague à quatorze heures. Ils sont en retard parce que mon père s'est arrêté dans un champ pour cueillir des marguerites pour ma mère. Même dans une vieille parka bleue et un survêtement de mon père, ma mère ressemble à l'une de ces actrices rousses, à la peau de lait, qui jouent les camarades demoiselles à la télévision, pleines de puissante féminité et de dévouement féroce au Parti. Les moustaches de mon père sont plus longues que d'habitude parce qu'il n'a plus à se raser pour le travail. Il est maigre, ses yeux sont boursouflés du slivovitz qu'il a bu avant de se coucher. Plus de quarante voisins se rassemblent, avec le boucher du village qui aidera Grand-père avec l'abattage. Mon père évite le contact visuel avec les voisins, qui ne sont pas au fait de son travail. S'ils découvrent qu'il est un collaborateur, un membre de la police secrète du Parti, ils abandonneront mon grand-père, ma grand-mère, ils cracheront sur notre nom de famille. Pas publiquement, mais avec l'hostilité calme née de la peur et de la défiance pour le régime. Cette révolution parle contre tout ce que mon père représente. Les voisins sont nerveux avec leur soif de changement, tandis que mon père fume à travers ses lèvres pâles, sachant que ce changement même va le placer du mauvais côté de l'Histoire.

La cour est longue et étroite, bordée d'un côté par la maison de mes grands-parents et de l'autre par le grand mur de la boutique mitoyenne du cordonnier. N'importe quel autre jour, elle est jonchée de mégots de cigarettes et des outils de jardinage de Grand-mère, mais le Jour de la tuerie, la terre et les touffes d'herbe sont balayées. Le jardin et la porcherie sont séparés de la cour par une haute clôture, créant une arène, un Colisée pour la dernière danse de mon grand-père avec Louda. Nous formons un cercle autour de la cour avec une ouverture pour l'entrée de

Louda. À cinq heures, Grand-père libère Louda de son antre et lui gifle l'arrière-train. Tandis que le porc se précipite dans la cour, reniflant nos pieds avec excitation et pourchassant un chat errant, Grand-père charge son pistolet à silex avec de la poudre et une balle de plomb. Je dis adieu à Louda, qui est de plus en plus fatigué et lent, en lui tapotant le groin avant que Grand-père ne l'entraîne au milieu du cercle et ne le renverse sur le côté avec sa botte. Il met le pistolet derrière l'oreille de Louda et la balle transperce la peau, la chair, le crâne. Les pattes du porc tressautent encore quand Grand-père lui tranche la gorge et place un seau en dessous pour recueillir le sang pour la soupe et les saucisses. À quelques pas, le boucher et les hommes du village construisent un échafaudage avec un crochet, et versent de l'eau bouillante dans une baignoire industrielle. Mon père fronce les sourcils et allume une cigarette. Il n'est pas friand de l'abattage des animaux. C'est barbare, disait-il, de blesser les animaux qui mènent leur existence sur cette terre. Ce sont les gens les vrais salauds. Ma mère lui disait d'arrêter de me mettre de telles choses dans la tête, et d'ailleurs, il n'est pas exactement végétarien lui-même, n'est-ce pas ?

Les poils hérissés tombent du corps rose de Louda dans la baignoire. Nous le pendons au crochet par les pattes et tranchons au milieu, de l'aine au menton. Nous décollons la peau, taillons le lard, faisons bouillir la tête. Mon père regarde sa montre et rentre dans la maison. Par la fenêtre, je regarde ma mère qui le regarde parler au téléphone. Non, pas parler. Écouter. Il écoute et il raccroche.

À Prague, cinq cent mille manifestants envahissent les rues. Des boucliers antiémeutes et des pavés bordent leur parcours. Le carillon de clés et de cloches éclipse les annonces à la radio. Le temps des paroles est allé et venu – ce qui existe aujourd'hui est le bruit. Le chaos de celui-ci, la libération. Le temps d'un nouveau désordre. L'occupation soviétique du pays, le gouvernement fantoche soutenu par Moscou, tout s'effondre alors que le peuple réclame les libertés de l'Occident. Au diable ces putains d'ingrats parasites, déclare la direction du Parti. Que les impérialistes les emportent directement en enfer.

Nous faisons bouillir la langue de Louda. J'en découpe des cubes avec un couteau et les porte à ma bouche, chauds, gras, délicieux. Grand-père nettoie les intestins du porc avec du vinaigre et de l'eau. Cette année, on me fait l'honneur du hachoir – je fourre les tranches de menton, de foie, de poumons, de poitrine, et le pain dans une plaque de trémie et la pousse vers le bas en tournant le levier. Grand-père racle le moût et l'enfourne dans les intestins nettoyés. Il est le seul homme du village qui fait encore du *jitrnice* à la main au lieu d'utiliser une machine. Les voisins attendent patiemment que ces offrandes de fête soient prêtes. Dès que Grand-mère les divise en paquets, encore fumants, les invités commencent à partir, beaucoup plus tôt que d'habitude, et la moitié d'entre eux ne sont même pas ivres. Ils sont impatients de revenir à leurs téléviseurs et radios, de suivre les événements de Prague. Šíma réclame des restes et je lui permets de lécher le saindoux sur mon doigt. Ma mère et Grand-mère apportent la viande à l'intérieur pour l'emballer et la congeler, tandis que mon père est assis sur le canapé, regarde par la fenêtre, fume des cigarettes. Je rentre dans la maison pour profiter de l'arôme piquant du goulasch du soir.

« Trop tôt pour le dire, dit ma mère.

— Tant de gens, Markéta. Le Parti voulait envoyer la milice pour les disperser, mais Moscou a dit non. Sais-tu ce que ça signifie ? Ça signifie qu'on ne se bat pas. L'Armée rouge ne nous soutient plus. On est finis. On devrait rester au village, à l'abri des émeutes. »

Je ressors pour voir Grand-père qui placc une brouette au milieu de la cour. Il la charge de bûches sèches et les utilise pour faire un petit feu. La terre sous nos pieds est détrempée avec du sang d'organes. Nous tranchons du pain et le grillons pour accompagner le dîner alors que le soleil se couche.

« J'aimerais que papa me parle, dis-je.

— La dernière fois que j'ai vu cette expression sur son visage c'était quand il était enfant et qu'un chien l'avait mordu à la main.

— Qu'est-ce qui va se passer ?

— Ne dis rien à ton père, Jakub, mais ce n'est pas si mal.

— Le Parti va donc perdre ?

— Il est temps pour le Parti de disparaître. Temps pour quelque chose de nouveau.

— Mais alors nous deviendrons impérialistes ? »

Il rit. « Je suppose. »

Au-dessus des arbres bordant notre portail, un horizon clair d'étoiles tapisse notre vue, tellement plus clair lorsqu'il n'est pas obscurci par les réverbères de Prague. Grand-père me tend une tranche de pain avec un bord brûlé, et je l'accepte entre mes lèvres, me sentant comme un homme à la télévision. Les gens à la télévision mangent lentement lorsqu'ils sont confrontés à une nouvelle réalité. Peut-être est-ce ici qu'une poche de nouvelle énergie éclate à travers les murs solides de la physique et singularise une vie de façon si improbable. Peut-être est-ce ici que je perds l'espoir d'une vie ordinaire de Terrien. Je termine le pain. Il est temps d'aller à l'intérieur et d'entendre le silence de mon père.

« D'ici vingt ans, tu te revendiqueras enfant de la révolution », dit Grand-père en me tournant le dos pour uriner dans le feu.

Comme c'est généralement le cas, il a raison. Ce qu'il ne me dit pas alors, peut-être par amour, peut-être par naïveté aberrante, est que je suis un enfant du côté des perdants.

Ou peut-être pas. Malgré l'inconfort de mon trône d'astronaute, malgré la peur qui a finalement libéré l'urine redoutée dans mon sous-vêtement, j'étais préparé. Je servais la science, mais je me sentais plus comme un casse-cou sur sa moto-cross, surplombant l'immense fossé du plus grand canyon du monde, priant tous les dieux dans toutes les langues avant de faire le saut de la mort, de la gloire, ou des deux. Je servais la science, pas la mémoire d'un père dont l'idée du monde s'était émiettée dans l'hiver de Velours ; pas la mémoire du sang de porc sur mes chaussures. Je n'échouerais pas.

J'époussetai les miettes de Tatranky de mes genoux. La Terre était noire et dorée, ses lumières se propageant à travers les continents comme les filaments d'une cellule, s'arrêtant brusquement pour céder le pas à la domination incontestée des sombres océans. Le monde s'était obscurci et les miettes commencèrent à flotter. J'avais dépassé le phénomène que nous appelons Terre.

Le monde de l'astronaute

Me réveillant à la faveur de ma treizième semaine dans l'espace, je me détachai de la Matrice et m'étirai, regrettant de ne pas avoir de rideaux à ouvrir ou de bacon à frire. Je flottai à travers le Couloir 2 et pressai une noisette de pâte verte sur ma brosse à dents bleue, gracieusement fournie par SuperZub, important distributeur de matériel dentaire et sponsor de la mission. En me brossant les dents, je déchirai l'emballage plastique d'une nouvelle serviette jetable, gracieusement fournie par Hodovna, importante chaîne de grands magasins et sponsor de la mission. Je crachai dans la serviette et observai attentivement mes gencives, roses comme un enfant tout juste lavé, ainsi que mes molaires blanchies, résultat de l'art dentaire de mon pays et d'une routine d'hygiène buccale méticuleuse à bord du vaisseau. Bien qu'ayant décidé de ne plus le faire, je passai ma langue sur l'une de mes molaires, et une douleur familière se réveilla. Malgré les bilans positifs que j'avais reçus de mes dentistes avant le décollage, ce picotement de carie était apparu au cours de ma première semaine dans l'espace, et je l'avais gardé secret. Je n'étais pas formé pour l'extraction dentaire, et où pourrais-je trouver un bon dentiste dans l'espace ? Aurait-il amené son propre oxyde de nitrate, ou aurait-il été le cueillir dans l'atmosphère polluée de la Terre ? Je souris, mais refusai de rire. Ne jamais rire à haute voix à vos propres blagues, avait conseillé le Dr Kuřák. C'est le signe certain d'un esprit qui se détériore.

La partie la plus perturbante de la mission était peut-être la rapidité avec laquelle je m'ajustais aux routines. Ma première semaine dans l'espace avait été un exercice de patience ininterrompue, comme si j'étais assis dans une salle de cinéma vide, attendant que le bourdonnement d'un projecteur éclaire un écran et chasse toute pensée. La légèreté de mes os, les fonctions de mes machines, les craquements et bruits sourds du vaisseau comme si j'avais des voisins à l'étage, tout cela paraissait excitant, digne d'émerveillement. Mais au cours de la deuxième semaine, le désir de quelque chose de nouveau s'installait déjà, et l'acte de cracher du dentifrice dans une serviette jetable au lieu d'un lavabo terrestre avait perdu de sa fraîcheur. Arrivé à la treizième semaine, j'abandonnai pour toujours l'idée que le voyage est plus précieux que la destination, et dans l'ennui quotidien, je trouvai deux méthodes de réconfort : l'idée d'atteindre le nuage de poussière pour en récolter les fruits onéreux, et parler à Lenka, sa voix étant l'assurance que j'avais encore une Terre à retrouver.

Je flottai à travers le Couloir 3, ouvris la porte du garde-manger et étalai un morceau de Nutella sur du pain pita blanc. Je le jetai vers le haut et le regardai vaciller en l'air, comme un pizzaïolo faisant voltiger sa pâte. La nourriture était ma complice silencieuse sur ce vol loin de chez moi, une affirmation de subsistance et donc le rejet de la mort. Le vaisseau brûlait son carburant et je brûlais le mien, les blocs de protéines aromatisées au chocolat, les cubes de poulet déshydraté et les oranges, sucrées et juteuses à l'intérieur du congélateur. Les temps avaient changé depuis l'époque où les astronautes subsistaient sur un régime de poudres aussi riches et agréables que des paquets de Tang frelatés.

Tout en mangeant, je lorgnai la lentille aux yeux morts de l'élégante caméra de surveillance fournie par Cotol, fabricant principal d'électronique et sponsor de la mission. L'une des dizaines de caméras cassées dans le vaisseau, s'éteignant une par une, ce qui provoquait l'embarras de l'entreprise et de lourdes pertes sur le marché boursier. Personne ne pouvait comprendre ce qui avait mal tourné avec ces dispositifs – l'entreprise avait même mis trois de ses meilleurs ingénieurs en téléconférence pour me guider dans un processus de réparation, diffusant le flux vidéo en ligne dans l'espoir de réhabiliter sa marque. Pas de chance. Bien sûr, je n'évoquais pas le son de grattage insistant qui résonnait dans tout le vaisseau à chaque fois que l'une des caméras s'éteignait, se carapatant rapidement quand je m'approchais. Ces hallucinations auditives étaient à prévoir, avait déclaré le Dr Kuřák avant la mission, car le son est une présence terrestre, un réconfort. Pas besoin de chasser des fantômes. D'ailleurs, je me fichais que les caméras n'observent plus chacun de mes pas, je pouvais profiter des violations de mes directives nutritionnelles strictes avec des bonbons et de l'alcool, je pouvais sauter mes séances d'entraînement, je pouvais vider mes entrailles et profiter de l'onanisme sans me soucier du regard de mes chiens de garde. Il y avait beaucoup de plaisir à être invisible, et peut-être était-il préférable que l'imagination collective du monde soit stimulée par l'absence du flux vidéo vingt-quatre heures sur vingt-quatre de leur astronaute en survêtement.

La journée qui venait s'annonçait agréable. Après avoir achevé quelques petites tâches habituelles – tester Ferda, le collecteur de poussière cosmique et bijou de technologie de ma mission ; me livrer à une séance de cardio sans enthousiasme et exécuter des diagnostics sur mon réservoir d'eau à oxygène –, j'allais jouir de quelques heures de paix et de lecture avant de m'habiller pour un appel vidéo avec ma femme. Ensuite, j'allais boire un verre de whisky pour célébrer de n'être plus qu'à quatre semaines de ma destination, le nuage Chopra, le géant gazeux qui avait modifié les cieux nocturnes de la Terre et échappé à nos tentatives d'étude. Après avoir pénétré dans le nuage, je devais recueillir des échantillons à l'aide de Ferda, la pièce la plus sophistiquée de l'ingénierie spatiale jamais créée en Europe centrale, et les étudier dans mon laboratoire sur mesure durant mon retour vers la Terre. C'était la raison pour laquelle le programme spatial de la République tchèque m'avait recruté, moi, professeur titulaire d'astrophysique et chercheur accompli en poussière de l'espace à l'université Karlova. Ils m'avaient formé au vol spatial, à l'ingénierie aérospatiale de base, et à la suppression des nausées en apesanteur. Ils m'avaient demandé si j'acceptais la mission, même s'il y avait un risque de non-retour. J'avais accepté.

Les pensées liées à la mort me visitaient seulement quand je m'endormais. Elles venaient comme un léger frisson sous les ongles, et se dissipaient quand je perdais connaissance. Je ne rêvais pas.

Je ne savais pas si j'étais plus impatient d'atteindre les mystères de Chopra ou de parler prochainement avec Lenka. Gérer un mariage Terre/espace à travers ces vidéos hebdomadaires était comme regarder une infection ronger de la chair saine centimètre par centimètre tout en faisant des projets pour l'été suivant. Après treize semaines, je remarquais que le désir humain existait selon un rythme régulier.

Lundi, première étape : Mon Dieu, bébé, tu me manques. Je rêve de ton haleine du matin sur mes poignets.

Mardi, réflexion nostalgique : Tu te rappelles quand les Croates nous ont arrêtés à la frontière et ont essayé de confisquer nos sandwichs au schnitzel ? Tu en as déballé un et commencé à le manger, en me criant d'en manger aussi, en me criant que nous allions tous les manger avant de traverser et montrer à ces fascistes ce qui est quoi. J'ai alors su que je t'épouserais.

Mercredi, déni : Si seulement je le pouvais, je serais de retour dans notre chambre.

Jeudi, frustration sexuelle et agression passive : Pourquoi n'es-tu pas là ? Que fais-tu de tes journées tandis que je crache dans une serviette bleue Hodovna, sponsor de la mission – et que je compte les heures qui me séparent de la gravité ?

Vendredi, légère folie et composition de chansons : Une démangeaison qu'on ne peut gratter. Une démangeaison qu'on ne peut gratter. L'amour est une démangeaison qu'on ne peut gratter. Démangeaison qu'on ne peut gratter oh oh.

Durant les premières semaines de mon déploiement, Lenka et moi outrepassions la limite de conversation d'une heure et trente minutes allouée par le programme spatial. Lenka fermait le rideau d'intimité bleu marine et enlevait sa robe. La première fois, elle portait de la lingerie toute neuve qu'elle venait d'acheter le matin même, de la lingerie en dentelle noire et un soutien-gorge noir aux bords roses. La deuxième fois, elle ne portait rien du tout, son corps simplement vêtu de la douce lueur bleue se reflétant sur sa peau. Petr, le chef de la mission, nous permit de prendre tout le temps dont nous avions besoin. Les limitations n'obéissaient à aucune logique, de toute façon – je pouvais discuter avec Lenka toute la journée et la trajectoire automatique de la navette n'en aurait pas été interrompue. Le monde avait néanmoins besoin de ce récit, la séparation tragique de M. et Mme Astronaute. Quel genre de héros arrive à papoter au téléphone ?

Mais lors des derniers appels, j'étais devenu reconnaissant aux limitations de temps. Lenka devenait désespérément silencieuse avant que notre première heure ait expiré. Elle parlait doucement et m'appelait par mon prénom, au lieu des petits noms doux que nous avions inventés au fil des ans. Il n'y avait pas de discussion sur la nudité ou le désir physique. Nous ne nous chuchotions pas nos rêves érotiques. Lenka grattait le bord de son oreille droite comme si elle avait une réaction allergique, et ne riait plus à aucune de mes blagues. Toujours dire des blagues à un public, jamais à vous-même, avait conseillé le Dr Kuřák. Une fois que vous vous serez piégé en vous faisant croire que vous vous tenez compagnie, vous traverserez la ligne dangereuse entre le contentement et la folie. Un bon conseil, bien que difficile à pratiquer dans le vide. Lenka était le seul public qui m'importait. Le néant de l'espace n'était rien comparé au désespoir que je ressentais quand son rire cédait la place à des silences glacés.

M'interrogeant sur l'origine de ce délabrement, j'étais obsédé par ma dernière nuit et mon dernier matin sur Terre avec Lenka, alors que j'exécutais des tâches quotidiennes à bord de *JanHus1*. Je testais des systèmes de filtrage, cherchant à éradiquer toutes les bactéries qui pourraient muter de façon imprévisible dans les conditions cosmiques et m'infecter avec une hargne inconnue sur Terre. J'étudiais des données pour assurer le bon recyclage de l'oxygène (fourni par un réservoir d'eau dans lequel j'avais souvent envie de me plonger, comme un vacancier insouciant plongeant son corps dans la mer d'un pays plus ensoleillé), et j'enregistrais l'épuisement des réserves. Autour de moi, la navette fredonnait et roucoulait dans son baryton bourdonnant, indifférent, m'emportant vers notre destination commune sans demander le moindre conseil. Je vérifiais inutilement les écarts de trajectoire – l'ordinateur était un bien meilleur explorateur que je ne le serais jamais. Si Christophe Colomb, ce célèbre imposteur, avait possédé un GPS aussi sophistiqué que le mien, il aurait pu atteindre tous les continents qu'il désirait avec un verre de vin à la main et les pieds sur la table. De toute évidence, les treize semaines de la mission m'avaient offert beaucoup de temps libre pour me tourmenter à propos de mon mariage.

Trois jours avant mon départ, Lenka et moi étions allés à Kuratsu, un de nos restaurants japonais favoris dans le quartier de Vinohrady. Elle était vêtue d'une robe d'été avec des pissenlits jaunes et portait un nouveau parfum, une odeur de cannelle et d'oranges trempées dans du vin rouge. J'avais envie de ramper sous la table et de blottir mon visage sur ses genoux. Elle a dit que mon sacrifice était noble et poétique, délivrant ces propos entre deux grosses bouchées de tartare de thon. Nos vies allaient devenir un symbole. J'ai pressé un citron vert sur mes nouilles et hoché la tête à ces mots. Sa voix gâchait l'extase de mon exploration cosmique – je n'étais pas certain que l'ensemble de l'Univers valait la peine de la quitter, avec ses rituels du matin, ses parfums et ses violentes crises de panique au milieu de la nuit. Qui la réveillerait pour l'assurer qu'elle allait bien, que le monde était encore entier ? Un flash d'appareil photo nous a aveuglés. Les épices ont brûlé ma langue et pour la première fois, je n'ai pas su quoi dire à ma femme. J'ai laissé tomber ma fourchette. Je me suis excusé.

« Pardon. » Juste comme ça, un seul mot jeté dans sa direction. Il a longuement résonné dans mon esprit. Pardon pardon pardon. Elle a cessé de manger aussi. Son cou était mince et ses lèvres si ambitieusement rouges. Ce n'était pas mon sacrifice, c'était le nôtre. Elle me permettait de partir. Elle qui avait fait la sieste sur mon épaule pendant que j'étudiais des manuels d'astrophysique et corrigeais les devoirs de mes élèves. Elle qui avait laissé tomber d'extase son téléphone portable dans une fontaine quand je lui avais annoncé que j'étais sélectionné pour la mission. Le risque de mort n'a pas été abordé, seulement l'opportunité, l'honneur. Elle n'a fait aucun commentaire sur les tests de grossesse négatifs qui emplissaient notre poubelle alors que je passais mes journées à m'habituer à l'absence de gravité dans le bassin d'entraînement du SPCR, rentrant à la maison avec des muscles endoloris et la parole réduite à : « Faim, sommeil. »

Je n'ai jamais pu savoir si elle avait accepté mes excuses. Nous avons repris nos fourchettes et terminé notre repas dans la compagnie silencieuse des caméras de badauds capturant notre image. Nous nous sommes embrassés, avons bu du saké et parlé d'aller à Miami après mon retour. Enfin, nous avons pris notre propre photo de ce dernier dîner sur Terre, et l'avons postée sur Facebook. Quarante-sept mille likes dans la première heure.

Dès que nous sommes arrivés à la maison ce soir-là, j'ai desserré ma cravate et j'ai vomi. Les médicaments antinausée s'étaient dissous avec l'alcool du dîner, et mon corps était revenu à son état naturel de révolte contre les épreuves de formation pour les vols spatiaux, luttant contre le manque de gravité par des vomissements incessants. Alors que je râlais au-dessus des toilettes, les tripes vidées, Lenka a passé ses doigts dans mes cheveux. Je lui ai dit qu'il fallait qu'on essaie encore une fois, immédiatement, si elle pouvait juste attendre que je brosse mes dents rances. Elle a dit que ça allait. Je savais que ça n'était pas le cas. Elle a attendu au lit pendant que je me lavais, et j'ai rampé sur la couette, les bras tremblants, et glissé ma langue le long de sa clavicule. Elle s'est cambrée, a attrapé mes cheveux, et s'est poussée contre moi pendant que je frottais ma paume le long de ma queue flasque. Nous nous sommes caressés et tordus et nous avons soupiré et à la fin c'est elle qui a repoussé doucement ma poitrine et m'a dit qu'il fallait que je dorme. J'étais sûr que le timing était parfait, peut-être destiné – mari et femme conçoivent ; mari part dans l'espace et découvre de grandes choses ; mari revient sur Terre un mois avant de devenir père. Lenka a étalé de la crème sur ses bras et a dit que nous y arriverions après mon retour, sans aucun doute. Nous irions voir à nouveau le médecin. Nous résoudrions le problème. Je l'ai crue.

La déception de la nuit n'était pas ma principale préoccupation. C'était la violation d'un rituel que j'avais commise lors de mon dernier matin avec

Lenka. Quand j'étais encore un Terrien, je me fichais un peu des rituels matinaux. Pourquoi devait-on passer du temps à regarder par la fenêtre en sirotant des liquides qui brûlaient les lèvres tout en cuisant des festins sur des surfaces chaudes alors que le monde extérieur était frais et mûr pour être cueilli ? Mais ma femme aimait ces matins. Elle portait une robe de chambre (pourquoi ne pas s'habiller ?), préparait des œufs, du bacon, des petits pains, et le thé (pourquoi ne pas acheter un beignet et un café sur le chemin du métro ?), et parlait de nos espoirs pour la journée (tant que nous ne sommes pas morts ou en faillite, trois hourras) pendant que je jouais le jeu. Mais pourquoi ne me suis-je pas permis d'embrasser ces moments d'émotions domestiques, de détendre les muscles de ma cuisse et de l'aider à battre les œufs, jetant un coup d'œil occasionnel à ses chevilles minces alors qu'elle dansait à travers notre maison, toute à sa fête quotidienne ? Lenka a frit d'épaisses tranches de bacon, non préemballées mais achetées chez le boucher du coin, les morceaux puant encore la bête. Elle me les a présentées comme une offrande, une contrainte dans la douceur de son comportement matinal, connaissant mon désir de me déplacer, mon empressement à me frotter au monde. Elle savait que c'était sa puissance, ralentir le rythme de notre vie à une danse apaisante, régulant les battements de mon cœur par son toucher, sa voix, ses courbes. Par de la graisse de porc renversée sur de la porcelaine. C'était l'une des nombreuses clauses de notre contrat, ce bacon et la grâce échangés contre ma docilité, et je ne l'avais jamais violée. Jusqu'à ce dernier petit déjeuner sur Terre avec ma femme.

Je me suis réveillé ce matin-là avec les nausées familières de la formation de plongée antigravité, j'ai avalé quelques acétaminophènes et suis entré dans la cuisine pour trouver le petit déjeuner qui attendait déjà sur la table. Lenka buvait dans une tasse surdimensionnée et tenait un ordinateur portable sur ses genoux, travaillant sur une présentation de budget. Elle l'a fermé quand je suis entré.

« Il commence à faire froid, a-t-elle dit.

— Pas aujourd'hui, ai-je dit.

— Quoi ? » Elle a croisé les bras.

« Je n'en veux pas aujourd'hui. Pas faim. »

Elle a ouvert son ordinateur portable de nouveau, sans un mot, brisant un autre de nos contrats, l'interdiction de tout écran à chaque fois que nous partagions un repas.

Je me suis assis et j'ai bu du thé, repoussant l'assiette. J'ai relevé mes mails sur mon téléphone, sans ressentir le besoin de me justifier. Je n'avais pas envie de ritualiser le matin ce jour-là. La façon dont nos vies étaient sur le point de changer ne s'y accordait pas. J'étais peut-être trop malade, ou effrayé à en mourir, peut-être instable, mais j'ai rompu une clause de notre contrat de façon imprévisible et absolue, une violation qui ne disparaît jamais complètement du dossier de la vie.

Après quelques minutes, Lenka a jeté mon petit déjeuner à la poubelle.

« C'est la dernière fois, alors », a-t-elle dit.

J'attribuais peut-être trop d'importance à ce moment particulier. Peut-être pas. Mais aujourd'hui, au cours de notre conversation vidéo, j'allais demander à Lenka si elle ressentait la même chose au sujet de nos longs silences et de notre manque d'humour. Je lui dirais combien j'avais pensé au matin où j'avais rejeté son rituel. J'allais lui demander si elle avait lu les journaux prédisant la probabilité de mon retour. Je lui dirais que dernièrement, mes nuits (ou mes périodes de sommeil, pour être plus précis, mais le Dr Kuřák avait recommandé que je maintienne la notion de jour et de nuit) avaient été hantées d'assiettes de bacon dégoulinantes de graisse, que ma langue vibrait à la perspective de l'accomplissement carnivore. Je voulais du bacon sur mes tartines au Nutella, mon céleri, ma crème glacée. Je voulais que des miettes de bacon soient saupoudrées dans mon nez, mes oreilles, entre mes cuisses. Je voulais les absorber dans ma peau, jouir des gros boutons qu'elles entraîneraient. Au cours de cet appel à Lenka, j'avais besoin d'évoquer ma violation du contrat, de la supplier de me pardonner. Jamais plus je ne refuserais quelque chose qu'elle m'offrirait de ses deux mains.

L'appel nous réunirait. Démarrerait une nouvelle vague de passion longue distance qui rendrait le triomphe de la mission beaucoup plus satisfaisant.

J'entrai les données d'habitat et de nutrition dans les journaux de bord, sans évoquer mes frénésies de pâte à tartiner et de cidre. Je recalibrai Ferda le collecteur de poussière, effectuai des diagnostics internes pour assurer que les filtres étaient propres et prêts pour l'offrande de Chopra. Mes préparatifs accomplis, je tuai le temps en lisant *Robinson Crusoé*, un des livres préférés de mon enfance que le Dr Kuřák m'avait recommandé d'emporter pour créer « une association de confort ». À l'évidence, avait-il affirmé, je devrais considérer Crusoé comme le parfait exemple d'un homme qui embrasse la solitude et transforme ses tendances invalidantes en possibilités d'autoamélioration.

Finalement, une alarme émanant de l'ordinateur central annonça qu'il était cinq heures à Prague. J'enfilai un T-shirt noir, allumai mon rasoir électrique et le passai sur mes joues, mon menton et mon cou alors que l'appareil collectait et aspirait les débris. Un follicule pileux rebelle en gravité zéro pouvait être aussi dangereux qu'une balle de fusil sur Terre. Le stress de l'appel imminent avec Lenka avait joué avec mes intestins toute la journée, mais j'avais tenu bon, pour ne pas devoir y aller deux fois. J'entrai dans les toilettes par le Couloir 3 et activai les purificateurs d'air. Les ventilateurs absorbèrent l'air vicié et le remplacèrent par une brise parfumée à la vanille. Je m'attachai aux toilettes et poussai, l'aspiration tirant mes poils de cul et transportant mes déchets hors de vue. J'avançai dans *Crusoé* – après tout, les toilettes étaient le lieu où mon amour pour le livre était né. Enfant, je souffrais d'épisodes annuels de grippe intestinale, me mettant hors service pendant deux à trois semaines d'affilée. Alors que je me déshydratais par tous les orifices, affaibli par un régime de bananes et de riz trempé dans du jus de cornichon, j'avais lu maintes et maintes fois la solitude de Crusoé. *Ainsi, nous ne voyons jamais la véritable condition de notre état, jusqu'à ce qu'il s'illustre à nous par ses contraires ; ni ne savons comment apprécier ce que nous aimons, si ce n'est en le désirant.* C'était le même exemplaire que j'avais lu enfant, jauni et déchiré, malmené par les taches de café de mon grand-père, qui avait volé le livre dans la maison d'un capitaine nazi dont il avait été forcé de laver le sol. Même à travers le parfum de vanille, je sentis la puanteur d'un système intestinal contrarié par une alimentation irrégulière, le stress, un régime d'aliments transformés, de légumes surgelés et d'eau chlorée. J'étudiai la touffe hirsute de poils pubiens qui s'étalait sur les côtés de mes jambes maigres. Autrefois, des muscles se trouvaient là, leur dessin sculpté par des années de course et de cyclisme, maintenant une masse pâle et flasque que mes timides séances de cardio faites sur le tapis roulant ne pouvaient pas tonifier. Je m'essuyai avec des lingettes humides, remontai mon pantalon et nettoyai les bords de la cuvette.

Ensuite, je m'habillai d'une chemise blanche boutonnée et d'une cravate noire, celle que j'avais portée lors de mon dernier dîner romantique sur Terre. J'ôtai le caleçon que je portais depuis cinq jours et l'échangeai contre un nouveau. En bon Terrien, j'avais toujours refusé d'aller à un rendez-vous galant sans changer de sous-vêtements juste avant. J'ouvris la goulotte de compost et y jetai les sous-vêtements – une autre évolution récente du voyage spatial : les tissus étaient bombardés d'une combinaison de bactéries et de déchets organiques mineurs qui les décomposait jusqu'à ce qu'il n'en reste presque rien. Cela m'évitait de sacrifier de l'espace de stockage ou de jeter mes slips sales dans le cosmos.

Je me suis regardé dans le miroir. La chemise autrefois bien ajustée pendait de mes épaules maigres comme un poncho. La cravate rattrapait cela, en quelque sorte, mais rien ne pouvait faire que mes bras d'épouvantail et ma poitrine creuse semblent suffisamment sains. La maigreur de mon corps reflétait la douleur de mes os. Les cernes sous mes yeux parlaient des cauchemars interrompant mon sommeil et des visions fugaces de longues pattes arachnides rampant dans les couloirs sombres, un secret que j'excluais de mes rapports et par là de la soif de folie du Dr Kuřák. D'après la Centrale, je me portais bien. Bon rythme cardiaque, excellents résultats aux tests psychologiques, malgré les dialogues que j'avais avec moi-même avant de me coucher. La Centrale savait ce qu'elle voulait savoir.

Je flottai dans le Couloir 4, un Lounge improvisé, et m'attachai à un siège face à la source de ma connexion et de mon divertissement – le Plat, son grand écran élégant répondant parfaitement au toucher, sa connexion Internet fournie par le satellite SuperAppel (important fournisseur de services sans fil et sponsor de la mission). Il se targuait d'une base de données de dix mille films, du *Faucon maltais* à

Casseurs de culs 3. J'avais un accès limité aux réseaux sociaux – toute communication avec le monde extérieur devait passer par la Centrale, bien sûr, puis par les relations publiques, le bureau du président, puis de nouveau par les relations publiques – mais j'avais le reste du Web à ma disposition, avec sa puissance magnifique à divertir tout cerveau sur tout sujet où qu'il pose ses doigts omniscients. Je m'interrogeai alors : si nous pouvions donner un simple ordinateur portable à tous les affamés et surchargés de travail, recouvrir le monde de la chaleur du Wi-Fi illimité, la famine et le trop-plein de travail ne seraient-ils pas plus plaisants, avec le streaming illimité pour tous ? Durant mes heures les plus sombres sur *JanHus1*, quand mes yeux me faisaient trop mal pour lire et que j'étais certain que quelque chose me traquait chaque fois que je tournais le dos, je regardais des dizaines de vidéos de *Norman le Paresseux*, une créature languide et toujours souriante dont le propriétaire avait eu l'ingénieuse idée de l'habiller en jean et chapeau de cow-boy. Je souriais aux manigances de paresseux de Norman et lui parlais dans un murmure. Norman.

Au-dessus du Lounge se trouvait l'une des dernières caméras de surveillance opérationnelle de la station, son point bleu de conscience rayonnant fièrement et m'observant en direct.

Trente minutes jusqu'au moment de connexion. Je jouai au solitaire, passai ma main sur mes joues pour m'assurer que je n'avais pas oublié un endroit. J'imaginais Lenka s'habillant pour moi, tirant les collants lisses sur ses jambes café crème, s'arrêtant juste en dessous de la fossette en demi-lune sur le bas de son dos. Je répétai mon salut :

Ahoj lásko.

Ou : *Cau beruško ?*

Peut-être décontracté : *Ahoj Leni ?*

Je prononçai les mots avec différentes intonations – plus haute, plus basse, bourrue, sensible, murmure, imitation de ma propre voix du matin, à la Dark Vador, enfantine. Rien de tout cela ne sonnait bien. Que pouvais-je dire ensuite ?

J'aime le bacon maintenant. Je veux te le mettre dans la bouche avec mes doigts pendant que nous sommes assis sur une plage en Turquie ou en Grèce. Rien n'a bon goût dans l'espace. Je désire ton goût.

Je lui rappellerais nos meilleurs jours. Ce jour où nous avions roulé vers le lac, fumé de l'herbe sous les chênes, où nous avions parlé des endroits où nous allions voyager. Nous l'avions fait dans la voiture et étions revenus à la maison juste à temps pour manger des pains au chocolat et nous endormir dans un lit plein de miettes, nos mentons colorés de vin et de salive. Corps épuisés par le soleil et mollets enrobés de sable rugueux.

Ou le jour où nous nous étions faufilés dans la tour de l'horloge astronomique et avions baisé si fort que nous avions vandalisé un trésor national.

Ou le soir où nous nous étions mariés, au milieu d'un vignoble morave, vibrants et pieds nus. Nous n'avions pas à travailler pour le bonheur alors. Il existait, tout simplement.

C'était l'instant T. Une rupture dans nos conversations étrangères et lointaines. Je le savais. Peut-être allait-elle même fermer à nouveau le rideau de confidentialité. Laissez-moi voir le reflet bleu du club de jazz.

Une ombre de pattes arachnides velues apparut sous le comptoir du Lounge.

« Pas maintenant », dis-je, la voix tremblante.

Les pattes disparurent.

Plus que deux minutes avant l'appel. Je fermai toutes les autres fenêtres et regardai fixement. Allait-elle m'appeler plus tôt ? Même quelques secondes équivaudraient à une étendue infinie d'espoir. Une minute. Elle devait m'appeler en premier. Je ne devais pas sembler désespéré. Dix secondes de retard. Je ne pouvais pas céder. Problème de voiture ? Une minute de retard. Je respirai profondément, les statistiques de fréquence cardiaque sur ma montre-bracelet s'accélérèrent. Deux minutes. Merde. J'appuyai sur le bouton de numérotation.

Quelqu'un répondit. Le visage attendu de ma femme se transforma en un rideau gris et taché, tiré derrière une chaise vide.

« Eh bien ? » lançai-je à personne.

Une grande main, des phalanges aux touffes de poils roux saisirent le rideau. Hésitantes. Pas encore de corps, mais je savais que c'était Petr.

« Salut, oui, j'attends », dis-je.

La main ouvrit le rideau et je pus enfin voir la totalité de Petr, le chef de mission, dans son T-shirt noir habituel, le tatouage fané d'Iron Maiden sur son avant-bras, le crâne rasé brillant de transpiration, la barbe de motard s'étirant jusqu'au milieu de la poitrine. Il s'assit et tira le rideau derrière lui. Mon index se crispa.

« Jakub, bonne tête. Comment ça va ? demanda-t-il.

— Bien. Lenka est prête ?

— Tu as mangé ?

— Oui, c'est dans le rapport. Où est-elle ? On est bien mercredi aujourd'hui, non ?

— Oui, on est mercredi. Comment va la nausée ? Les médicaments marchent ?

— Je trouve que tu devrais m'écouter », dis-je, les bras croisés. Petr tapota sur le bureau avec ses doigts. Nous restâmes silencieux durant un moment.

« OK, lâcha Petr, D'accord. Je suis ingénieur. Je ne suis pas vraiment entraîné pour ça. C'est le chaos ici. On continue à essayer de comprendre ce qui est arrivé.

— Arrivé ?

— Alors, Lenka est venue aujourd'hui, il y a quelques heures. Elle s'agitait beaucoup, portait des lunettes de soleil à l'intérieur. Nous l'avons installée dans la salle de pause avec un café. Quelques-uns d'entre nous ont essayé de lui parler et elle a juste hoché la tête à tout. Kuřák lui a parlé un moment aussi. Et puis, vingt-cinq minutes avant ton appel, elle s'est levée et est partie, elle a traversé le hall et notre gars là-bas lui a couru après, lui demandant ce qui se passait, si elle avait oublié quelque chose, et elle a mis une cigarette dans sa bouche et a dit qu'elle avait besoin de partir.

— Elle ne fume plus, coupai-je. Ça ne fait rien. Quand est-ce qu'elle revient ?

— Je ne sais pas. Elle a sauté dans sa voiture. Je lui ai couru après. Elle a verrouillé les portes mais la voiture ne voulait pas démarrer. Je suis donc resté là, elle se trémoussait avec la clé, la voiture toussait, calait. Alors, elle a baissé la vitre et m'a demandé si je pouvais lui donner un coup de jus. Je lui ai dit que je ne pouvais pas, j'étais venu au travail à vélo aujourd'hui, mais je pouvais demander à l'un des gars à l'étage. Et puis elle a juste pleuré, et elle m'a dit qu'elle ne pouvait pas gérer tout cela, qu'elle ne savait pas pourquoi elle avait cru pouvoir y arriver, qu'elle ne pouvait pas comprendre que tu aies quitté la vie que tu avais. Elle a frappé le volant, a de nouveau tourné la clé et la voiture a démarré. Puis elle a filé en me roulant presque sur le pied. »

Je regardais l'œil bleu de ma webcam, la dernière lentille capturant mon image sur le vaisseau. Devrais-je lui donner un nom ? Elle m'observait si loyalement. Je la tapotai avec reconnaissance.

« Je ne comprends absolument pas de quoi tu parles, dis-je.

— Je ne sais pas non plus, Jakub. Peut-être qu'elle traverse une phase ? J'ai missionné des gens pour appeler son numéro en boucle. J'ai un gars qui appelle sa mère. Nous allons appeler quelques amis. Mais elle s'est enfuie. Je suppose que c'est ça que j'essaie de te dire. Elle a fui hors de ce hall comme si Belzébuth la poursuivait.

— Elle ne ferait pas ça. Elle sait combien j'ai besoin de l'entendre.

— Écoute, on va la trouver. On va comprendre ce qui se passe.

— Elle ne t'a rien dit d'autre ?

— Non.

— Tu me le promets ? Putain, je te jure que si tu mens ou si c'est une sorte de plaisanterie…

— Jakub, tes données vitales sont en vrac. Tu dois essayer de te concentrer sur la mission, là, sur des choses que tu peux contrôler. On va la trouver. Elle traverse juste une phase. Tout va bien se passer.

— Ne me dis pas de quoi j'ai besoin en ce moment.

— Reste structuré. Qu'est-ce que tu allais faire après l'appel ? Dîner ?

— J'allais me masturber et lire.

— Bon, eh bien, je n'avais pas besoin de savoir tout ça, mais tu devrais continuer ta journée. Garde un esprit clair.

— Je ne veux pas faire ça.

— Mange une barre de protéines. Fais un peu de cardio. Ça aide toujours m… »

Je mis fin à l'appel et me détachai de la chaise. J'enlevai ma cravate et la laissai flotter le long du Couloir 3, puis je déboutonnai ma chemise et l'arrachai de mes épaules. La voix de Petr retentit dans l'intercom, le dernier accès forcé dans mon monde.

« Tu es en mission, Jakub. Concentre-toi. Ce n'est pas facile pour Lenka. Laisse-la faire ce dont elle a besoin. »

J'appuyai sur le bouton de l'intercom pour répondre.

« Je survis grâce à ces appels. Je dors grâce à eux. Et maintenant, elle ne peut plus le faire ? Qu'est-ce que cela signifie ? »

Je rêvais de Mozart, de bonbons en forme d'ours, de gâteau au rhum, de la courbe chaude sous la poitrine de Lenka où je pouvais glisser mes doigts. Le seul confort à bord était les trois dernières bouteilles de whisky que le SPCR m'avait permis à contrecœur d'emporter. Je penchai l'une des bouteilles et plongeai un doigt à l'intérieur pour en répandre le goût sur ma langue.

« Après tous ces mois et ces kilomètres, Petr, je ne peux pas me défaire de l'idée vulgaire que je me suis en quelque sorte fait baiser. »

Il se tut.

La nausée arriva avec son urgence habituelle, comme si une main invisible serrait ma médulla et griffait ma muqueuse intestinale. Elle était partie. Elle avait besoin de partir, avait-elle dit. Où était ma femme, la femme qui me hantait alors que j'essayais de dormir à la verticale, la femme pour laquelle je devais retourner sur Terre ? Où étaient les décennies de dîners et de maladies et de copulations et les images de nos vies coalescentes ? Elle était entrée au siège du programme spatial de la République tchèque avec ses lunettes de soleil et n'avait pas supporté d'attendre et de me parler. Elle avait dit à un homme qu'elle connaissait à peine qu'elle avait besoin de partir. Comme si je n'existais plus.

Lenka me quittait. Les silences avaient conduit à cela. J'avais bien deviné.

Elle m'avait quitté une fois, dans les semaines autour de l'anniversaire de la mort de mes parents, quand je m'isolais dans mon bureau durant des jours, la délaissant après la fausse couche. Mais à l'époque, mes jambes étaient soumises à la gravité et j'avais pu lui courir après jusqu'à la station de métro pour la supplier devant tous les gens qui attendaient leur train, lui dire que je ne la laisserais plus jamais seule (oui, je voyais le mensonge maintenant, flottant à travers mon vaisseau), et quand le train était arrivé, elle m'avait permis de lui baiser la main et de prendre la valise, et nous avions marché jusqu'à la maison, où nous pouvions commencer à négocier la réparation de notre union abîmée. Cette possibilité n'existait pas ici. À chaque heure, j'étais trente mille kilomètres plus loin d'elle.

Je me dirigeai vers le Laboratoire par instinct. La vie étaient cohérente dans un labo, elle était mesurée et pesée et décomposée en ses éléments essentiels les plus intimes. Je retirai une plaque de poussière cosmique, un vieil échantillon, de son contenant, la glissai sous le microscope, et me concentrai. C'était le génome de l'espace, le plancton du cosmos, l'eau changée en vin, et il me parlait tout bas, me révélait son contenu. Une autre gorgée de whisky alors que je regardais les cristaux de silicates laiteux, les hydrocarbures polycycliques aromatiques, et la vermine omniprésente, le H_2O sous forme solide.

Oui, évidemment, c'était la raison pour laquelle j'avais été mis sur Terre, pour recueillir les morceaux de l'Univers et y trouver quelque chose de nouveau, me jeter dans l'inconnu et ramener un morceau de Chopra à l'humanité. Les mariages que je ratais, les enfants que je ne concevais pas, les parents et les grands-parents que je ne pouvais pas garder en vie, cela n'avait pas d'importance, car j'étais au-dessus de tous ces faits terrestres.

Aucune consolation dans tout cela. Je remis la plaque de poussière à l'intérieur de son récipient.

En sortant du Laboratoire, torse nu, je repérai l'ombre à nouveau.

« Hé. Toi », appelai-je.

Ce n'était pas la première fois que je me demandais pourquoi je parlais à une illusion.

Les pattes tremblèrent, hésitèrent, puis se carapatèrent dans un coin. Je continuai. J'entendis les pattes gratter le long du plafond, comme si des branches d'arbre griffaient le pare-brise du vaisseau. L'ombre se figea derrière le Couloir 4. Il n'existait plus aucune issue. Je n'avais pas peur, ce qui m'effraya. Je nageai vers l'avant.

L'odeur était distincte – une combinaison de pain rassis, de vieux journaux dans une cave, un soupçon de soufre. Les huit pattes velues surgissaient du corps épais comme des mâts de tente. Chacune avait trois articulations de la taille d'un ballon de foot, depuis lesquelles les pattes se pliaient avec l'absence de gravité. De la fine fourrure grise couvrait son torse et ses pattes, poussant chaotiquement, comme de la luzerne. Ça avait beaucoup d'yeux, trop nombreux pour être comptés, veinés de rouge, avec des iris noirs comme l'espace lui-même. Sous les yeux reposait un ensemble de lèvres humaines épaisses, étonnamment rouges, rouges comme du rouge à lèvres, et alors que celles-ci s'entrouvraient, la créature révéla une série de dents jaunies qui ressemblaient à celles d'un fumeur type. Alors que ça fixait ses yeux sur moi, je tentai de les compter.

« Bien le bonjour », dit la créature.

Puis :

« Montre-moi d'où tu viens. »

Une chute très profonde

La créature extraterrestre fouille les confins de mon esprit, doucement mais sûrement. Elle *me* voit. Elle *m'*étudie, jusqu'au cœur même de mon code génétique. Le bout de ses pattes gratte les cordes de ma mémoire, un sursaut rythmique dans la matière même de mon cerveau. Elle fait son chemin à travers l'histoire de mon hérédité, les origines de ma nation, ce qui nous a amenés, moi et le nom de Jan Hus, dans le cosmos. Le sentiment n'est pas entièrement désagréable. Ensemble, nous voyons Hus, un homme de Dieu dont le nom est gravé sur mon vaisseau. Il prêche les paroles de John Wycliffe depuis une petite cathédrale sur la place publique de l'université Karlova. Le peuple de Dieu, dit-il, est constitué de ses enfants communs, tous destinés à être sauvés – ils ne sont pas les membres visiblement identifiés de l'Église catholique. La faveur de Dieu ne peut être ni achetée, ni octroyée de la bouche d'un vieil homme couvert d'or. L'organisation de la religion est vouée à l'échec, un piège pour le péché. Hus ne parle pas avec haine, mais avec le calme apaisant d'un prophète, un homme qui *sait*. Et les gens écoutent.

Les étudiants se réunissent avec des plumes à la main et leurs cœurs sont émus. La Bohême doit être libérée de la tyrannie des institutions religieuses.

L'image change. La créature a mis la main sur quelque chose d'autre. Elle me voit tomber.

J'essaie souvent d'oublier la date, mais le tapotement cérébral de la créature l'a ramené au centre de ma conscience – 26 mars, au printemps suivant la révolution de Velours. J'ai dix ans. Ce matin-là, mes parents prennent le téléphérique de leur hôtel autrichien dans les Alpes jusqu'au mont Hoher Dachstein. Le but de ces vacances est de leur fournir un précieux moment d'intimité avant le procès de mon père pour son rôle en tant que haut fonctionnaire du Parti, à savoir la torture de suspects au cours d'interrogatoires. Mes parents risquent d'aggraver les charges en violant l'ordre du tribunal de rester dans le pays, mais mon père dit que le mariage ne devrait pas être soumis aux aléas des systèmes judiciaires. Alors que mes parents profitent de la vue sur les Alpes et, je suppose, prétendent que les sommets virginaux peuvent les distraire de la crainte de la punition à venir, je passe du temps à Středa avec mes grands-parents. Grand-père m'emmène au jardin et nous ramassons un panier de pommes acides, et des fraises. Je mange quatre pommes, les avale avec une gorgée de cola, et termine avec des fraises à la crème pour le dessert. Je collectionne les araignées trouvées sous la cage à lapins et les jette aux poulets vicieux, regardant comme ils déchirent les arachnides patte par patte. Personne ne veut me parler de l'avenir.

Personne ne veut me dire ce qui va être fait à mon père, pourquoi ma mère ne dort pas et pourquoi la sueur de son front pue le vin, quand nous pourrons arrêter de regarder le moindre journal télévisé sur chaque chaîne, comme si la main du présentateur pouvait sortir à tout moment et nous saisir à la gorge. Il n'y a pas de place pour mes questions.

Le lundi où mes parents doivent revenir, Grand-père prend le premier train pour Prague avec moi et m'amène à l'école. Toute la journée je fantasme sur les chocolats autrichiens et les salamis exotiques que mes parents vont rapporter.

J'attends que mes parents viennent me chercher dans le hall de l'école, à côté de la cabine du portier. À quatre heures, Mme Škopková s'approche de moi, les mains jointes derrière le dos, les lèvres pâles. D'une voix calme, elle me dit qu'il y a eu un accident. Mes parents ne peuvent pas, *présentement*, venir me chercher. Je demande : « Quand vont-ils venir ? » Mme Škopková s'excuse auprès de moi, et je demande pourquoi, et elle demande si j'ai besoin de quelque chose. Mon grand-père va envoyer un taxi pour me récupérer. Je voudrais un peu de chocolat, dis-je.

Elle enfile son manteau. Dix minutes plus tard, elle est de retour avec une barre Milka à la main. L'étiquette montre l'image de la vache mauve Milka paissant au beau milieu d'un pâturage face aux monts alpins. Mme Škopková s'excuse encore une fois. « Le téléphérique s'est effondré, dit-elle avant de partir.

Tes parents… » Le portier me jette un regard par-dessus son jeu de mots croisés.

Le chauffeur qui vient me chercher est un vieil homme qui sent la crêpe. Ses mains tremblent en conduisant. Il fait le voyage de deux heures jusqu'à Středa, en montant le volume de la radio quand je lui demande ce qu'il sait à propos d'un téléphérique chutant d'une montagne dans les Alpes. Mon grand-père nous attend devant la porte. Il donne de l'argent au vieil homme et prend ma valise. Je tiens dans ma main l'emballage de chocolat vide. Les moustaches grises de Grand-père atteignent ses lèvres. La peau de ses joues est creusée profondément, et ses yeux sont à peine ouverts. À l'intérieur de la maison, Grand-mère boit du slivovitz et fume des cigarettes à table. Je ne l'ai jamais vue fumer avant. Šíma dort sous ses jambes, remue la queue légèrement quand il me voit, mais referme les yeux et exhale de petits soupirs, comme s'il savait que ce n'est pas un moment de fête. Grand-mère m'embrasse sur les lèvres. Je vais me coucher sur le canapé et leurs voix me parviennent à travers le rythme de cette satanée horloge, toujours irritante, résonnant durement dans la fumée tranquille.

Mes grands-parents se relaient pour me fournir des explications. Plus tôt ce matin, mes parents sont montés à bord du téléphérique pour atteindre le sommet du mont Hoher Dachstein. Je regarde le plafond et me rappelle des leçons enthousiastes de mon père sur le fonctionnement des téléphériques. Les cordes de tramway aérien sont faites de dizaines de cordes en acier individuelles avec du chanvre au milieu. J'imagine les lèvres de mon père en mouvement derrière la vitre de la cabine, réexpliquant à ma mère alors qu'elle admire les mastodontes albinos devant elle, presque perdus dans la brume matinale. Quelque part sur la ligne, une corde saute. Et une autre. Et une autre. La cabine est suspendue dans les airs alors que la physique de la Terre fonce à sa rencontre. Dans ma reconstitution de l'événement, influencée par la vision de Laurel et Hardy avant les nouvelles du soir, la cabine tombe très lentement, et les corps glissent en va-et-vient, s'agrippant les uns aux autres, jusqu'à être précipités dans une valse mortelle, criant des expressions désuètes comme « Oh fichtre » et « Grands dieux jamais ». Mais cette sérénité initiale de suspension – cette valse antigravité – est interrompue par la chute alors que la cabine prend de la vitesse. Un monsieur touche accidentellement le ventre d'une femme, et elle le gifle sur la joue avec un gant de cuir. La cabine oscille et ses occupants s'accrochent aux cravates et aux jupes les uns des autres, arrachant des pantalons et des perruques, dans des manigances burlesques de l'époque du cinéma muet. Je ne sais pas comment ces membres du casting meurent, si leurs os éclatent à travers leur chair, s'ils meurent sur le coup, des colonnes vertébrales et des crânes projetés sur les arêtes vives de roche noire.

Nous sommes dans le salon, et Grand-mère chante une chanson que je n'ai jamais entendue auparavant. Elle évoque un jeune homme qui quitte une ferme de houblon pour faire la cour à une jeune fille de la grande ville ; il finit par la conquérir en brassant une bière miraculeuse faite du houblon que sa mère avait emballé pour le voyage. Grand-père fume, tète une bouteille chaude, tousse. Šíma couine pour manger. Je tiens l'emballage du Milka. Grand-mère me parle, mais je ne peux pas desceller mes lèvres sèches, ne peux pas me rappeler les sons de notre alphabet. Je cherche mes parents dans toute cette neige. Le plafond se fissure et un faucheux surgit de la brèche.

Deux jours passent, et je ne bouge que pour uriner dans le pot de chambre que Grand-mère a laissé à côté du canapé. J'entends Šíma y laper quand personne ne regarde. Grand-mère essaie de me nourrir, mais je ne peux pas ouvrir la bouche. Elle mouille mes lèvres avec de l'eau. Grand-père me frotte les pieds et les mains avec ses doigts calleux et jaunis. Je tiens l'emballage du Milka. Quand mes grands-parents vont dormir, ils tirent une couverture sur moi et Šíma ronfle à mes pieds, ses moustaches humides d'urine. Cela me fait l'aimer encore plus. Grand-père reste éveillé tard à regarder le football et tous les films américains que les chaînes privées sont maintenant en droit de diffuser. Il sait que je regarde du coin de l'œil, une brève distraction dans ma recherche des corps, et je tourne ma tête pour mieux apercevoir l'homme au chapeau mou qui murmure des mots doux à la belle blonde. La lueur autour de leurs cheveux, son refus de regarder l'homme dans les yeux, la trahit – elle a un secret. Les mouvements de leurs lèvres ne correspondent pas aux mots tchèques qu'ils prononcent. Les voisins viennent tous les jours pour parler de condoléances et de Dieu, mais Grand-mère les garde à la porte et les remercie tranquillement. C'était un si bon garçon, disent-ils de mon père. Ils ne disent pas que c'était un homme bon. Je tiens l'emballage du Milka et je m'imagine debout dans ces montagnes autrichiennes tandis que le gel fait couler de la morve de mon nez et pique ma lèvre supérieure. Mes doigts sont noirs et morts. Le monde est trop vaste et il y a tant d'endroits où les humains périssent tranquillement. À quoi suis-je bon, un petit sac d'os fragiles et de viande qui se gâte ? Je ne peux pas trouver mes parents. Le quatrième jour, j'ai la même odeur que le canapé, un mélange de chien, de détergent et de café renversé. Mes mollets se raidissent et mon estomac semble évidé. Grand-mère porte une robe noire et du rouge sur ses joues. Ses lèvres ne cessent de trembler au rythme de ses boucles d'oreilles en croix brillantes. Elle n'aime pas Dieu, mais elle aime la croix. Grand-père se tient au-dessus de moi dans une veste et un pantalon de costume noirs, un changement choquant de sa garde-robe habituelle de salopettes boueuses et de vieilles vestes de l'armée. Il tient une assiette remplie de poulet rôti, de pain et de beurre.

« Tu dois te lever et manger », dit-il.

Mes yeux sont fixés sur les fissures du plafond, et mes doigts sont tendus, avides de peler les couches de plâtre. Ma jambe droite se raidit. Je serre les dents et l'ignore.

« Tu n'es pas obligé d'aller à l'enterrement, mais tu dois manger, dit-il.

— Ils ont trouvé les corps ? je demande.

— On ne les a jamais perdus. Il a fallu un certain temps pour les faire venir ici d'Autriche. Je veux que tu réfléchisses si tu veux venir avec nous. Personne ne sera contrarié si tu ne le fais pas. »

Ma recherche des corps était inutile, alors. Il m'accorde quelques minutes de silence, puis ouvre ma bouche de force et y enfonce un morceau de poulet. Il me prend l'emballage du Milka de la main et le jette dans l'âtre froid du poêle. Je mâche, et le sel et la chair sont si bons qu'ils me font monter les larmes aux yeux.

« Tu dois te lever maintenant, dit Grand-père. Tu dois agir comme une personne. »

Je résiste, rejette. La créature perd le fil de ma vie, et nous retournons devant Jan Hus. Le roi Venceslas ne le protège plus – Hus a été officiellement déclaré hérétique par l'Église, une ostracisation aussi permanente qu'une tache de naissance. Les Romains considèrent maintenant la Bohême comme une nation d'hérétiques. Hus porte une simple robe blanche et grimpe sur un cheval pommelé famélique. Sigismond, roi des Romains et héritier de la couronne de Bohême, a promis à Hus un passage sûr et un logement s'il assiste à un conseil des chefs d'Église pour expliquer sa trahison. Hus sent-il le piège venir ? C'est difficile à dire, car ses yeux regardent toujours en avant, comme s'il voyait des merveilles au-delà de la réalité, comme s'il pouvait traverser les dimensions et trouver des vérités cachées. Hus arrive à Constance et vit, sain et sauf, dans la maison d'une veuve. Ses longs cheveux noirs atteignent ses genoux et ses épaules se courbent sous la déception de l'amour mort. Elle ne regarde jamais Hus dans les yeux, mais lui parle sévèrement, comme à un petit garçon turbulent. Elle lui fait de la soupe de légumes, et Jan y trempe sa croûte de pain, attentif à ne pas salir sa barbe. Il dit à la veuve qu'aucun groupe terrestre ne peut fournir le vrai salut. Sa foi ne sera pas prescrite ou dictée. Les livres qu'il aime et déteste ne seront pas brûlés. Sa nation ne sera pas condamnée à cause de sa cupidité. Contre les ordres de ses hôtes, Hus prêche à Constance – sa condamnation est une contrainte non soumise à l'autopréservation. La veuve l'embrasse avant qu'il ne soit emprisonné. Les hommes qui le condamnent placent un signe sur sa tête : *Hérésiarque.* Chef des hérétiques.

Il passe soixante-treize jours dans le donjon d'un château, bras et jambes enchaînés, mangeant du pain moisi. Quand il est interrogé, les membres du concile crachent et lui demandent de se rétracter, mais il ne le fera pas. Un homme est libre, leur rétorque-t-il. L'homme est libre devant Dieu.

La sentence est la mort.

Les bourreaux ont du mal à faire partir le feu – autrement dit, le corps de Hus hésite à brûler. Dans un élan altruiste, une vieille femme du public jette une poignée de broussailles sur le bois, souffle un peu sur les flammes timides. « *Sancta Simplicitas !* » crie Hus depuis le bûcher alors que ses pieds rougissent.

Sainte Simplicité. À quarante-quatre degrés Celsius, les protéines de la série de cellules appelées Jan Hus commencent à se décomposer. Lorsque la température augmente, les couches initiales de peau pèlent comme une saucisse kielbasa. La couche dermique la plus épaisse se rétrécit et se divise, et une pâte grasse et jaune sort et brûle avec un faible grésillement. Les muscles s'assèchent et se contractent. Mais les os brûlent obstinément, comme si la base solide de l'homme n'était pas l'âme (invisible), mais cette structure fragile. Voici Jan Hus, et il est mort. Une navette spatiale portera un jour son nom.

La créature me tient encore une fois. Je suis sur le canapé ; mes grands-parents sont habillés pour un enterrement. Je tiens l'assiette que mon grand-père m'a donnée, et je mange le poulet et trempe le pain dans la graisse, puis me lèche les doigts et ramasse les miettes.

« Je vais rester ici », dis-je.

Grand-père prend l'assiette et me soulève. Il me serre si fort que je peux sentir la nourriture se déplacer à travers mon corps. Il me pose sur mes pieds, et Grand-mère m'embrasse avec des lèvres au goût de lard et d'alcool.

Le silence dans le salon change durant les heures de leur absence. Je suis seul. Šíma est dans la cour, flairant des souris. L'horloge tique, obéissante, mécanique et morte. Les cordes en acier sautent une par une et le téléphérique se fige en l'air pendant une longue seconde avant de commencer à tomber. J'allume la télé, les nouvelles de six heures. Les petites entreprises se développent, les communistes ont disparu depuis longtemps, et nous sommes libres de vivre comme nous le voulons. Libres de voyager, libres d'embrasser, libres de garder le silence alors que le téléphérique tombe et tombe jusqu'à ce que nous soyons libres de mourir. Libres d'être ce que nous voulons. Mes grands-parents reviennent à la maison à sept heures et je suis assis dans le même fauteuil, je ne me souviens pas comment je suis arrivé ici et je ne sais pas ce que je prévois de faire ensuite – jusqu'à ce que soudain je ne sois plus le seul habitant de *JanHus1*, et je me retrouve en sueur, à considérer mon visiteur.

« *Sancta Simplicitas !* dit la créature. Tu es ce que je recherche. »

Les secrets de l'humainerie

« Maigre humain », dit la créature. Je l'ignorai et fixai la bouteille de whisky vide.

Les mots ne passaient pas dans mon canal auditif, ne vibraient pas à travers mon tympan, ne remplissaient pas mon crâne comme une voix humaine le ferait. Le son était une douleur sourde, un léger gel cérébral.

Je tournai le dos et me poussai vers l'avant. La pression autour de mes tempes forçait des taches vertes et bleues dans ma vision. Si j'avais utilisé mes jambes, j'aurais sûrement trébuché de mur en mur, tâtonnant pour trouver mon chemin comme un ivrogne ou un aveugle. Mais le manque de gravité autorisait un transport sans faille, et sans regarder en arrière, sans prêter attention au grattement et à la respiration derrière moi, je retournai au Lounge et m'attachai sur la chaise devant l'écran plat. Je regardai, pétrifié, le whisky qui glissait de haut en bas dans mon verre cosmique, conçu en forme de réservoir de carburant de vaisseau spatial : arête vive dans le fond, rond sur le dessus, le tout ressemblant presque à un cœur humain. Le liquide voyageait à l'intérieur du récipient en masses indisciplinées jusqu'à ce que je l'aspire et le libère dans mes veines.

La brûlure de l'alcool alimentait ma colère, un robinet spinal – j'étais un esclave sans entraves, obligé de tenir les rênes de *JanHus1*, cette magnifique bête d'acier, et de la plonger sur la planète qui m'avait engendré. Le travail, l'isolement, la détérioration physique, endurer tout cela pour que ma femme finisse par disparaître tout simplement. Je complotais une apocalypse : vaille que vaille, je transformerais *JanHus1* en météorite sensible, la retournerais et la plongerais directement sur la Terre. Vaille que vaille, je couperais l'influence de la physique sur la navette, l'écraserais dans l'atmosphère, et mettrais le feu à la planète. Mon corps carbonisé reviendrait à la vie juste pour chercher Lenka. Je la ferais asseoir pour une tasse de café au milieu de la fin de la civilisation et lui demanderais ce qu'elle avait ressenti en se réveillant un matin en sachant qu'elle voulait *partir*, quoi que ça veuille dire.

L'amour pouvait tous nous transformer en criminels de guerre. Le Plat revint à la vie et dévoila trois notifications d'e-mails, dont l'un était un rappel que ma session en direct de questions/réponses avec des Terriens sélectionnés allait commencer dans une heure. Les flux de mes conversations avec les citoyens ordinaires : des enfants portant des T-shirts sérigraphiés à mon image, des femmes ne cessant de se référer à ma femme comme « tellement chanceuse », des gens qui posaient des questions simples, telles que : avais-je le droit de boire une bière, et comment supportais-je la vie sans douche ? Des techniciens vidéo lissaient les traits de mon visage usés par l'espace, si douloureusement soulignés par la netteté de l'image en haute définition, en appliquant des aérographes et des filtres qui me faisaient apparaître frais et dispo, car que vaut un héros qui perd ses apparences ?

« Je ne le fais pas », répondis-je au rappel de Petr.

« Maigre humain, tu as déjà reconnu mon existence, dit la créature. Il est déraisonnable de ta part de te remettre à l'ignorer. »

Je laissai la bouteille de whisky flotter, un geste bien moins satisfaisant que de la briser contre le mur.

« Je suis désolé pour ta partenaire de sexe féminin. Je me permets de te dire que les rituels socioculturels de votre société semblent être en conflit avec la réalité biologique. »

Je levai les yeux vers elle. La voix était haut perchée, enfantine, mais un grognement profond accompagnait chaque mot, comme une radio défectueuse. Ses dents étaient figées dans un sourire crispé, et tous ses yeux clignotaient en même temps.

« C'était quoi ?

— Excuse-moi ?

— Qu'est-ce que tu m'as fait ? Je l'ai senti.

— Je suis un voyageur, dit-elle.

— Le Dr Kuřák va adorer ça. Tout se déroule exactement comme il l'avait prévu. Revivre des traumas, la personnification de craintes, ce fils de pute.

— Comment répondrais-tu ? dit-elle.

— Je ne répondrais pas.

— Oui. Ton esprit est criblé de non-réponses. Des barrages de rivière qui capturent la joie sauvage de l'eau pour des raisons pratiques. Un poète humain a dit ça.

— Je suis vidé. Épuisé.

— Il est de la plus haute importance que nous nous parlions.

— Je dois te cuver. Comme une gueule de bois. »

Je flottai hors du fauteuil, le long des Couloirs 3, 2 et 1, de retour dans ma chambre à coucher, où le sac Matrice attendait. Beaucoup d'enfants tchèques sur Terre en avaient leur propre réplique dans leurs chambres, mais horizontaux, reposant en toute sécurité au-dessus de leurs lits. Je regardai derrière moi plusieurs fois la créature me suivre, ses huit pattes ramant en douceur, en avant et en arrière, en avant et en arrière, comme les avirons d'un vieux navire en chemin pour la guerre. Elle semblait être en mesure d'ajuster sa position et son altitude quel que soit le vide, comme si elle n'était pas soumise à la physique. Pendant un moment, j'étudiai son anatomie en détail, la taille de ses articulations fixées le long des pattes, la rondeur du ventre, les iris sombres tous tournés dans la même direction – pouvaient-ils faire autrement, le système nerveux fournissait-il un contrôle individuel sur chacun ? Les yeux se dirigeaient vers moi, toujours vers moi, et je secouai la tête et me suppliai de cesser cette étude d'un être imaginaire.

Le Dr Kuřák était un expert en hallucinations – en réalité, il avait admis que le concept lui faisait tourner la tête. Il prenait des pincettes quand il expliquait la différence entre les hallucinations – une perception en l'absence de stimuli qui détient néanmoins les qualités de la perception réelle – et les perceptions délirantes dans lesquelles un stimulus correctement détecté, ou, pourrait-on dire, une chose réelle, est augmenté d'une signification tordue. Pour les perceptions délirantes, avait ricané le Dr Kuřák, voir Kafka. Alors que les théories freudiennes affirmaient que les hallucinations étaient la manifestation de désirs inconscients, de perversions, même d'autoflagellation, une nouvelle vague de psychologues moins obsédés par l'ego suggéraient que les hallucinations étaient liées à des capacités métacognitives, ou le « savoir du savoir ». Le Dr Kuřák était un freudien bon teint, affirmant ainsi que si une crise se produisait pendant mon séjour sur *JanHus1*, l'ensemble des mythes de mon enfance viendrait se déverser, remplissant les salles obscures du vaisseau avec des visions d'horreur, de peur, de plaisir, du corps nu de ma mère et du phallus en érection de mon père, de rêves de violence mal orientés, et oui, peut-être même un « ami ». Quelle que soit la théorie, mon épreuve était la même. Les prédictions de folie de Kuřák semblaient se réaliser.

La chose à faire, bien sûr, était de toucher la créature. Les hallucinations ne peuvent pas être touchées sans se dissiper. Mais que se passerait-il si j'attrapais entre mes doigts les poils fins sur ses pattes et les sentais, rugueux et longs, ou peut-être lisses et chauds, si je les sentais et devais donc les déclarer réels ? Étais-je, moi Jakub Procházka, prêt à rencontrer un extraterrestre sans perdre les derniers fragments de contrôle sur ma psyché ? Les conséquences de cette découverte existentielle cosmique, sans précédent dans l'Histoire de l'homme, étaient trop vastes pour ma personne. Je me glissai à l'intérieur du sac de couchage et fixai les sangles autour de mes jambes et de mes épaules. Je baissai le cadran de lumière et la lueur jaune de la pièce se mua en un bleu sombre et profond. Même le peu de lumière qui restait irritait mes yeux et je fermai la glissière sur mon visage, soupirant dans l'obscurité.

« Maigre humain, j'ai grand besoin de ton attention en ce moment, dit la créature.

— Disparais.

— Je suis un savant, ou plutôt un explorateur, comme le grand Colomb de ton peuple.

— Colomb n'était pas si grand. »

Parler à la créature avec le visage caché me semblait plus approprié. Je n'étais qu'un homme se marmonnant à lui-même sous une couverture, une chose aussi banale que de chanter sous la douche. Qu'importe si quelque chose parlait en retour ?

« Qu'est-ce que tu explores ? ai-je demandé.

— J'ai fait le tour de votre orbite. Apprenant les secrets de l'Humainerie. Par exemple, le placement de la chair morte sous terre. Je voudrais rapporter ces contes pour le divertissement et l'éducation de ma tribu.

— Je suis vraiment passé au-delà du point de rupture.

— L'organe cardio-vasculaire gérant ton fonctionnement biologique envoie des vibrations irrégulières – un mauvais signe, je pense. Je vais te laisser te reposer, maigre humain, mais dis-moi, y a-t-il dans le garde-manger du vaisseau des ovas du genre aviaire ? J'en ai entendu le plus grand bien, et j'aurais plaisir à les consommer. »

Je fermai les yeux très fort. Dans les vidéos que j'avais vues pendant la formation, un spationaute chinois à la retraite avait déclaré que s'endormir sur Terre n'avait jamais été pareil après son retour. Dans l'espace, le sommeil est l'état naturel de l'être. Parce que l'environnement ne répond pas à l'action humaine – le vide a peu de patience pour les tentatives de conquête – la vie devient une trajectoire spécifique de tâches très simples, visant à la simple survie. Dans l'espace, nous soumettons des rapports, réparons des machines, luttons avec des sous-vêtements sales. Il n'y a aucun intérêt sexuel, aucune présentation de travail à redouter le lendemain matin, pas d'accidents de voiture. Plus nous sommes proches des étoiles, plus nos routines deviennent contrôlées et ennuyeuses. Le vieux spationaute a dit qu'être dans l'espace signifiait dormir à nouveau comme un enfant. Si insouciant qu'on en était tenté de sucer son pouce.

Mais le sommeil ne voulait pas venir. J'atteignis une poche intérieure dans la Matrice et pris une bouteille de Sladké Sny, des gouttes somnifères puissantes développées par Laturma, fabricant principal de l'industrie pharmaceutique et sponsor de la mission. Leur utilisation était limitée à des épisodes d'insomnie menaçant d'interrompre le cycle de l'astronaute – son utilisation fréquente conduirait à des étourdissements, à de la confusion et à la toxicomanie. Comme je souffrais déjà des deux premiers symptômes et me foutais bien du troisième, je pris une triple dose, répandant le liquide amer sur ma langue et l'avalant avec une petite toux. En quelques secondes, le bout de mes doigts était engourdi et le fil de mes pensées perdu. Alors que j'hibernais, je pouvais encore la sentir là-bas, une tension autour de mes tempes qui me surveillait, même quand la créature ne pouvait plus me voir. Bien que mettant cet état de conscience sur le compte de la chimie qui affectait mon cerveau, c'était avéré – pour un moment juste avant de perdre connaissance, je fus heureux. Heureux que la créature soit avec moi, réelle ou non, cherchant des œufs dans la Cuisine.

Je me réveillai dans l'obscurité de la Matrice sans pouvoir bouger un seul membre. J'étais douloureusement conscient de ma colonne vertébrale, du serpent de vertèbres me soutenant, et j'imaginai ce que ce serait si quelqu'un pelait le tout comme un fil de fromage mou, si mes os éclataient hors de ma chair et que l'idée de moi s'effondrait en un tas de pièces parfaitement distinctes. Est-ce que les personnes atteintes de paralysie réelle perçoivent leur colonne de la même manière ? Je ressentis l'horreur de leur situation. La créature bourdonnait de nouveau, provoquant des pensées sans mon consentement, mais il n'y avait rien que je puisse faire sauf l'accepter, l'accepter jusqu'à ce que la paralysie s'évapore et que je sois, encore une fois, protégé par le sommeil.

La créature l'avait trouvé. Le moment qui m'avait propulsé vers le haut.

Sept ans après mon mariage, je publiai mes découvertes sur les particules des anneaux de Saturne, la première récompense tangible de mon obsession d'une vie sur la poussière cosmique. Je fis le tour de l'Europe pour donner des conférences, et on m'offrit une chaire à l'université de Karlova, un poste de professeur assistant en astrophysique. Quatre ans après ce mandat peu satisfaisant, le sénateur Tůma me convoqua à son bureau pour me « faire une offre ». J'arrivai avec une cravate noire et un nouveau gilet, certain que le gouvernement avait l'intention de reconnaître mes exploits avec une subvention ou un prix.

Tůma était de la nouvelle génération de sénateurs. Alors que les anciens portaient des costumes mal ajustés pour cacher leurs bedaines de bière, combattaient la calvitie avec des lunettes trop grandes et justifiaient leur alcoolisme en blâmant des maladies liées au stress, Tůma était un végétarien convaincu, un haltérophile et un rhéteur qualifié. Le jour où le sénateur me parla était aussi celui où il avait attiré l'attention des médias pour la première fois. Plus tôt ce matin-là, le ministre de l'Intérieur avait été arrêté pour corruption et le gouvernement de coalition avait été attaqué par l'opposition pour avoir tenté d'étouffer le scandale en achetant des témoins. En tant que membre d'un des partis de la coalition, Tůma avait fait une déclaration sur l'escalier de la cour du district de Prague tout en se versant des cendres de charbon sur la tête. C'était un geste à l'ancienne, destiné à ces Tchèques qui préféraient la sagesse conventionnelle à l'incertitude du progrès, les symboles à l'intégrité des faits. Tůma avait déclaré, les flocons gris couvrant ses épaules, ses cheveux et ses joues, que la politique tchèque était devenue celle de l'intérêt individuel, de la pitance à proxénètes, à porcs avides, et à petits voleurs. La main sur le cœur, Tůma avait promis de secouer la coalition de l'intérieur. Je ne m'intéressais pas beaucoup à la politique.

Tůma entra dans le bureau en époussetant les cendres de son costume avec un mouchoir. Son assistant lui apporta une serviette humide et une canette de cola light. Avec ses sourcils encore humides et son costume pâle, il me regarda. Je lui ris au nez quand il me dit que le pays construisait un programme spatial. Il rit aussi, et me versa un peu de cola, demandant si je voulais y ajouter du rhum ou du Fernet. Je refusai.

Tůma se dirigea vers une table près de la fenêtre du bureau, et tira un rideau couvrant quelque chose de grand et mince. Le tissu tomba au sol et ce fut là : trois cylindres épais reliés par des panneaux plats, une douzaine de panneaux solaires s'étendant sur les côtés, une belle finition bleu foncé. Le modèle entier ressemblait à un insecte venu tout droit de l'ère des dinosaures, quand la nature était à la fois plus créative et plus pragmatique. Sur le cylindre central était peint le drapeau du pays – un triangle bleu pour la vérité, et deux lignes horizontales : une rouge pour la force et le courage, une blanche pour la paix – et à côté étaient inscrits ces mots : *JanHus1*. Je demandai si je pouvais le toucher. Tůma hocha la tête en souriant.

« Nous ne pouvons certainement pas nous permettre cela », dis-je.

Mais nous le pouvions. Tůma égrena la longue liste des entreprises partenaires désireuses de flamber du capital en tant que sponsors de la mission. Il devait présenter la mission au Parlement le lendemain. Les Suisses étaient prêts à vendre un vaisseau spatial inachevé dont ils n'avaient plus besoin.

« Vous voulez qu'on essaie d'atteindre le nuage Chopra.

— Bien sûr que oui.

— Vous voulez qu'on y aille les premiers. Même si on ne revient pas.

— Mais Gregor est revenu, et regardez comme il est en forme ! »

Tůma passa son doigt sur les contours des cylindres, m'observant alors que j'intégrais le vaisseau spatial. La voix d'un enfant à l'intérieur de moi m'encourageait à le saisir, à courir à l'extérieur du bureau et à trouver une chambre calme dans laquelle je puisse l'admirer seul.

Assis derrière son bureau, Tůma se racla la gorge.

« Nous avons résisté aux Austro-Hongrois quand ils ont essayé de brûler nos livres et d'interdire notre langue. Nous étions une superpuissance industrielle avant que Hitler ne nous réduise en esclavage. Nous avons survécu à Hitler seulement pour subir la dévastation économique et intellectuelle des Soviétiques. Et nous voilà, vivants, souverains, riches. Qu'y a-t-il après, Jakub ? Quelle est notre vision, ce qui va nous définir à l'avenir ?

— J'ai entendu dire que le prix du lait va crever la baraque l'année prochaine, dis-je.

— Ha, un sceptique ! J'adore les sceptiques. Ils maintiennent une démocratie honnête, mais ils ne pensent pas toujours les choses en grand. Pensez plus grand. Qu'est-ce qui fait un grand pays ? La richesse, l'armée, les soins de santé pour tous ?

— Je laisse cela aux professionnels.

— La grandeur d'une nation ne se définit pas par des abstractions, Jakub. Elle est définie par des images. Des histoires transmises oralement, par la télévision, immortalisées par l'Internet, des histoires sur un nouveau parc en cours de construction, des sans-abri qu'on nourrit et des hommes mauvais arrêtés pour avoir volé des hommes bons. La grandeur d'une nation se niche dans ses symboles, ses gestes, ses actions sans précédent. C'est la raison pour laquelle les Américains sont à la traîne – ils ont construit une nation sur l'idée de faire de nouvelles choses, et maintenant ils préfèrent s'asseoir et prier pour que le monde ne leur en demande pas trop. Nous ne suivrons pas les Américains dans cette voie. Nous ne suivrons personne. Nous allons prendre ce vaisseau spatial et l'envoyer sur Vénus. Nous sommes une nation de rois et de découvreurs, mais malgré tout l'enfant de l'autre côté de l'océan nous confond toujours avec la Tchétchénie, ou nous réduit à notre grande affinité pour la bière et la pornographie. Dans quelques mois, l'enfant saura que nous sommes les seuls à détenir les clés pour étudier le phénomène scientifique le plus incroyable de ce siècle. »

Je restai impassible. Je ne voulais pas qu'il sache qu'il m'avait eu, pas encore.

« Vous pensez que le public sera d'accord ? ai-je dit.

— Qu'est-ce que nos citoyens désirent le plus en ce moment ? Ils veulent savoir que nous ne sommes pas les marionnettes de l'UE, ou des Américains, ou des Russes. Ils veulent savoir que les politiciens prennent des décisions en leur nom, pas au nom d'hommes d'affaires et de gouvernements étrangers. Ceci est la croissance qu'ils convoitent. Nous avons vaincu les communistes il y a des décennies, Jakub. Nous ne pouvons pas surfer sur cette vague pour toujours. Notre république n'aura jamais l'agriculture d'Amérique latine ou les ressources naturelles de l'Ukraine. Nous ne possédons pas la puissance militaire de l'Amérique ou le monopole du poisson des Scandinaves. Comment pouvons-nous avancer dans ce monde ? Des idées. La science. Ce pays a besoin d'un avenir, et je ne m'allongerai dans aucun lit de mort sans l'avoir obtenu. »

Je sirotai le cola et étudiai le bureau. Tout était à sa place, comme si personne n'en avait jamais fait le tour et n'avait jamais soulevé les trophées de hockey, les photos de sa femme, que personne n'avait jamais fait la sieste sur le canapé en cuir sous la fenêtre donnant sur le centre-ville de Prague. Le bureau était organisé aussi nettement que la vie de l'homme.

« Et qu'attendez-vous de moi ? Des conseils ?

— D'après ce que je comprends, en face de moi se trouve peut-être le chercheur en poussière cosmique le plus qualifié d'Europe. Vous avez découvert une toute nouvelle particule de vie ! Cela doit être extraordinaire. »

Son assistant entra dans la pièce avec un bol de soupe à l'ail et une assiette de boudin, des croquettes de pommes de terre frites et du raifort aromatique. Le sénateur coupa la saucisse et des gouttes de graisse jaillirent sur sa cravate grise.

« Bien sûr, bien sûr, les conseils sont les bienvenus, Jakub, mais nous voulons plus. » Il posa ses couverts et prit son temps pour mâcher, pour avaler toute sa nourriture, souriant à la main impatiente tapotant mon genou. « Nous voulons que vous soyez le premier Tchèque à voir l'Univers », dit-il.

Ma tête se mit à tourner. Je bus un peu de cola, regrettant de n'avoir pas demandé de l'alcool.

« Je vous croyais végétarien, dis-je.

— Dans mon bureau, je suis avant tout un homme. Je crois que vous allez garder le secret. Je crois que nous allons nous faire confiance. Que pensez-vous de ma proposition ?

— Il est difficile d'en croire un seul mot.

— Votre extraordinaire découverte sur Saturne, Jakub, n'est pas la seule. Je sais qui vous êtes. Vous et moi, nous devons faire cela ensemble. Votre père était un collaborateur, un criminel, un symbole de ce qui hante la nation à ce jour. Vous, son fils, vous êtes le mouvement vers l'avant, loin de l'histoire de notre honte. Jakub Procházka, fils d'un fidèle communiste, l'exemple éclatant d'un communiste réformé (vous n'êtes plus communiste, n'est-ce pas ? Bon, bon). Un homme en deuil de ses parents, qui a grandi dans un humble village sur l'humble retraite de ses grands-parents, et qui, en dépit de tout, a apporté son génie au monde, devenant l'un des poids lourds dans son domaine. L'incarnation de la démocratie et du capitalisme, tout en étant un humble serviteur du peuple, un chercheur de vérités. Un homme de science. Je veux mettre un Tchèque dans l'espace, Jakub, et vous serez ce Tchèque. L'Europe se moquera de nous, les contribuables accablés se révolteront avec scepticisme. Mais il y a un avenir ici, pour le pays, et nous pouvons le vendre en tant que tel avec vous dans l'emballage. L'astronaute de Prague. L'incarnation de la nation transformée, portant notre drapeau dans le cosmos. Pouvez-vous voir cela ? »

Je le voyais. Je le voyais et je me penchai en avant alors que quelque chose grognait profondément dans mes tripes.

Les canines du sénateur plongèrent à nouveau dans le porc, alors que de la sueur de raifort perlait sur son front. Il était si différent de ses apparitions à la télévision, animées, bruyantes, incontrôlées, joues rougies, et je pensai : voici un homme qui prend une identité différente à chaque fois qu'il entre dans une pièce, et il ne fallait pas que je fasse confiance à un tel homme. Mais je le fis quand même.

Je redressai mes épaules et me raclai la gorge, stabilisant la main tremblante sur mon genou, lourd du destin que cet inconnu venait de m'offrir. D'une voix rauque pour l'ajuster à la gravité du moment, je dis : « Eh bien, merde. »

Le gouvernement approuva la mission presque à l'unanimité dans les trois mois suivants. Une semaine après, je vis le squelette de *JanHus1*, le flanc encore marqué de la croix suisse, blanche dans sa mer de rouge. Je serrai la main de l'homme avec un tatouage Iron Maiden. En deux mois, le monde sut qui j'étais et où je me dirigeais. La navette était terminée. À la fête d'inauguration, Lenka portait une robe noire et serra la main du président. Elle faisait gracieusement la conversation alors que je me précipitais aux toilettes pour vomir. Et six mois plus tard, je me réveillais à bord de *JanHus1*.

J'ouvris la Matrice et m'avançai vers le Couloir 2, où le tapis roulant tant redouté attendait. Je n'entendis pas la créature se déplacer dans l'un des couloirs ; peut-être l'avais-je réellement cuvée. La Centrale exigeait que je m'exerce deux heures par jour pour ralentir la perte de masse osseuse, mais dernièrement j'avais consacré de moins en moins de temps à la roue de hamster, préférant le passer dans le Laboratoire. Je tirai le harnais fixé au mur et glissai les sangles autour de mes épaules, m'attachant au petit tapis gris sous mes pieds. C'était le seul avantage de la machine – elle me donnait l'impression de marcher sur les trottoirs de la Terre à nouveau. Je commençai avec une promenade d'échauffement, puis ajustai la vitesse. L'effort cisaillait mes mollets affaiblis, et je respirais bruyamment pour ne plus penser à la créature, à l'hallucination disparue. Je sprintai au point d'avoir des nausées, pour ne pas penser à Lenka, ne pas me souvenir de la forme exacte de son nez. Je courus pendant une heure puis enlevai le harnais. Ma sueur puait le whisky et me piquait les yeux. Je retournai à la Chambre de sommeil pour me laver et me changer.

La créature était là, accompagnée de l'odeur inhabituelle. Mes vêtements étaient accrochés à ses pattes, comme sur un portemanteau vivant ; son visage et une patte fouillaient et grattaient dans mon placard.

« Stop », dis-je.

Elle se retourna, lèvres fermées, ses yeux passant de moi au fruit de son larcin sur ses pattes. La créature remit mes chemises et pantalons de survêtement dans le placard.

« Cette fouille m'a tellement captivé que j'ai oublié de surveiller tes mouvements. Je me sens honteux, maigre humain.

— Je pensais que tu aurais disparu, guéri par ma nuit de sommeil.

— Pensais-tu que je m'en irais ?

— Je ne sais pas. Que fais-tu ?

— Je les cherche. Les cendres de ton ancêtre.

— Tu… m'étudies à nouveau. Je l'ai senti.

— Pardonne-moi. Je ne peux m'en empêcher. Un chercheur ne peut pas échapper à son sujet, sommes-nous d'accord ? Mais je voudrais ta permission, maigre humain. La permission de t'étudier.

— Ce qui est ici ne t'appartient pas. Je ne veux plus que tu t'en mêles. »

La voix de Petr retentit dans l'intercom. « On doit parler », dit-il avec une certaine détresse.

Je murmurai ma reconnaissance pour cette interruption et laissai la créature derrière, flottant dans le Lounge, pendant que je m'arrimais devant le Plat. Je pris l'appel de Petr.

« Hé, les collègues des relations publiques sont contrariés que tu aies annulé la session vidéo. De nombreux citoyens font la queue pour te parler.

— Je ne pouvais pas le faire. Pas aujourd'hui.

— Je leur ai dit que j'en prendrais la responsabilité. Avec Lenka, et tout. Mais il y a autre chose – les filtres à air détectent une substance étrangère. Impossible de déterminer ce que c'est. Vois-tu quelque chose d'inhabituel dans le Couloir 3 ? Ou ailleurs ? »

Je jetai un coup d'œil vers le filtre du couloir, puis à la créature flottant vers la Cuisine.

« Non.

— Bon, eh bien, nous allons purifier, par mesure de sécurité. Tu connais la chanson. »

Je me dirigeai vers le Laboratoire. Pour éviter la contamination des échantillons, la pièce avait un filtre séparé, et fournissait donc un refuge pendant les purifications d'urgence. Je passai devant la Cuisine et vis le visage de la créature enfoui dans le congélateur, fouillant parmi des paquets de crème glacée. Je me demandai si je devais l'alerter. Ne savait-elle pas déjà ce qui allait se passer ?

Je fermai la porte du Laboratoire et enclenchai l'analyse du filtre sur ma tablette. Pas de substances étrangères trouvées. Je repris l'appel avec Petr à l'écran.

« Je peux te demander un service ?

— On te scelle. Nettoyage en deux. Quoi ?

— Est-ce que vous pouvez la faire suivre par quelqu'un ? Je veux être sûr qu'elle est en sécurité.

— Une minute et demie. Écoute, je ne pense pas que ce soit une bonne idée. Elle a besoin de temps.

— Putain, je ne peux pas ne pas savoir où elle est, ce qu'elle fait. Elle n'a même pas supporté l'idée de me parler, Petr.

— Trente secondes. Je ne sais pas, Jakub. Donne-lui un peu de temps. Dès que nous allons commencer à fouiller dans son entourage, la rumeur se répandra, les gens vont parler. En un temps record, ça fera la une de la presse à scandale. »

Il avait raison, mais être humilié par les célèbres potins de la nation semblait valoir le coup pour savoir ce que Lenka faisait. Pour quelle satanée raison elle m'avait laissé en suspens, à l'agonie.

« Je ne peux pas être ici sans rien savoir. Tu dois faire quelque chose pour moi. »

J'observai le Laboratoire. Sur le mur de gauche, tiroirs de particules de poussière de l'espace déjà analysées et cataloguées, apportées pour être comparées à la nouvelle poussière recueillie au cœur de Chopra. Des morceaux du cosmos fortement transformés, contenant du H_2, du magnésium, du silicium, du fer, du carbone, du carbure de silicium, souvent mélangés de poussière d'astéroïdes et de comètes, cette dernière portant toujours un espoir, car les comètes sont les éboueurs de l'Univers, des vagabonds poussant leurs chariots d'ordures intergalactiques sans relâche au cours des siècles. Ces chariots détenaient fort probablement de nouvelles particules organiques évoquant des traces d'autres formes de vie dans l'Univers, des substances qui clarifieraient la formation des planètes et les structures d'autres systèmes solaires, peut-être même un peu de ce qui avait eu lieu au cours du big bang. Mais tous ces échantillons étaient surannés, n'offrant aucun stimulus à mon imagination. Sur le côté droit de la pièce, du verre vide et des conteneurs en titane attendaient, stériles, bien polis, prêts à être remplis avec les morceaux de poussière interstellaire qui étaient venus vers nous de l'inconnu.

« Laisse-moi y réfléchir, déclara Petr. Je peux probablement y engager le ministère de l'Intérieur. Tu dois retrouver ta concentration. Tu voles sur un gros paquet d'argent. Et les gens ont les yeux rivés sur toi. »

La brume familière surgit des bouches d'aération, une substance légèrement jaune, Bomba !, une révolution dans le nettoyage domestique et sponsor de la mission. Plus de lingettes antibactériennes, plus de Lysol. Une fois par semaine, la bonne ménagère pouvait placer le carré bleu de Bomba ! au centre de sa maison, l'activer, quitter la maison pendant cinq minutes. Pendant ce temps, la brume se répandait autour de la maison et éradiquait 99,99993 % de toutes les bactéries, un génocide impitoyablement efficace. Par la suite, la substance se transformait en particules d'azote inoffensives, laissant derrière elle un agréable parfum d'agrumes. Les ingénieurs du SPCR avaient développé avec les créateurs de Bomba ! une nouvelle version de la substance pour lutter contre toute particule nocive prédéterminée qu'un astronaute pourrait rencontrer. *Bomba !*, vantaient les publicités. *Maintenant, dans l'espace !* Je me demandais si la créature serait affectée, si j'allais retrouver son corps mort et le ramener vers la Terre. La brume se dissipa.

« Tout est bon, déclara Petr. Aucune trace de substances étrangères. »

Derrière moi, un coup délicat retentit sur la porte.

« Génial. Puis-je me déconnecter ?

— Tu dois te ressaisir, Kubo. »

Kubo. Le nom que me donnait ma mère.

« J'ai compris. Je vais me concentrer à nouveau. Donne-moi juste un moment et essaie de trouver ma femme. »

Une pause.

« Nouveau contrôle dans trois heures », dit-il, et son visage disparut de l'écran.

Un autre coup. J'ouvris la porte scellée. La créature ressemblait à un schnitzel juste avant la friture – sa peau était couverte d'une fine poudre blanche, ses poils ruisselant de mucus jaune. Ses lèvres étaient d'un bleu maladif. L'une de ses pattes était coincée dans un gros bocal vide de Nutella.

« Tu as mangé mon dessert, dis-je.

— Mes excuses. Je ne trouvais pas d'ovas du type aviaire. J'ai fait un petit tour de ta mémoire – juste un court moment, je promets – et, comme votre espèce le dit, cela m'a rendu *déprimé*.

— Je t'ai dit que je ne voulais pas que tu le fasses.

— Délicieux, ce Nutella. Riche et crémeux, comme les larves Shtoma à la maison. Ouvre-les, aspire la graisse.

— As-tu mal ? demandai-je.

— Je ne t'en veux pas d'être curieux, maigre humain. Je n'éprouve aucune douleur à la suite de ma rencontre avec les liquides de nettoyage de la Terre. »

Je nageai vers la créature, espérant qu'elle ne disparaisse pas. Ses lèvres étaient fermées, et je me demandai quel genre d'évolution cosmique pouvait conduire à cette espèce. En associant certaines parties de son corps avec les animaux de la Terre, tentais-je de provoquer une connexion avec elle, ou étais-je simplement désespéré de familiarité ? Peut-être étais-je fou d'avoir ces pensées en premier lieu. Je passai ma langue sur mes dents et frottai mes yeux endoloris.

« Je ne suis vraiment pas content pour le Nutella, dis-je. Il ne m'en reste plus qu'un pot.

— J'accepte la responsabilité, bien que je pense que mon excuse est valable. Votre espèce considère la taille des choses autour d'elle dans un contexte comparatif. Les choses qui sont plus grandes que la capacité de réflexion de votre cerveau vous terrifient. Je trouve cette peur inconfortable, comme dormir sur un lit de coquilles de Shtoma vides. Cela m'a infecté. Avec toi, je faisais l'amour à ta femme et la suivais alors qu'elle urinait sur des appareils de détection de grossesse. Avec toi, j'ai considéré cette chose que vous appelez la mort et la crainte existentielle qui accompagne votre ambition. Étrange – la propagation de la pâte à tartiner faite de noisette était collante autour de mes dents, mes estomacs ont été rassasiés, et cela a rendu mes prises de conscience moins désagréables. Ce qui me fait souffrir le plus, maigre humain, est que je partage maintenant tes craintes, mais je ne les comprends pas. Qu'est-ce qui se passera quand je périrai ? Pourquoi se poser une telle question alors que, comme le déclarent les Aînés de ma tribu, la certitude est impossible ? »

Une hallucination ne pouvait pas être emplie de pensées qui ne m'avaient jamais traversé l'esprit, n'est-ce pas ? Ne pouvait pas ruisseler d'un produit de nettoyage glaireux et invoquer des souvenirs d'une manière quasi cinématographique, vécus à travers des cadres et des bords, comme si j'étais à la fois assis dans un siège de cinéma et en train de me promener dans l'écran. Oui, la peur était présente, et je n'avais aucune divinité à implorer, mais le plus tôt j'atteindrais le moment de la preuve, le plus tôt je pourrais supporter les conséquences d'avoir découvert soit une nouvelle forme de vie dans l'Univers, soit d'avoir perdu la tête.

Je tendis la main, un doigt pointé. Je pouvais encore revenir en arrière. Idées, science, avenir pour le pays, avait dit Tůma. Et si j'attrapais un extraterrestre pour vous, sénateur ? Cela inspirerait-il la fierté nationale que vous espériez ? Ça ne pouvait pas être réel. Les lèvres, les dents de fumeur, les yeux, le manque d'organes génitaux – qu'est-ce que l'analyse freudienne de Kuřák pourrait révéler de cette mosaïque de mon imagination ? Oui, ma mère avait des lèvres pleines, une partie de son aura de star de cinéma. Oui, les dents de mon père étaient souvent jaunes. Plus probablement, je ramènerais à Tůma un nouveau patient pour Bohnice, le meilleur établissement psychiatrique de Prague.

Je touchai la patte de la créature, sentis la rugosité de tapis de motel de chaque poil, la solidité métallique de l'os en dessous, la peau sèche qui pulsait doucement.

C'était là. C'était.

« Tu es ici, dis-je.

— Je le suis », répondit-elle.

Je lâchai la patte de la créature et me propulsai vers l'arrière, tirant frénétiquement sur les poignées murales.

« Je voudrais avoir la capacité de t'aider dans ta détresse émotionnelle, maigre humain. Je ne peux pas t'offrir la consolation du Nutella, car je l'ai consommé. »

J'avais besoin de réfléchir, de digérer, je devais me distraire de ce contact. Je quittai la créature et retournai au Laboratoire, où j'inventoriai des échantillons anciens, saccageant mes notes avec méthode et en créant d'autres, polissant le verre, et réorganisant les éléments sur ma table : une lampe, des notes autocollantes, des stylos argentés, un carnet.

Je me cachai dans le Laboratoire pendant deux heures. Quand je revins dans les couloirs, j'entendis un faible ronflement. La créature flottait dans le coin supérieur du Lounge, l'ensemble de ses yeux fermés, les jambes repliées sous le ventre, formant une sphère presque parfaite. Je savais ce qu'il fallait faire.

J'allai chercher un scalpel au Laboratoire. Que doit faire un scientifique face à des possibilités impossibles ? Il recueille des données et étudie en conformité avec la méthode scientifique. Je me demandai si je pouvais risquer de tailler un échantillon de peau, ou peut-être juste en égratigner un peu, et revenir rapidement au Laboratoire avant que la créature ne comprenne ce qui se passe. Il y avait l'option la plus sûre de la collecte de poils seulement. C'était ça. Si je plaçais un élément sous le microscope et trouvais des particules réelles, je pourrais être fixé. Les particules ne mentent pas. Les éléments disent la vérité. Pendant un moment, je considérai tout simplement l'idée de plonger le scalpel dans le ventre de la créature, déversant ses entrailles dans le vaisseau – il ne pouvait y avoir une preuve plus tangible que cela. Avec un mal de tête intense et les doigts tremblants, les effets secondaires du somnifère, je m'approchai de la créature extraterrestre, comptai ses expirations. Je levai la lame, me décidant pour l'option la plus prudente de la collecte de poils.

Les yeux toujours fermés, la créature dit : « Je n'irais pas jusqu'au bout de nos intentions, maigre humain. »

Je tressaillis. La phrase était un grognement pur.

Les yeux s'ouvrirent. Ses pattes restèrent immobiles.

Mes paupières battaient, je ne pouvais pas avaler. Il devait y avoir un moyen. Quelque chose que je puisse placer sous un microscope pour confirmer ou réfuter mes sens. À ce moment-là, cela semblait plus important que de voler le feu de l'Olympe ou de scinder l'atome. Ce que je faisais était inévitable.

Je plongeai la lame en avant, vers le dos de la créature.

Elle attrapa le scalpel avec l'une de ses pattes, tandis que trois autres s'enroulaient autour de mon corps. Nous nous envolâmes à une vitesse stupéfiante, et elle pesa de tout son poids contre ma poitrine, mon estomac et mon aine. La pression des pattes était comme un trio de serpents errants ; je ne pouvais pas bouger la moindre partie de mon corps en dessous du cou.

« Tu refuses d'être mon sujet, mais tu me fais le tien », dit la créature. Il ne semblait y avoir aucune colère, seulement une constatation de fait. Le scalpel vola vers la fenêtre du Lounge.

« Je suis désolé. Je ne voulais pas te faire de mal.

— Ça je le sais, maigre humain. Mais le corps ne doit pas être offensé. Cela est la plus grande vérité de l'Univers.

— Tu sais, ça a été… inattendu. Je dois savoir si tu es ici.

— Imagine mon étonnement lorsque je découvris la Terre…

— Incomparable par rapport à tout ce que tu as pu voir. »

Elle se tut.

« Donne-moi un échantillon de peau. Un petit. Pour que je sois sûr. Nous pouvons être le sujet l'un de l'autre. As-tu un nom ? Quelque chose par lequel t'appeler ? »

Encore un silence. Son emprise se desserra. Le ventre était chaud, étalé sur moi comme un matelas aquatique.

« C'était peut-être une erreur, dit la créature. Oui, j'en suis certain. » Elle lâcha mon torse et avança rapidement à travers les couloirs.

« Ça ne l'était pas, dis-je. Reste ici. »

Je me propulsai vers l'avant sur les barres, mais je ne pouvais pas égaler la vitesse de la créature. Bientôt, elle disparut de ma vue. Je regardai à l'intérieur du Laboratoire, dans ma couchette, la Cuisine, la Salle de bains, chaque coin du Lounge. Je criai, plaidai pour qu'elle revienne. Je lui promis de lui donner tout ce dont elle avait besoin. Je promis que je n'envisagerais jamais de l'offenser à nouveau. Je promis que c'était trop important, dorénavant.

Il n'y eut pas de réponse.

Quelques heures plus tard, quand je rampai finalement à l'intérieur de la Matrice et tamisai les lumières, versant deux fois la dose recommandée de Sladké Sny sur ma langue, je ressentis de nouveau la pression autour de mes tempes, alliée à un éventail de taches de couleurs dans ma vision. La molaire infectée irritait ma mâchoire. La créature me sonda alors, malgré son absence. Elle était à la recherche d'un jour spécifique. Le jour où un étranger était apparu dans ma vie, portant un objet ayant appartenu à mon père. Une chaussure en fer.

La chaussure en fer

Deux jours après mon treizième anniversaire, je suis cloué au lit avec de la fièvre et des maux d'estomac. Grand-mère vient me voir toutes les deux heures alors que je lis *Robinson Crusoé* et que je vomis dans le seau habituellement utilisé pour le sang de porc. C'est un été pluvieux, et par la fenêtre, je vois Grand-père maudire le ciel et enfoncer ses bottes dans la boue gluante en enfournant du foin dans les cages à lapins. L'eau capturée par les gouttières se déverse dans une petite baignoire dans laquelle Grand-mère puise pour arroser les plantes d'intérieur. Les poulets dorment dans le poulailler, leurs griffes accrochées aux poteaux en bois qui leur servent de lits. Du toit de la maison, deux chats noirs tombent dans la boue, sifflant et criant. Je ne sais pas s'ils sont en train de s'entre-tuer ou de s'accoupler, et je ne suis pas sûr que la différence importe.

Dans mes suées, j'ai perdu le fil des jours, je ne sais pas si l'on est dimanche ou jeudi quand une Nissan bleue arrive à notre porte. Un homme en costume sort de la voiture, lisse les plis de sa veste et attrape un sac à dos violet dans son coffre. Son coup sur la porte résonne à travers le couloir glacial. Grand-mère lui parle à la porte d'entrée. Je sors de ma chambre et tente d'entendre leurs murmures.

« Va dormir, me dit Grand-mère.

— C'est donc le garçon », dit l'étranger. Il parle du coin de la bouche, et malgré les profondes cicatrices de variole sur ses joues, il a l'air d'un acteur de cinéma – une mâchoire ciselée recouverte de barbe de trois jours, des yeux froids, des cheveux lissés mais pas gras.

Grand-père arrive de la cour, une cigarette entre les dents, un morceau de boulgour à la main. Il écoute l'homme.

« Jakub, au lit », dit Grand-père. Il fait signe à l'étranger de le suivre dans le salon et ferme la porte derrière lui. Je compte jusqu'à soixante et m'approche de la porte. Je retire lentement la clé de son trou et regarde à travers. Grand-père est assis avec une bière, tandis que l'étranger met son sac à dos humide sur la table et en sort une chaussure en métal rouillé, si grande qu'elle ne pourrait aller qu'à un géant. Grand-mère arrose ses plantes, le dos tourné aux hommes.

« Comme je l'ai dit, j'ai été autrefois, d'une manière très spécifique, étroitement lié à votre fils, dit l'homme. Quand nous nous sommes rencontrés, il m'a présenté à la chaussure que vous voyez sur votre table. Il m'a emmené dans une salle d'interrogatoire au quartier général de la police secrète et il a demandé si j'aimais la poésie.

— Je vais vous offrir une bière si vous enlevez vos affaires humides de la table de ma femme, dit Grand-père.

— Je suis désolé, dit l'étranger, laissant la chaussure où elle était. Je lui ai dit que je me tâtais. J'appréciais les classiques, comme tout autre étudiant à l'université. William Blake, ai-je répondu à votre fils. Il a demandé si j'écrivais de la poésie aussi.

— Vous perdez votre temps ici, dit Grand-père.

— Je n'écris pas de poésie, monsieur Procházka. J'aime bien ça, mais je ne suis pas doué pour voir le monde en images. Mais votre fils était certain de mon rôle dans quelque bulletin international. Un appel à l'action. Il était certain que j'avais écrit des vers appelant à une révolution violente, un massacre tsariste de la direction du Parti et de leurs familles, ouvrant les portes de notre pays aux capitalistes et une fois de plus, asservissant la classe ouvrière. Il en était tellement certain qu'il a mis mes pieds à l'intérieur de ces chaussures. Celle-ci est l'une d'elles. »

L'homme tapote la chaussure.

« Vous savez que mon fils est décédé, dit Grand-père.

— Est-ce que vous avez parfois des fourmis dans les jambes ? D'une manière violente, je veux dire. Vous essayez de vous lever, mais vous n'avez aucun contrôle, comme si quelqu'un avait coupé les nerfs et que vous ne maîtrisiez plus votre propre chair. C'est comme ça avec ces chaussures. Votre fils était très doux quand il m'a rasé la poitrine et a placé les charges juste sous mes mamelons. Il a toussé poliment quand il a poussé ma chaise un peu plus près du mur, pour que je puisse y reposer ma tête. Inséré un morceau de carton dans ma bouche pour y mordre. Il m'a tapoté l'épaule, comme un inconnu qui vous fait remarquer que vous avez fait tomber une pièce de monnaie, avant de pousser un bouton et de regarder les câbles faire circuler la charge à travers la moelle de mes os. Vous devenez une ampoule humaine. Vous vous pissez dessus, vous pleurez un peu et vous prenez le stylo et signez, vous criez *Oh oui, j'ai fait tout ça, j'ai écrit des poèmes !* Mais votre fils – je ne peux pas parler pour les autres officiers du Parti, mais je peux parler de votre fils avec chaque cellule de mon corps –, il n'allait pas me laisser avouer si tôt. Il a baissé la charge et m'a décrit une journée ordinaire de la vie de ma mère. Le matin, a-t-il dit, elle mange une tartine de confiture et de fromage Edam. Elle se brosse les dents avec Elmex en écoutant *dechovka* à la radio. Elle prend la ligne A jusqu'à la Vieille Place, où elle travaille comme dactylographe. Pour le déjeuner, elle se fait un sandwich au jambon, sauf le lundi, quand elle prend le reste du schnitzel du dimanche, le plaçant entre deux tranches de pain de seigle avec un cornichon. À sa pause-déjeuner, elle lit des pièces de théâtre. Elle revient à la maison aux environs de quatre heures et regarde la télévision en épluchant des pommes de terre et en cuisinant la choucroute de porc pour le dîner. C'est à ce moment que le visage de votre fils est devenu très sérieux, monsieur Procházka, voyez-vous, parce qu'à ce moment il m'a vraiment eu, et il était heureux, mais il ne pouvait pas montrer son plaisir sadique. Il avait des scrupules, votre fils. Il était très sérieux quand il m'a dit que ma mère copulait avec mon père seulement le mercredi, et qu'elle ne lui permettait jamais de venir à l'intérieur, parce qu'elle croyait qu'il y aurait une autre guerre mondiale et que les Américains nous tueraient tous, alors pourquoi faire plus d'enfants si c'était pour les voir mourir ? Comme moi, je suis sûr que vous vous demandez si votre fils disait ces choses simplement pour me terroriser, ou si les bolcheviks avaient réellement regardé à travers leurs fenêtres alors que mon père et ma mère se donnaient du plaisir ou non. Je me poserai toujours la question, monsieur Procházka. Que dois-je faire, demander à ma mère ? Je vois que vous êtes curieux vous aussi. Après cette histoire, votre fils a permis à mes doigts engourdis de signer un papier, il a pris ce papier et il vibrait comme un petit roquet sur le point de livrer le journal du matin à son maître. Que pensez-vous de ça ? »

Grand-mère regarde par la fenêtre, immobile. Grand-père se lève de sa chaise, gémit un peu, et prend un moment pour redresser son dos. Il se dirige vers le réfrigérateur et prend une bière. Il la pose sur la table, l'ouvre, en avale la moitié d'un trait.

« Voulez-vous que je m'excuse en son nom ? demande-t-il. Eh bien, je ne le peux pas. Parce que je ne suis pas certain qu'il serait désolé à ce moment précis. Je ne peux pas être certain qu'il regretterait quoi que ce soit. C'était un homme de conviction.

— N'êtes-vous pas curieux de savoir comment j'ai obtenu la chaussure ? Je suis un homme riche maintenant, monsieur Procházka. La privatisation a été bénéfique pour moi. Je fais fortune dans le fer, le zinc. Certains contrats d'armement. Je cherche même à ouvrir quelques boutiques de fast-food en centre-ville. J'ai acheté cette chaussure à l'un de mes amis qui travaille au centre de recensement de la police. Je sais que c'est celle avec laquelle j'ai vécu une relation intime parce que son numéro de série s'est gravé sur ma peau en brûlant. Pouvez-vous imaginer ? L'accusation allait l'utiliser contre votre fils, pour chier sur votre nom pour les dix générations à venir, mais il a réussi à mourir avant qu'elle ne puisse le faire. Je l'imagine ramper le long du câble d'acier et le couper lui-même, lâche qu'il était. Pensez-vous que je suis venu de Prague pour entendre un vieil homme dire qu'il est désolé ? Prenez vos excuses et allez nourrir vos porcs avec. »

Grand-père termine sa bière. Il se lève et saisit la bouteille vide par le goulot. Grand-mère laisse tomber son pulvérisateur. L'étranger gratte sa barbe de trois jours, un bruit semblable à celui d'une allumette qu'on frotte sur sa boîte. J'attends que mon grand-père fasse mal à l'étranger, mais il ne soulève pas la bouteille. Sa main tremble. Il repose la bouteille et se plie dans un accès de toux du fumeur, rugit comme un ours blessé jusqu'à ce que Grand-mère lui donne une pastille à la menthe et lui frotte le dos. L'étranger tapote sur la chaussure avec son doigt au rythme de la pluie. On y verrait presque une politesse, comme s'il donnait une chance à son adversaire.

« C'était grossier, dit l'étranger. Je ne veux pas insulter votre occupation ou la sagesse de votre âge. Mais dites-moi, comment pouvais-je rester à l'écart ? Il doit y avoir des règles dans cet Univers. Le Parti a donné des récompenses à votre famille parce que votre fils était un bon chien. Dites-moi que je ne mérite pas la justice. Convainquez-moi que je ne devrais pas être ici, et je partirai pour ne plus jamais revenir.

— Êtes-vous un homme religieux ? demande Grand-père.

— Non.

— Alors, allez vous faire foutre avec la justice. Une voiture a écrasé un de nos chats la semaine dernière. À qui dois-je aller demander réparation ? Les hommes ne paient pas toujours pour leurs erreurs.

— Non. Mais si je peux aider, dit l'étranger – il se lève, et encore une fois, lisse les plis de sa veste. Quoi qu'il en soit, ce fut une introduction amicale. Vous me verrez dans le coin. Peut-être à la boutique ? Au bar ? Je vais discuter avec vos voisins. Je suis propriétaire d'une cabane près des bois maintenant. Belle vue.

— Qu'est-ce que vous voulez ? dit Grand-père. Dites-le simplement.

— Je n'en suis pas encore sûr, dit l'étranger, mais quand je le déciderai, je reviendrai vous voir. »

Il reprend la chaussure et la glisse dans son sac à dos. Les épaules de Grand-père s'affaissent et il regarde par la fenêtre donnant sur les poulets tout juste réveillés qui picorent les restes de graines du matin. J'oublie que je ne regarde pas un film. L'homme à la chaussure ouvre la porte et je tombe en arrière.

« Petit Jakub », dit l'étranger.

Je me relève péniblement. Il me tend la main. Je l'ignore.

« Que vas-tu faire quand tu seras grand ?

— Astronaute, dis-je.

— Un héros, donc. Tu aimais ton père ? »

Grand-père attrape la bouteille à nouveau, court vers nous comme un jeune homme, et crie : « Oust, ordure. Dégage ! »

L'inconnu se précipite à travers le portail tandis que Šíma pince ses chevilles. Il démarre. Grand-père se tient devant la barrière et respire lourdement. C'est peu avant midi, et les voisins marchent par groupes de deux ou trois sur la route principale pour aller acheter des petits pains frais au magasin. Ils s'arrêtent pour regarder la fuite de l'étranger, certainement ravis à l'idée d'élaborer bientôt des théories sur l'événement, lors de la partie de Mariáš de la soirée.

« Tu nous as entendus ? » demande Grand-père quand il revient à l'intérieur.

J'acquiesce.

« Tu te sens mal ? »

Je secoue la tête. La rage brûle dans mon estomac, comme si j'étais sur le point de roter, mais je ne suis pas certain de savoir qui ma colère vise. Je n'ai jamais été témoin d'une menace de violence. Rien de comparable à l'excitation et au frisson que je ressens dans les livres.

« Allons écorcher un lapin, dit Grand-père.

— Il a la grippe, dit Grand-mère.

— Donne-lui un coup de slivovitz, alors. Il est resté dans la maison pendant des semaines. Est-ce sain pour un garçon ? »

J'enfile un imperméable et suis Grand-père dans les cages à lapins. Il attrape Rosta, un gros mâle blanc recroquevillé dans le coin. Rosta couine et se débat jusqu'à ce que Grand-père porte un coup rapide à sa nuque. Les poulets se rassemblent autour du compost et piaillent d'extase alors que Grand-père tranche la gorge de Rosta et que le sang épais se déverse sur leurs becs.

Grand-père pend Rosta sur deux crochets à un arbre, arrache ses yeux avec la pointe de son couteau, et me laisse les donner aux poulets. Le résidu collant est comme de la morve sur mes doigts.

Mon père me parlait rarement de son travail. Il disait que tandis que d'autres personnes sont assises dans les réceptions d'hôtel ou traient des vaches, des tâches tranquilles assignées par l'État, il s'assurait que la vérité et la stabilité du régime n'étaient pas compromises par les mécréants. Les gens semblaient l'apprécier – ils lui disaient toujours bonjour et lui souriaient, mais, les années passant, je vis davantage, je remarquai l'insincérité de leurs gestes. Même après qu'il eut reçu sa convocation au tribunal et que les journaux eurent écrit sur ses semblables, je ne pensais pas que mon père pouvait avoir fait du mal à un innocent, à quelqu'un qui n'aurait pas eu l'intention de détruire notre monde à nous.

« Ne crois pas tout ce que cet homme raconte, dit Grand-père en glissant le couteau sur le ventre de Rosta.

— Est-ce que tu sais, toi ? Si papa lui a fait du mal pour rien ?

— Je n'en sais pas beaucoup plus que toi, Jakub. Je sais qu'il a fait des choses que je désapprouve. Il pensait qu'il sculptait de ses propres mains un monde meilleur pour toi.

— Il serait allé en prison ?

— Tu sais que le monde est toujours en train d'essayer de nous attraper. Ce pays-ci, ce pays-là. Nous ne pouvons pas combattre le monde entier, les dix millions d'entre nous, donc nous choisissons des gens que nous considérons comme devant être punis, et nous les faisons souffrir du mieux que nous le pouvons. Dans un livre, ton père est un héros. Dans un autre livre, c'est un monstre. Les hommes qui ne sont pas dans les livres ont la vie plus facile. »

Il rassemble le foie, le cœur, les reins. Il tranche les pattes et les côtes, et laisse la peau suspendue à l'arbre alors que nous revenons vers la maison. La fourrure va sécher pendant quelques jours avant que Grand-père ne la vende. On racle la merde de poulet de nos chaussures avec un couteau à beurre, et tandis que Grand-père lave la viande dans la baignoire avant de l'emballer pour la congeler, je demande à Grand-mère de faire du thé. Sur la table du salon, une empreinte gigantesque perturbe une fine couche de poussière. J'aimerais que la chaussure soit encore là pour pouvoir la toucher. Mon père l'avait touchée, et peut-être qu'un morceau de lui était resté sur elle, un grain de poussière, un petit flocon de peau composé de la même matière que la mienne. Quand je vais me coucher ce soir-là, non plus avec la fièvre mais toujours nauséeux, mes grands-parents parlent dans la cuisine, et il y a un mot que je peux reconnaître avec certitude, répété maintes et maintes fois : Prague.

Quelques jours plus tard, je me sens à nouveau vaillant. Après l'école, je marche le long de la rivière Ohře qui s'étend de Středa à tout le comté, rejoignant l'Elbe, la veine bleue de l'Europe. Des chatons rouges couvrent la surface de la rivière. Un plouf occasionnel de poissons interrompt le silence sur la route principale à l'heure du déjeuner dominical. Tout le monde est à la maison en train de manger des pommes de terre et du schnitzel, ou des pommes de terre et des saucisses ou des pommes de terre à la crème amère. Ils s'apprêtent à regarder le débat politique où les nouveaux apôtres de la démocratie vont discuter entre eux de la manière dont un marché libre devrait fonctionner et combien les collaborateurs communistes devraient être punis sévèrement sous l'égide humaniste du slogan du président Havel : l'amour et la vérité l'emportent sur la haine et le mensonge.

Devant moi, se tenant sous une branche feuillue, un homme pisse contre le tronc d'un bouleau. Il se rhabille et se retourne. L'étranger à la chaussure.

« Petit astronaute, dit-il, en mâchant.
— Vous ne devez pas me parler.
— Charmants, ces villages. Une bonne escapade après Prague. Trop d'Américains et d'Anglais qui y déferlent avec leurs appareils photo depuis la chute de Moscou. Ici, c'est la bière, les rivières et les matchs amicaux de football. Un bon endroit pour un garçon. Chewing-gum ? »

Il tend sa main. Des images de pommes et d'oranges ornent le paquet. Je n'ai jamais goûté ce chewing-gum et je suis très tenté d'en prendre un – l'odeur émanant de la bouche de l'homme est aussi agréable que celle des cerisiers en été. Mais cet homme n'est pas un ami. Je fais valser le paquet de ses doigts et lève mes poings, prêt à parer son coup. Il rit.

« Combattant ! Bien, bien. Mais ne va pas trop loin. Tous les hommes aujourd'hui se fantasment en combattants. Nous ne le sommes pas tous. Et ce n'est pas grave. Imagine : si les Américains nous avaient délivrés de Hitler avant les Russes, nous aurions pu être libres. Ton père et moi, nous aurions pu être de grands amis. Tu aurais pu prendre tout le chewing-gum que tu veux. Je me demande. Je me demande toujours. »

Jusqu'à ce moment, je n'ai jamais ressenti de haine. À Prague, j'avais eu une rivalité avec un garçon nommé Jacko – nous étions tous deux bons au football et donc toujours en compétition pour être le capitaine de l'équipe de l'école. Nous avons eu des bagarres au cours desquelles les gifles ont volé, sans jamais vraiment atteindre leur but, et nous savions que nous ne nous ferions jamais véritablement de mal. Nous prétendions nous détester, mais je l'aimais bien, et je crois qu'il m'aimait bien aussi. Jacko a disparu – tous ceux que je connaissais à Prague ont disparu de ma vie –, et à présent il me manque, ainsi que les règles de notre engagement, parce que aucune règle n'a été établie avec l'homme en face de moi. Il sourit comme s'il savait des choses. Il est entré dans la maison de mes grands-parents et a rendu mon grand-père, Papi fils de Perun, faible. Et maintenant, il est seul avec moi, et je me souviens de toutes les nouvelles histoires qui me font mal au ventre, les histoires où des gens de mon âge sont entraînés dans les bois et tués par des adultes. Je garde mes poings levés. Quoi qu'il me fasse, je lui rendrai la tâche difficile.

L'homme allume une cigarette et se détourne. J'ai l'impression que je vais tomber par terre. Il se dirige vers la route principale, puis vers le nord, vers les cabanes de vacances. Je m'assois et je respire, j'absorbe l'adrénaline, mes pensées retrouvent de la clarté. À côté de moi est posé le paquet de chewing-gums de l'étranger. Je le ramasse, déchire l'emballage, et place le contenu rose sur ma langue. C'est doux et aigre, comme des baies à la crème. Je jette le chewing-gum dans la rivière, aussi loin que je peux. Alors que je marche vers la maison, j'imagine les chars américains, ornés de l'étoile alliée, rouler dans nos champs de pommes de terre, et les filles de Bohême tendre leurs lèvres aux mâchoires carrées et aux corps sains de garçons élevés aux Marlboro et aux sundaes au lieu d'enlacer les torses creux et les poitrines affamées des garçons soviétiques. Ce qui aurait pu être.

Je marche dans les champs pendant des heures, lance des cailloux aux canards, siffle des airs qui n'existent pas en dehors de mon propre esprit, taquine des chiens vicieux derrière des barrières en les piquant avec un bâton. Je me sens puéril de n'avoir jamais questionné mon père sur sa vie. Ce que je savais de notre famille quand mon père était vivant venait du ouï-dire et des gestes étranges de gens autour de nous, la façon dont mes amis se rassemblaient et répondaient à tous mes caprices chaque fois que nous sortions (et maintenant je me demande : Qu'en est-il de Jacko ? N'avait-il pas peur de moi ? Peut-être ses parents ne l'avaient-ils pas averti, ou peut-être était-il tout simplement un franc-tireur qui ne se souciait pas du statut de ma famille ?), ou la façon dont nos voisins se précipitaient dans leurs appartements quand ma mère et moi revenions du marché, pour ne pas avoir à nous dire bonjour. Je passe ces moments en revue dans mon esprit, attentif à ne pas les inventer, mais la distinction disparaît comme la brume matinale le long de la surface du lac. Ce dont je suis sûr maintenant c'est qu'il y a un étranger qui voit mon père en moi et me déteste pour cela. Je suis détesté, et peut-être veut-il me faire du mal, vraiment du mal. Pour un instant, j'ai envie d'effacer tout cela, la révolution, la chute du Parti. Je veux être de retour dans notre grand appartement de Prague, avec mes parents cuisinant ensemble et se jetant de la nourriture à la figure, la vapeur du radiateur luttant contre l'annexion de l'hiver. Je me fiche de ce qui règne en dehors de notre maison – capitalisme, communisme, ou toute autre chose –, aussi longtemps que mes parents reviennent vers moi et me protègent des étrangers à la chaussure. Oui, mon père pourrait peut-être même le torturer un peu. Je le lui permettrais. Je demanderais à mon père de torturer l'homme jusqu'à ce qu'il cesse de me haïr.

J'essuie mon visage sur ma chemise, regarde autour de moi pour m'assurer que personne n'a été témoin de mes sanglots.

Au coucher du soleil, je retourne vers la maison. En arrivant, seule une moitié de soleil surplombe l'horizon. Sur le solide bois brun de la barrière, des lettres ont été peintes à la bombe, en rouge :

Porcs de Staline, groin groin groin.

De l'urine et du crachat s'égouttent dans l'herbe en dessous. Je lis les mots sans cesse jusqu'à ce qu'il fasse sombre et que je ne puisse plus les voir. Je rentre dans le salon et Grand-mère me regarde pardessus son journal. Des saucisses cuisent sur le poêle.

« Il y a quoi à la télévision ce soir ? je demande.

— Un documentaire sur le rock'n'roll en Allemagne de l'Est, avant la chute du Mur. *Octopus,* un film de gangsters français. Violent, mais tu peux le regarder. »

J'ai envie de tout avouer à Grand-mère. Je voudrais lui dire que j'aimerais que mon père revienne pour blesser des gens pour moi. Je voudrais lui dire que j'ai peur. Au lieu de cela, je mange des saucisses avec de la moutarde piquante et regarde les Français sur l'écran, la bouche en décalage avec les mots tchèques qu'ils prononcent. Grand-mère applique sa crème pour le visage, et je demande à renifler le flacon.

« Est-ce que Grand-père a vu la porte ?

— Oui. Il est allé au bar pour calmer ses nerfs. »

Rassasié et paresseux, je m'adosse sur la chaise et place Šíma sur mes genoux. Dehors, je peux entendre Kuka, l'ivrogne du village, trébuchant sur la route principale et chantant sur les seins et les rivières remplies de Becherovka. La barrière grince, et Šíma se précipite vers la porte pour saluer Grand-père.

Il s'assoit sur une chaise, le sang coulant de son front sur les deux côtés de son visage. Šíma lèche les espaces salés entre les orteils de grand-père alors que Grand-mère trempe un mouchoir morveux dans du peroxyde et le porte à la plaie. La joue droite de Grand-père est noire et gonflée.

« C'était Mládek et ses petits amis de la ville », dit-il.

Mládek, le crétin du village, le corps alimenté par une vie de consommation de porc, mais l'esprit nourri uniquement d'une rage mal dirigée. Il se pavane autour de la ville comme un shérif, avec ses adjoints de Prague, des adolescents en vacances, vivant sur le salaire de ses parents et buvant à mort. Il est de la nouvelle génération de Tchèques, victime des insuffisances à la fois causées et encouragées par le communisme et ainsi rendu inutile à la société. Bien sûr, Mládek trouve sa nouvelle raison de vivre dans l'humiliation de notre famille.

« Il avait encore de la peinture rouge sur son T-shirt, ce fasciste. Et toute cette nouvelle peinture que je dois acheter maintenant. Avec ma retraite de merde.

— Au moins, elle n'est pas aussi merdique qu'avant, dit Grand-mère.

— Ce n'est jamais assez, dit Grand-père. On peut changer de seigneurs, mais c'est toujours la même merde pour les roturiers.

— Calme-toi.

— Tu les as frappés ? » je demande.

Grand-mère me jette le même regard que lorsque je marche sur ses plantes ou oublie de nourrir Šíma.

« Oui. Tu sais bien que je l'ai fait, Jakub. Tu devrais les voir, maudits, païens, fascistes de merde. J'ai attrapé Mládek par sa queue-de-rat et j'ai cogné son tarin contre le trottoir.

— Ce n'est pas comme ça que nous voyions les choses, dit Grand-mère tranquillement.

— C'est à cause de lui. Le type à la chaussure, continue Grand-père. Personne ne s'en souciait avant qu'il ne vienne ici et commence à ouvrir sa bouche. Nous pouvons toujours partir.

— On n'a rien fait, proteste Grand-mère. Le fils de la vieille Sedláková est en prison pour avoir molesté un adolescent, et qu'est-ce que tu vois sur sa porte ? Rien. Tout le monde prend soin de tapoter son épaule, pauvre femme, ayant donné naissance à un monstre – “Tenez, nous vous avons fait du strudel”. Pourquoi elle ne fuit pas, elle ? En quoi est-on différents ?

— Ce ne sont pas des pervers qui ont occupé le pays pendant soixante ans.

— Ils occupent la planète depuis l'aube du monde. »

Elle panse la plaie et lui administre trois coups de slivovitz pour la douleur, même si son haleine pue déjà le rhum et la bière. Ils se retirent dans leur chambre sans un mot et je me glisse sous mes couvertures. Šíma n'est pas autorisé sur les lits, mais je le soulève quand même et enfouis mon nez dans sa fourrure qui sent la cuisine de Grand-mère et les résidus de shampooing antipuces. Habituellement, mon grand-père ronfle bruyamment toute la nuit, mais aujourd'hui, à part les branches de pommier qui égratignent le toit, la maison est silencieuse. Pour la première fois depuis l'enterrement de mes parents, il m'est impossible de dormir.

Mon père aimait Elvis Presley. Il achetait ses disques à un acteur allemand censuré qui les passait en contrebande à travers le mur de Berlin. Il mettait le disque quand il cuisinait, quand ma mère cuisinait, avant de se coucher, quand il allait aux toilettes, quand il prenait son bain, quand il regardait par la fenêtre les logements sociaux bétonnés en construction, d'une efficacité magnifique et terrible. En rentrant du travail, les femmes jetaient robes et soutiens-gorge humides sur les cordes à linge attachées à des poteaux juste sous leurs fenêtres, des cordes à linge s'étendant à travers le monde comme les voiles d'un bateau pirate hanté, tandis que les hommes marchaient lentement la tête basse, hésitant entre aller au bistrot et risquer l'arrestation pour cause de dérapage après avoir bu trop de bières et rentrer à la maison faire face à la seule chaîne de télévision et à l'étagère de livres à la pensée unique, outils incapables d'interrompre le silence de leur vie. Mon père fumait et hochait la tête en musique et il semblait que tout se déroulait exactement selon ses désirs.

Ne parlez à personne d'Elvis, disait-il systématiquement au petit déjeuner. Son refrain. Ceux qui étaient pris à écouter de la musique occidentale étaient amenés au poste pour subir un interrogatoire, rien de trop rude, selon mon père (même si je m'interroge aujourd'hui : Que pouvait signifier « trop rude » à ses yeux ?), juste une pièce avec une petite fenêtre et un camarade ordinaire demandant pourquoi les talents musicaux de notre Mère soviétique ne suffisaient pas à satisfaire le suspect.

Un jour, ma mère a trouvé la boîte de disques sur la table de la cuisine, hors de sa cachette habituelle dans le garde-manger.

« Tu perdrais ton travail si quelqu'un prenait une photo par la fenêtre », a-t-elle dit.

Mon père a enlacé sa taille et caressé ses disques du bout des doigts.

« Ils peuvent prendre un millier de photos, a-t-il dit, et nous resterons ici, à boire du café et à peler les pommes de terre. Aucun message ne peut atteindre le messager. »

Deux jours plus tard, j'ai trouvé mon père l'oreille collée sur une tasse calée contre le mur entre notre salon et celui des voisins. Il a mis un doigt sur ses lèvres et m'a fait signe de venir. Il a baissé la tasse à ma hauteur et j'ai écouté. Une voix forte transmise par le biais des ondes, annonçant que la pénurie de pommes de terre dans toute l'Union soviétique était encore un autre signe de mauvaise gestion par Moscou. Radio Free Europe, le péché capital, l'ennemi. Mon père est allé dans sa chambre et a décroché le téléphone. Environ une heure plus tard, des cris ont éclaté dans le couloir, et j'ai entrebâillé la porte pour voir M. Strezsman et son fils, Stanek, emmenés par quatre policiers. J'ai senti le souffle de mon père sur ma nuque, et M. Strezsman, d'une voix assez semblable à la voix impassible de l'animateur de radio, a juré vers notre porte. « Connard de collabo », a-t-il dit. Encore et encore.

J'ai voulu questionner mon père alors. Si seulement j'avais pu le ligoter à une chaise et poser une théière bouillante sur ses genoux jusqu'à ce qu'il me parle de ses journées de travail, ses secrets d'État, me révèle qui il était. Il était si calme dans ses actions – abaissant l'aiguille du tourne-disque, caressant ma mère, décrochant le téléphone, se tenant toujours droit, avec une petite toux avant de prendre sa voix officielle, le baryton du devoir – qu'une vie dont il ne serait pas le héros me semblait inenvisageable. Il a continué à jouer ses disques et j'ai continué à me taire.

Maintenant, je suis là, à observer un chat errant percer un scarabée avec ses griffes sur le rebord de la fenêtre tandis que le soleil se lève, tandis que mon grand-père ne ronfle toujours pas, et je dégage la lourde couverture de mon corps et la poussière flotte dans les minces rayons de lumière, comme le premier pollen d'été ou des projections d'étoiles sur les murs d'un planétarium.

Dans la matinée, Grand-père et moi sortons de la maison avec nos tasses de thé. Pendant la nuit, d'autres artistes se sont attaqués à notre porte. *Fascistes*, *Salauds de marxistes*, *L'Amour et la Vérité vaincront*, par-dessus *Enculés*, et un plus simple : *Dégagez.* Finalement, les vandales ont abandonné les lettres pulvérisées et ont tracé à la place des lignes simples et des croix rouges, bleues et blanches, les couleurs de la république. Malgré les vapeurs de mon thé à la rose, une forte odeur d'urine prédomine. Grand-père monte sur son vélo pour aller acheter de la peinture. Quelques heures plus tard, il revient tellement ivre qu'il ne peut pas garder sa fesse gauche sur le siège.

La plupart des enfants du village ne m'ont jamais aimé – je suis un garçon de la ville, serai toujours un garçon de la ville, et en cela ils supposent que je me sens supérieur à eux, avec leurs racines villageoises, bien que j'aie toujours considéré Středa comme égale à la maison de Prague. Maintenant, leur aversion devient hostile – ils me crient dessus, me pourchassent sur leurs vélos, et je m'assure de ne jamais me retrouver seul, sans le moindre adulte alentour. L'hostilité des adultes est plus insidieuse. Quand je descends la route principale pour aller acheter de la glace, les bonjours et les comment vas-tu des femmes sonnent comme des accusations – comme pour dire que mon bien-être nuit au leur. Les hommes, jeunes et vieux, sont discrètement agressifs, serrant les poings et croisant leurs avant-bras chaque fois qu'ils me voient. La seule personne à ne pas avoir changé de comportement est Boud'a. Nous avons passé toutes les vacances d'été ensemble depuis nos trois ans, et il est désormais mon seul ami et compagnon. Il ne parle jamais de mes parents, ne mentionne pas mon passé. Nous marchons simplement jusqu'à la Riviera, une plage aux yeux des villageois, et nageons dans la rivière lorsque tous les autres enfants sont loin. Nous recueillons des fourmis dans des canettes de soupe, nous fumons notre première cigarette dans les bois.

La saison des pluies passe et le monde est désormais chaud et attrayant, mais Grand-mère cesse d'aller au magasin tous les jours et Grand-père regarde la télévision au lieu d'aller au bistrot. Je le surprends souvent à étudier les annonces immobilières dans le journal, encerclant des adresses situées à Prague. Il cache le journal quand je m'approche et ne veut pas en parler. Je refuse l'idée de déménager, de quitter cette maison. Bien que j'aie grandi à Prague, Středa a toujours été un sanctuaire, un endroit où ma mère souriait souvent, m'emmenait faire de longues balades, un lieu où mon père parlait davantage, et jamais du travail ou de politique, un lieu où aucune voiture ne passe la nuit et où l'on peut trouer l'obscurité parfaite dans les champs, loin des réverbères et des ampoules dorées filtrant à travers les fenêtres.

C'est notre maison, mais nous ne sommes plus les bienvenus. Quand mon père le héros a disparu, mon père l'ennemi national a fait surface. Ces chansons matinales d'Elvis, mêlées à ses lampées de café et le feuilletage des journaux (« Les impérialistes sont en train de tuer les pauvres avec des drogues », ironisait-il), bourdonnent dans mes oreilles toute la nuit jusqu'au matin, m'interdisant le sommeil.

Surveillance rapprochée

La vie parcourt de telles distances dans la quête d'autres vies.

Du premier procaryote luttant contre les mers sauvages de la terre préhistorique aux hominidés acquérant leurs premiers outils bruts ; des Néandertaliens gravant l'image de leur monde sur les murs des cavernes à l'ocre rouge et jaune au premier satellite russe (poids : quatre-vingt-trois kilogrammes) en orbite autour de *Terra*, pulsant ses bips exaltants vers des radios terriennes ; des premiers spationautes fantômes soviétiques envoyés par la mère patrie pour mourir sans nom aux premiers hommes plantant des drapeaux sur des surfaces extraterrestres (oui, ces roches rougeoyantes nous appartiennent maintenant) ; du télescope Hubble photographiant les premiers mondes au-delà du nôtre (pourront-ils un jour être à nous ?) à l'extase de trouver le plus grand soutien de bactéries de la vie, le H_2O, sur les surfaces de planètes taquinant impitoyablement notre imagination ; et enfin le premier *Voyager* construit par l'homme pour s'extraire du confort de son propre système solaire. La vie voyagera toujours pour trouver une autre vie.

Et puis il y avait moi. Jakub Procházka, seul membre de l'équipage de la navette *JanHus1*, capable de balayer ces découvertes d'une main, comme si elles étaient simplement les miettes insignifiantes d'une époque révolue.

J'avais vu la créature fuir six jours et dix-huit heures plus tôt. Ses visites mentales me réconfortaient, malgré leur caractère invasif – la douleur constante autour de mes tempes me confirmait que je la verrais à nouveau.

La Terre était maintenant un point brillant dans les profondeurs des cieux, un foyer réduit à une unité de ponctuation. Une fois par jour, je réglais mon télescope pour me rappeler les bleus et blancs qui attendaient mon retour, une planète prête à nous soutenir, moi et ceux que je connaissais. Par rapport aux plans rapprochés de ma planète, Vénus semblait terne et tout aussi hostile que ses orages incessants et explosions volcaniques, sa surface un moût trompeusement immobile de sable et de roche. La planète était pâle et statique à travers la brume épaisse du nuage Chopra, encore à deux semaines de distance, et apparaissait figée, bien que les lectures quotidiennes prouvassent que le nuage continuait à s'effondrer sur lui-même.

Chaque jour maintenant, ma progression vers le nuage était reprise aux nouvelles, et la communication au sujet de ma mission devenait frénétique. Le *New York Times* publia un portrait de six pages détaillant les actions de mon père, le héros du régime, le traître à son peuple. C'était un bel essai sur l'histoire de la République tchèque (je me demandai si le *Times* avait déjà dédié tant d'espace à mon pays) combiné à des commentaires hors sujet et condescendants sur ma *success-story* de garçon issu d'un petit pays qui avait le cran d'un grand. Les médias du monde entier avaient entrepris de me présenter comme un ami à leurs populations respectives. Une starlette norvégienne, en tournée à Hollywood pour un nouveau film, me désigna comme son coup de cœur numéro un. Mon équipe de communication gouvernementale – que je n'avais jamais rencontrée et qui semblait constituée d'agents immobiliers fraîchement diplômés – sillonnait l'Europe pour parler de ma bravoure, de l'importance de continuer l'exploration spatiale et de ma préférence pour les caleçons par rapport aux slips. La Centrale transmettait en vrac des e-mails de publicitaires offrant de me représenter, de vendre l'histoire de ma vie à des producteurs de films, à des biographes, et à d'occasionnels romanciers désespérés.

Peu de temps auparavant, les gens crachaient encore sur la porte de ma famille. Maintenant, ils voulaient investir de l'argent sur ce que mon nom représentait, peut-être offrir le rôle de mon père à un acteur cherchant à percer sur une scène plus grand public après avoir incarné une série d'hommes blancs ambigus dans des films indépendants.

Je continuais à recevoir chaque jour des mails de Petr, décrivant l'horaire détaillé des tâches à accomplir avant d'atteindre mon objectif. Contrôle de filtre, nettoyage du capteur, un programme d'exercices plus serrés pour me préparer aux protocoles d'urgence possibles, événements de discussion vidéo pour satisfaire le sentiment de propriété et de fierté des contribuables. J'effectuais ces tâches consciencieusement, mais sans beaucoup d'excitation. Je ne pouvais penser qu'à la créature, à son poids, à sa voix défiant les ondes sonores, ou à Lenka, à l'incapacité pour la Centrale de la retrouver, au silence, mon ressentiment grandissant contre elle malgré tous mes efforts. L'exploration de Chopra semblait inopportune, peut-être même inutile en matière de temps et d'argent par rapport à une vie terrestre sensée. Mais Chopra était là, visible, et changerait la vie des Terriens, alors que la créature avait disparu aussi vite qu'elle était apparue, et mes légers maux de tête, preuve persistante de sa présence, commençaient à me sembler psychosomatiques. Lenka et la créature m'avaient toutes deux abandonné à ma mission. Ma chair ne participait aux tâches quotidiennes qu'avec un professionnalisme austère, tandis que mon esprit vagabondait ici et là, partout, tour à tour maniaque ou passif, une mouche bourdonnante parcourant une pièce, déchirée entre la liberté promise par la lumière du soleil passant par une fenêtre et le buffet infini de miettes éparpillées dans les coins sombres.

Six jours et dix-huit heures après la disparition de la créature, alors que je m'installais dans mon fauteuil pour vérifier le courrier avant de m'endormir après deux heures d'interviews télévisées, je trouvai un e-mail du ministère de l'Intérieur transmis par Petr. La pièce jointe était un fichier texte intitulé *Lenka P.* Le texte de l'e-mail :

Un cadeau du sénateur Tůma. Un agent de sûreté de l'État a les yeux rivés sur Lenka pour toi.
P.

J'ouvris le document.

Le sujet a d'abord été repéré quittant le bâtiment de l'hôtel de ville de Plzeň. En comparaison avec la photo n° 3, les contrastes sont frappants – cheveux courts et teints en rouge-orange, amaigrissement notable autour des pommettes. Le sujet marchait avec confiance, un téléphone cellulaire à l'oreille. Les relevés téléphoniques montrent que cet appel était à sa mère. D'autres appels ont été passés à une amie de Prague et à un homme de sa connaissance à Plzeň. L'homme va bientôt faire l'objet d'un suivi pour déterminer la nature de son éventuelle relation avec le sujet. Le sujet s'est rendu à un supermarché Hodovna, où il a acheté un demi-kilo de jambon maigre, du camembert, trois pitas de blé entier, deux bouteilles de cabernet sauvignon, et une barre de Bounty. Il semble que le sujet n'achète que pour un seul repas à la fois. Les activités de la soirée du sujet se sont limitées à regarder des rediffusions des Simpson, à consommer les marchandises achetées, et à écrire dans un cahier auquel l'agent n'a pas encore été en mesure d'accéder. Il est à noter que le sujet a consommé une bouteille entière de vin rouge et fumé sept cigarettes Marlboro mentholées avant d'aller dormir. Étant donné que l'agent ne devait fournir que des détails superficiels, il s'est abstenu d'observer les activités dans la chambre du sujet, et n'est pas entré dans l'appartement. Une observation à travers la fenêtre a révélé un salon bien rangé avec peu de meubles, pas de photos ou de tableaux aux murs, pas de livres, un téléviseur placé sur une table bon marché. Le canapé en cuir semble être le seul mobilier conséquent de la maison, ce qui suggère que le sujet n'envisage pas un séjour permanent. La surveillance reprendra…

Je fermai l'e-mail. Homme de sa connaissance. Éventuelle relation. La surveillance était peut-être une mauvaise idée – la culpabilité ne valait pas le soulagement minime qu'elle procurait. Mais la culpabilité d'espionner Lenka ne dominait pas la soif soudaine que ce rapport avait créée en moi de connaître chaque repas, chaque conversation, chaque soupir qui pourrait être poussé pour moi, peut-être une odeur qui lui rappellerait que nous nous étions réveillés l'un près de l'autre. Tout pouvait être un indice de son retour.

Merci, écrivis-je à Petr, *cela n'a pas de prix.*

Je frottai mes yeux endoloris et éteignis les lumières du Lounge, une habitude acquise à la maison et dont je ne pouvais me défaire, malgré l'énergie solaire illimitée à ma disposition. D'une certaine manière, ne pas appuyer sur l'interrupteur semblait toujours un gaspillage.

Je me rendis à la Cuisine pour une collation de nuit et reculai aussitôt face au spectacle qui m'attendait.

La porte du réfrigérateur était ouverte et les plans de travail recouverts de petites taches de chocolat à tartiner. Un couvercle blanc fissuré flottait à travers la pièce, et en face de moi, suspendue dans les airs, se trouvait la créature, deux de ses pattes grattant à l'intérieur du pot de Nutella. La créature cligna des yeux plusieurs fois, puis me tendit le pot.

« J'ai honte, dit-elle. Il me semble avoir acquis une incapacité à résister à des impulsions liées aux noisettes terriennes. »

J'attrapai le pot d'une main tremblante. « Tu es de retour.

— Après notre désagréable confrontation, je devais méditer et réfléchir. Tu dois comprendre que notre rencontre n'est pas une mince affaire pour moi. »

Je m'approchai du garde-manger et pris un paquet de tortillas. J'y tartinai ce miracle de noisettes et les roulai en burritos anorexiques. Les pattes de la créature tremblaient tandis qu'elle me regardait, peut-être un signe d'excitation.

« Je suis heureux que tu sois là, dis-je.

— Avant mon départ, tu m'as demandé mon nom. Mon espèce n'a pas besoin de signes distinctifs, d'identités. Nous sommes, tout simplement. M'appeler par un nom t'aiderait-il, maigre humain ?

— Oui, ça m'aiderait.

— Appelle-moi par le nom d'un humain intelligent. Le nom d'un roi philosophe, ou d'un grand mathématicien. »

Je passai en revue le catalogue des grands hommes, leur épatante chronique brillant à travers les pages colorées de l'Histoire. Il y en avait tellement – assez pour convertir quiconque, brièvement, en optimiste convaincu –, mais le bon nom se présenta à moi avec clarté, comme si le fantôme d'Adam, nommant les choses pour la première fois, parlait à travers moi. Il était une fois Adam, qui, désignant ce qui n'était encore rien, déclara « lapin ». Et ainsi, *rien* est devenu un *lapin*.

« Hanuš », dis-je.

Et ainsi, rien devint Hanuš.

« Qu'est-ce qu'il a fait ? » demanda Hanuš.

Je lui offris un burrito. Avec un sourire, Hanuš l'accepta entre ses dents. Il mâchait, les lèvres et les yeux fermés, le bas de son ventre se balançant d'un côté à l'autre tout en émettant un grognement sourd semblable aux borborygmes d'un gros chien mendiant des friandises. Je ne savais pas bien pourquoi je lui avais donné un nom masculin, car aucun signe d'organes génitaux n'était apparent.

« Il a construit Orloj, l'horloge astronomique de Prague, dis-je. Plus tard, la ville a engagé des voyous pour lui enfoncer des tiges d'acier brûlantes dans les yeux, pour qu'il ne puisse jamais en construire une autre. Avec du sang dégoulinant de ses orbites, Hanuš est entré à l'intérieur de l'horloge et a interrompu son fonctionnement d'un seul coup de main.

Personne n'a pu réparer l'horloge durant les cent années qui suivirent.

— C'était un astronome.

— Oui. Un explorateur. Comme toi.

— Je serai nommé Hanuš. »

La créature se posa sur le sol, échappant soudain à l'absence de gravité. Elle tendit une patte vers moi et ses lèvres s'ouvrirent dans un large sourire, retrouvant leur couleur rouge vif. Je touchai l'extrémité pointue de la patte, sentis le squelette lisse et dur sous les poils. La pointe était chaude, comme une tasse de thé tout juste servie. Je fis deux autres burritos.

« Pourquoi m'as-tu choisi ? demandai-je à Hanuš.

— J'ai étudié l'orbite de la Terre, maigre humain. J'ai étudié votre histoire et appris vos langues. Pourtant, après avoir accédé à toutes les connaissances, je ne comprenais toujours pas. Mon intention initiale était de t'étudier durant un jour ou deux, observer tes habitudes de sommeil. Mais j'ai été piégé par l'accès à ta mémoire. J'ai voulu en savoir davantage. Le grand spécimen humain, un sujet idéal.

— Si tu le dis.

— Ta question, bien sûr, vise ce que tu peux recevoir de moi en retour.

— Un échantillon de poils. Un échantillon de sang. Tout ce que tu peux donner. Le plus grand cadeau serait que tu viennes sur Terre.

— L'Humainerie ne m'inspire pas la confiance nécessaire, déclara Hanuš. Il n'y a aucun avantage pour ma tribu. Et je regrette de ne pouvoir te donner un morceau de moi-même. Le corps ne doit pas être offensé. C'est la loi.

— Il n'y a rien que nous pourrions échanger ?

— Commençons par nous deux – la conscience d'êtres individuels – et voyons où notre cohabitation nous mènera. »

Je hochai la tête et mordis dans le burrito. Hanuš pouvait-il présentement lire mes pensées désespérées ? Un astronaute tchèque découvre la vie intelligente dans l'espace. Le président tchèque est le premier chef d'État au monde à serrer la main de l'extraterrestre et à lui faire une visite guidée du château de Prague. Les avions des chefs d'État submergent l'aéroport de Prague et les puissants se bousculent pour rencontrer la nouvelle forme de vie. Hanuš accepte la recherche non invasive par des scientifiques tchèques, et ses fonctions organiques conduisent à des avancées spectaculaires en biologie et en médecine. La question de la mort de Dieu est débattue plus frénétiquement que jamais. Les athées réaffirment sa non-existence ; les catholiques parlent du démon qui répand la tromperie de Satan. Je suis au centre de tout cela. Hanuš refuse d'aller où que ce soit sans moi.

« N'espère pas de telles choses, maigre humain, dit Hanuš. Cependant, je dois te demander : t'est-il possible de partager plus de noisettes terriennes ? »

Après avoir préparé un autre burrito, je glissai ma main dans le bocal et le paquet de tortillas pour vérifier que les ingrédients que j'avais utilisés pour Hanuš étaient vraiment en train de disparaître. Malgré tout la folie restait une option. Cette nuit-là, je dormis sans l'aide de médicaments.

Le lendemain, je dialoguai avec des citoyens sélectionnés pour une session filmée. La première salve de questions visait comme d'habitude mes croyances religieuses, mon opinion sur l'argent des contribuables gaspillé pour la mission, le fonctionnement des toilettes spatiales. La dernière question du jour vint d'un jeune homme, du genre éduqué, avec des lunettes aux verres minces et un zézaiement. Son raclement de gorge maladroit me rappela mes anciens amis d'université, ces êtres frénétiques courant à travers le centre-ville de Prague avec des sacs à dos et des sacs McDonald à la main, toujours en mouvement, toujours gigotant, leurs troubles hyperactifs étant une manifestation de la croyance sincère qu'ils allaient, qu'ils *devaient* changer le monde. Dès que le jeune homme m'interrogea, les yeux de Petr s'écarquillèrent d'horreur sur le deuxième écran. Il était évident que le jeune homme avait menti au cours de la présélection. Sa question trônait sur la liste noire de la Centrale.

« Pensez-vous souvent que vous allez mourir en cas d'échec de la mission ? demanda-t-il. Cela vous rend-il anxieux, ou insensible ? »

Je regardai Petr. Il tritura son front et hocha la tête faiblement. La question avait été posée, et couper le direct ne ferait que rendre plus évident aux yeux de la nation que des secrets étaient gardés, les récits manipulés, la perception du public contrôlée. Non, dans une démocratie, une question posée doit résonner avec un écho sans fin. Je devais répondre.

« Quand je pense à la mort, dis-je, j'imagine une terrasse ensoleillée dans les montagnes. Je bois une gorgée de rhum chaud. Je prends une bouchée de gâteau au fromage et je demande à la femme que j'aime de s'asseoir sur mes genoux. Puis c'est la mort. »

La facilité avec laquelle j'avais inventé ce fantasme généra des pics de culpabilité à travers ma tête. Le modérateur annonça la fin de la session, l'écran devint noir et je visualisai le jeune homme escorté brutalement hors du QG de la Centrale. Petr me demanda pardon, mais je refusai ses excuses. Mes devoirs envers le public étaient remplis pour la journée, et je me mis en sous-vêtements avant de partir à la recherche d'Hanuš.

« Les autres humains t'admirent, maigre humain, fit remarquer Hanuš lors de notre dîner suivant, comme si tu étais l'Aîné de ta tribu. »

Le temps devint instable, comme un disque rayé. Les tâches prenaient plus longtemps, j'étais toujours en retard sur mon planning, et des paroles de chansons que j'avais oubliées depuis longtemps revenaient à mon esprit et ne me quittaient plus. La proximité de Vénus provoquait comme des brèches dans le temps, ralentissant mes fonctions cérébrales tout en m'abreuvant de souvenirs inutiles – des informations sans buts pratiques, ces morceaux de vie comme les chutes de tissu abandonnées au pied de la robe à laquelle elles appartenaient jadis.

Je consultais mes e-mails de façon obsessionnelle. Une autre mise à jour du ministère arriva :

… Ne peut pas déterminer si le sujet est engagé dans des relations sexuelles avec l'homme de sa connaissance, Zdeněk K., 37 ans, en léger surpoids, mais de bonne constitution et propre, avec un emploi stable de caissier de banque…

… L'appartement ne permet pas un accès visuel suffisant pour déterminer la nature des réunions. Le ministère est en mesure d'ordonner une surveillance rapprochée, ce qui permettrait à l'agent d'accéder à l'appartement lorsqu'il est vide, de rassembler des preuves comme du sperme…

… Le sujet a acheté un paquet de cacahuètes et de friture surgelée, le transformant en un kung pao habilement cuisiné…

… mène une vie ordinaire en apparence paisible, comme si le sujet avait pris une nouvelle identité…

… les motifs restent principalement un mystère, la surveillance rapprochée est recommandée.

Je répondis : *Surveillance rapprochée OK, merci.* Malade de honte, je donnai le reste de mon dîner à Hanuš. Elle était partie et avait commencé à vivre ailleurs, anonyme, du moins l'avait-elle espéré. Je ne ressentais aucun bonheur face à son apparent contentement, sa paix inscrite dans la solitude, mon esprit n'était rempli que de vanité, de soif de réconfort, de suppositions sur ce que j'avais fait pour la faire fuir. La Centrale pouvait-elle la forcer à communiquer avec moi ? Mais une telle communication imposée n'aurait aucune valeur. Non, j'allais devoir être patient.

Alors que nos dîners se ritualisaient, Hanuš commença à me suivre partout dans mes routines de préparation en vue de mon arrivée à proximité de Chopra. Lorsque j'entrai dans la petite pièce qui contenait Ferda, le collecteur de poussière cosmique et l'élément essentiel de la mission Chopra, il demanda s'il pouvait aider. Je détachai les grosses vis de la coque épaisse qui isolait la structure de Ferda et retirai la feuille de métal protégeant les filtres les plus délicats à l'intérieur du gros cube. Les yeux d'Hanuš dansaient frénétiquement entre moi et la grille que je tenais, le bout de ses pattes touchant le dessous de son ventre. Il était toujours prêt à rendre service, à tenir un morceau de technologie humaine. Quand je lui tendis la grille, il offrit une patte comme support temporaire avec un sourire. Je pouvais voir les filtres maintenant, les tapis recouverts de silicone collant destiné à capturer les particules, fixés sur des rails qui les ramèneraient à l'intérieur du vaisseau pour l'analyse manuelle.

« Maigre humain, puis-je poser une question qui pourrait te causer de la détresse émotionnelle ?

— Tu peux toujours me parler, lui répondis-je.

— Pourquoi désirez-vous si fortement une progéniture humaine ? J'ai découvert dans votre programmation télévisuelle fictive que votre espèce n'utilise pas toujours les rapports sexuels uniquement pour la reproduction. »

J'ôtai le couvercle de la carte mère et elle flotta vers moi comme un cœur toujours attaché aux artères.

« Je suppose que c'est pour l'assurance de ne pas être un moins que rien.

— Qu'est-ce qu'un moins que rien ?

— Eh bien, quelqu'un qui n'est pas quelqu'un. Quelqu'un qui n'a pas de corps pouvant susciter de l'intérêt.

— Les documents écrits dans votre langue n'expliquent pas bien le mot. Est-ce que tout être humain n'est pas quelqu'un ? »

Je branchai ma tablette à la carte mère et lançai le diagnostic. Les analyses et les capteurs de Ferda étaient fonctionnels à cent pour cent. *Hourra*, m'envoya Petr sur ma tablette.

« Faire des choses est tout ce qui compte, dis-je. Aimer les choses et être aimé en retour. Être reconnu.

— L'amour est-il une réponse à votre luxe de la reproduction par choix ? J'ai eu de nombreux morceaux de progéniture, maigre humain. À chaque Eve, nous propulsons nos semences dans le néant, et attendons de les recevoir quand elles retombent. La cérémonie est une loi, et le refus d'y participer impliquerait la mort. Il faut être attentif à propulser très loin pour s'assurer que l'on ne reçoit pas sa propre semence. Cela provoquerait sinon un sévère embarras. Lors d'Eve, la galaxie entière étincelle. Nous portons les petits-nous jusqu'à ce qu'ils éclosent à l'intérieur de nos ventres. On ne rate jamais Eve. C'est un jour très rafraîchissant. La consistance, l'humidité, la solidité des semences. Pour vous, une progéniture est un choix, mais le plaisir de cette liberté est nié par le chantage de l'amour. Si vous aimez un partenaire, vous avez envie de vous reproduire. Une fois que vous recevez une progéniture humaine, vous êtes lié par l'amour pour subvenir à ses besoins. Ces attachements vont à l'encontre du concept de choix tels que définis par l'Humainerie, cependant la planète Terre est remplie de ces obligations. Elles vous définissent. »

Je replaçai la grille et fixai les vis. Ces tâches – bricoler Ferda, les retours de diagnostics à cent pour cent – étaient censées être le point culminant avant le point culminant, le grand plaisir de la mission alors que j'anticipais le nuage de poussière et ses possibilités. Mais sans Lenka, mon enthousiasme pour Chopra était mis en sourdine.

« Un jour, je voudrais voir votre Eve, dis-je.

— Ce ne sera pas possible.

— Pourquoi pas ? »

Hanuš ne répondit jamais. En fait, il cessa complètement de parler, et sembla disparaître du vaisseau jusqu'au lendemain matin.

Quatre jours avant mon arrivée à proximité de Chopra, entre mes nombreuses sessions vidéo et interviews avec les médias tchèques (Monsieur Procházka, que pensez-vous de l'homme derrière votre mission, le sénateur Tůma, qui devient Premier ministre du pays ? *Fantastique*, leur ai-je dit, ou quelque chose comme ça. Votre femme sera-t-elle présente à la projection nationale de votre triomphe, ou va-t-elle le regarder dans le confort de votre maison ? *Certainement, oui, elle suivra cela de très près*, leur répondis-je plus ou moins. En attendant la rencontre, pouvez-vous nous répondre… avez-vous le temps de regarder le football ? Que pensez-vous de la performance du pays lors de la Coupe du monde en Lettonie ? *Quelle est la version polie de : « J'en ai rien à foutre, ne voyez-vous pas que je ne peux pas dire ce que je veux vraiment ? »*), Hanuš déclara : « Je t'ai observé rêvant de la mort. On y trouve du plaisir. Un sentiment de soulagement. Pourquoi cela, maigre humain ? »

Au lieu de répondre, je me brossai les dents et ouvris une autre serviette jetable. Je regrettais de ne pas avoir compté combien j'en avais utilisé depuis le début de la mission. Le bac à compost contenant les serviettes sales était maintenant trop plein pour que je puisse les compter, les serviettes ne produisant pas assez de bactéries pour se dissoudre correctement avec mes sous-vêtements.

La question me hantait. J'étais presque silencieux pendant mon dîner avec Hanuš.

« Qu'est-ce qui te trouble, maigre humain ?

— Tu me poses des questions, mais tu ne me dis rien. D'où tu viens. Ce que tu penses, ressens. Où est ta planète, et toute ta… tribu. Pourtant, tu parcours mes pensées chaque fois que tu veux. N'est-ce pas troublant ? »

Il partit sans donner de réponse. Je regardai une vidéo de Norman le Paresseux invité dans une émission de cuisine. Norman trempa le bout de son doigt dans de la sauce Alfredo et le lécha avec incongruité. Le public éclata de rire.

Les rêves mentionnés par Hanuš s'étaient non seulement reproduits, mais s'étaient intensifiés, jusqu'à ce que je perde la capacité de dormir complètement, même avec les médicaments. Assis dans le Lounge, nouvellement insomniaque, je jouais au solitaire sur le Plat (la simplicité du jeu m'apaisait, je ne voulais plus jouer à des jeux informatiques complexes, regarder des films compliqués, ou lire les nouvelles, tout cela concernait la Terre et la Terre ne me concernait plus, j'étais un télétravailleur) quand une ombre passa devant la fenêtre d'observation, masquant la lueur dorée de Vénus. Je flottai jusqu'à la vitre et de nouveau, l'objet passa, si proche cette fois que je reconnus un petit museau canin, une ligne blanche montant sur la sombre fourrure du front, les oreilles dressées, des yeux noirs grands ouverts qui reflétaient les lumières clignotantes de l'infini, un corps mince à l'estomac gonflé, sanglé dans un gros harnais.

J'ai doucement tiré la paupière de mon globe oculaire, ressenti un *pop* de séparation – un tour que ma grand-mère m'avait appris pour déterminer si j'étais conscient. J'étais éveillé, et c'était réel. C'était elle, la paria de Moscou, la première héroïne du vol spatial, une fripouille de la rue transformée en fierté nationale.

C'était la chienne Laïka. Son corps préservé par la tendresse du vide, niant les effets érosifs de l'oxygène. Je songeai à tenter une sortie dans l'espace pour récupérer le corps, mais j'étais fatigué, et trop proche de Chopra pour recevoir l'approbation de la Centrale. Pourquoi la ramener à la maison de toute façon, pour qu'elle pourrisse dans le sol ou se retrouve à côté du cadavre embaumé de Lénine dans les catacombes de Moscou, alors qu'elle était ici, éternelle dans son domaine ? Les camarades ingénieurs la pleurèrent quand elle mourut en agonie, et la nation lui construisit une statue pour se repentir de ses péchés. La Terre ne pourrait lui fournir plus d'honneurs, tandis que le cosmos lui offrait son immortalité. Son corps s'était déshydraté sous l'effet de la sécheresse, laissant sa peau pâle, ses oreilles dressées. Chaque poil de sa fourrure s'agitait d'avant en arrière comme des algues de la mer. La décomposition biologique suspendue, le corps de Laïka pourrait flotter pendant des millions d'années, sa forme physique surpassant les espèces qui l'avaient condamnée à mort. J'hésitai à prendre une photo et à l'envoyer à la Centrale, mais nous n'étions pas dignes de l'honneur de ce témoignage. Le vol éternel de Laïka lui appartenait.

Le corps disparut. Lorsque je me retournai, Hanuš était avec moi. Je lui demandai s'il l'avait vue aussi.

« Veux-tu vraiment savoir ? » a-t-il dit.

Un autre e-mail arriva du ministère de l'Intérieur. J'hésitai avant de lire.

… Le sujet n'est pas, je répète, n'est pas actuellement engagé dans une relation sexuelle, du moins pas à son domicile. Analyse des draps, housse de canapé, serviettes de bain…

… Pas de traces de fluides corporels…

… Dans l'après-midi, le sujet s'est engagé dans un appel téléphonique avec un journaliste qui a réussi à traquer son nouveau numéro. Le sujet a affirmé qu'il était simplement en vacances, et a demandé vertement au journaliste de cesser son harcèlement. Après avoir raccroché, le sujet a récupéré la photographie de J.P. en dessous du lit et couvert brièvement son visage avec sa main. Après cet épisode, le sujet a commandé du pad thaï…

… Sur la base de relations profondément intimes de Zdeněk K. avec un autre homme à l'extérieur du bar Kleo, il est clair que le sujet n'a pas été engagé avec Zdeněk K. à un niveau autre qu'amical et platonique, J.P. peut donc dormir tranquille sachant qu'il n'a pas été abandonné pour un autre homme, du moins pas celui-ci…

… Huit heures du matin, le sujet est allé à un cabinet de gynécologie/obstétrique local. L'agent n'a pas pu pénétrer dans le bâtiment pour mener une écoute de la conversation entre le sujet et le praticien, mais un autre balayage de l'appartement du sujet a révélé un test de grossesse positif enveloppé dans deux kleenex.

Pourrait indiquer que le sujet est dans les premiers stades de la…

… L'agent a envoyé à l'analyse un échantillon d'urine pour s'assurer qu'il appartient à…

Je perdis la vue quelques instants. Les lettres noires et le fond blanc jaillirent de l'écran et engluèrent ma vision. Je me pliai en deux et avec un immense effort de volonté, je repoussai la bile qui montait dans ma gorge. Je toussai et sentis des morceaux de tortilla acidifiés sur le bout de ma langue. Hanuš flottait derrière moi.

« Ça n'a pas de sens, dis-je à Hanuš.

— Le chiot humain pourrait être le tien, maigre humain, dit Hanuš.

— Elle ne serait pas partie, alors.

— Comme je l'ai appris de toutes les ressources d'autoréflexion de l'Humainerie, vos motivations ne se forment pas en lignes droites.

— Je ne comprends rien, dis-je.

— Le nuage de Chopra n'est plus qu'à quelques jours, maigre humain. Toutes les autres choses peuvent être comprises plus tard. »

Je répondis au rapport : *L'enfant est-il de moi ? Et puis-je avoir une photo d'elle ?*

Une réponse arriva presque immédiatement : *On va le savoir. Quel type de photo ?*

Une jolie photo, écrivis-je.

Je pressai mon majeur sur l'écran et fermai le navigateur. Dans la Cuisine, je comptai les bouteilles de whisky restantes. Trois.

Enfoirée de Centrale avec toutes ses régulations. Obsession sotte du Dr Kuřák voulant que chaque être humain soit un alcoolique en puissance. Les bouteilles allaient manquer, mais je décidai de les boire au lieu de les sauvegarder pour le reste de la mission. Oui, n'était-ce pas cela, vivre dans les temps modernes : consommer et oublier le reste ? Que la civilisation s'effondre désormais.

Alors que j'ouvrais la bouteille, Hanuš apparut derrière moi.

« Tu en veux un peu ? demandai-je

— Ah, le *spiritus frumenti* de la Terre. J'ai beaucoup lu sur ses effets destructeurs.

— Tu as dû rater les chapitres sur ses pouvoirs de guérison. »

Je lui tendis la bouteille. Hanuš ferma les yeux.

« J'ai déjà donné mes pulsions en sacrifice à la pâte de noisette, maigre humain. Je ne désire pas d'autres perturbations dans mon fonctionnement.

— Ça en fera plus pour moi, dis-je en buvant.

— Tu pleures ton amour humain.

— Je peux te demander quelque chose ? Ou bien sais-tu déjà ce que je veux savoir ?

— Peut-être, mais pose ta question. Ta parole me réconforte.

— Quand je t'ai surpris dans ma chambre. Tu cherchais la boîte ?

— Oui. Les cendres de ton ancêtre.

— Pourquoi ? »

Hanuš se dirigea hors de la Cuisine, et je le suivis dans le Lounge. Là, il tapa sur l'écran de l'ordinateur pour l'activer.

« S'il te plaît, ouvre la fenêtre », dit Hanuš.

Je pressai le bouton de commande pour lever le store. Devant nous, l'Univers se déploya.

« Je suis intéressé par les pertes humaines, déclara Hanuš. Cela nous concerne, moi et ma tribu, d'une manière particulière.

— Quelle manière particulière ? »

Hanuš se tourna vers moi, et pour la première fois, ses yeux se tournèrent vers deux directions différentes – la moitié gauche me regardant directement, l'autre fixant l'espace d'un air absent.

« Je t'ai dupé, maigre humain, mais je n'en suis plus capable. Je n'approuve pas les sensations physiologiques associées à ces actions. Je ne rapporterai pas de nouvelles de la Terre à mes Aînés. J'y suis inapte. »

La silhouette d'Hanuš fléchit vers le sol. Il regardait par la fenêtre avec ardeur, me rappelant ces semaines où j'avais recherché mes parents, comme si la vision seule pouvait pénétrer l'espace, le temps et les rives de la mortalité. C'était le regard de l'ignorance, un regard qui semblait être partagé et reconnu par toutes les espèces.

« J'ai voyagé à travers les galaxies, dit-il. J'ai couru sous les pluies de météores et dessiné les formes des nébuleuses. J'ai pénétré des trous noirs, senti mon corps physique se désintégrer avec les chants de ma tribu qui résonnaient autour de moi, puis je suis apparu à nouveau, dans le même monde, mais dans une dimension modifiée. J'ai tracé les contours de l'Univers et été témoin de son expansion, un virage de la matière au néant. J'ai nagé dans la matière noire. Mais jamais dans mes voyages, ou dans la mémoire collective de ma tribu, je n'ai connu un phénomène aussi étrange que votre Terre. Votre Humainerie. Non, maigre humain, vous n'étiez pas connus de notre tribu. Elle ne m'a pas envoyé ici. Nous pensions être les seuls esprits dans l'Univers, avoir percé tous ses secrets – mais vous nous étiez inconnus. Comme dirait un humain, je vous ai rencontrés par pur hasard. Ce n'était pas ma mission. »

Je descendais le whisky. Zéro gravité ou non, la brûlure était la même : ventre cotonneux, dilatation des vaisseaux sanguins, félicité.

« Continue, dis-je.

— Ma curiosité m'a naturellement amené à commencer au plus tôt mes recherches sur l'Humainerie. J'ai vécu dans votre orbite pendant une décennie humaine. J'ai visité trois astronautes, mais ils m'ont ignoré, ou se sont mis à prier. Cette psalmodie insensée, je l'avoue, m'a repoussé. J'étais satisfait en observateur silencieux jusqu'à ce que je découvre ce que vous appelez la comète Chopra. »

Je m'attachai dans le fauteuil du Lounge pour faciliter ma consommation d'alcool. Mes mollets s'engourdissaient. Hanuš parlait sincèrement de lui-même pour la première fois. Il me sembla justifié de finir la bouteille.

« Tu vois, cette comète vient de mon monde. Je n'en étais pas sûr, mais maintenant j'en suis certain. D'une certaine façon, la poussière de Chopra nous lie tous, ainsi qu'au Commencement. Je dois le voir, maigre humain. Je dois le voir avant que certains événements ne surviennent. Avant qu'ils ne viennent pour moi.

— Qui ? S'il te plaît, dis-moi.

— Les Gorompeds viendront. Je ne peux pas en dire plus. Pas encore. »

Le Plat retentit. Un autre e-mail du ministère de l'Intérieur, cette fois accompagné d'une image. Je lâchai la bouteille, lui permis de voyager, de déverser son contenu dans tout le Lounge, d'éclabousser la technologie, la fenêtre, le ventre d'Hanuš.

J'ouvris l'e-mail.

… Le médecin a accepté de fournir des informations confidentielles sur la patiente contre un paiement non négligeable. Il est confirmé que le test était un faux positif, et la patiente n'est pas enceinte, ni ne l'est devenue depuis qu'elle a été voir le Dr…

… Puis a confirmé que c'était un cas de ce qu'on appelle une grossesse nerveuse, dans laquelle le corps du sujet commence à réagir à la certitude du cerveau au sujet de la conception…

Bien sûr. Les miracles étaient vains, de simples mécanismes de survie. Malgré la brûlure dans mon estomac, j'étais ravi. Lenka n'aurait pas à faire face à une autre complication en mon absence. Je l'avais laissée avec suffisamment de soucis – il était préférable que la croissance d'un être humain à l'intérieur de son corps ne soit pas ajoutée à la liste.

Mais j'avais espéré. J'avais espéré que ce soit la raison de son départ, qu'elle avait besoin de réfléchir au test positif, avant de revenir et de me dire que j'allais être père. Un doux réconfort malgré sa brièveté.

J'aurais voulu m'extraire du vaisseau et arracher les panneaux solaires, ainsi que leurs batteries, et expulser le récipient contenant l'eau produisant mon oxygène. J'aurais éteint les lumières, les bourdonnements, le panorama, et j'aurais flotté dans l'obscurité.

Réfléchis.

J'étudiai la photographie de Lenka, prise de profil dans la nouvelle chambre inconnue alors qu'elle s'apprêtait à se coucher. Elle portait des sous-vêtements en dentelle noire et son visage se détournait légèrement de l'objectif. Un soleil tardif suintant à travers les rideaux soulignait ses pommettes et floutait les ombres de ses courbes. Mes lèvres étaient sèches. J'aurais dû être outragé, me haïr d'autoriser une telle violation de l'intimité de Lenka, un abruti du gouvernement qui la scrutait à travers ses fenêtres et prenait des photos pour éloigner mes craintes. Mais le plaisir de l'image me submergeait. Je me rappelais la dentelle noire qui frôlait mes joues, son goût entre mes dents lorsque j'étais trop impatient pour lui laisser le temps de la retirer.

Pourquoi as-tu disparu ? demandai-je à la photo. Où es-tu partie, pourquoi m'as-tu abandonné ? Non, attends, c'est moi le responsable. Je suppliai la photo de ne pas me laisser dans l'errance. Des pixels qui dessinaient la chair artificielle de mon amour, je ne reçus aucune réponse.

Le bûcher des sorcières

Le dernier jour d'avril est la fête des Sorcières, et pour la première fois mes grands-parents, las de l'hostilité croissante des voisins, ne souhaitent pas assister aux cérémonies. Les Sorcières sont ma fête préférée et je supplie et plaide, promettant d'être prudent, et bientôt ils acceptent de me laisser y aller. Sur le terrain de football, un énorme tas de bois repose sous la sorcière de l'année, un épouvantail fait de longs bâtons reliés et vêtu d'une vieille veste de l'armée, de la jupe d'une enseignante, et d'une cape. Du fil de fer rouillé maintient un balai contre sa main sans doigts. Un oreiller en peluche lui sert de visage, avec deux morceaux de charbon pour les yeux et un piment pour le nez, orné de crottes de lapin en guise de verrues. La bouche est peinte avec un sourire en coin et des espaces noircis pour les dents manquantes. Boud'a et moi achetons chacun une saucisse, nous asseyons sur les bancs et complotons pour trouver de la bière. Je propose à la fille du comptoir un supplément de vingt couronnes, lui jure le secret et elle nous verse de la Staropramen dans un gobelet noir.

Quand je reviens sur le banc, le feu est allumé, et le mannequin de sorcière se ride, ses couches de vêtements disparaissent pour révéler sa nudité. Le piment éclate et son jus grésille dans les flammes, les yeux deviennent ceux d'un démon, étincelant d'un rouge brûlant jusqu'à ce que la tête s'effondre et que la clameur du village tout entier retentisse. Les garçons plus âgés commencent à sauter par-dessus le feu tandis que les femmes jettent de vieux balais dans les flammes et font le vœu de meilleures années à venir. Mes jambes et mes bras sont engourdis, mon estomac surchargé de bière. Je jette le gobelet vide dans le feu et d'autres suivent, et bientôt les flammes avalent bouteilles, saucisses à demi mangées, bandanas, assiettes en papier, ballons de football dégonflés, peu importent les offrandes pourvu qu'elles nous procurent la bonne fortune. Personne ne me regarde, personne ne semble me rejeter à cet instant, nous sommes tous les esclaves de la tradition et de la cérémonie. Je tape Boud'a dans le dos et trébuche à travers le champ, vers les bois, où je baisse ma braguette et vidange la bière accumulée en moi.

Un bruit de branches qui craquent résonne derrière moi.

Je comprends qu'il s'agit de Mládek lorsqu'il cogne mon visage contre l'arbre et que quelque chose se brise dans mon nez. Je tombe sur le ventre et tourne la tête pour le voir, le crâne rasé devant, des boucles en désordre tombant sur sa nuque. À côté de lui se tient le garçon de Prague, vêtu d'un T-shirt Nike et d'un jean débraillé, ses mèches noyées de gel.

Mládek serre un bâton qui brûle faiblement dans sa main tremblante. Ses sourcils se rapprochent nerveusement dans une tentative d'avoir l'air menaçant.

« Tu aimes ton père ? dit-il.

— Seulement bon à torturer des gens ligotés », dit le garçon de Prague.

J'étudie le sang sur ma main, ma chemise, la mousse en dessous. Le sang ne cesse de s'écouler. Mládek est flou, tout l'est. Je me demande d'où vient ce sang, comment il me remplit entièrement et attend la moindre excuse pour jaillir. Le garçon de Prague me maintient au sol tandis que je griffe et me débats. Ses doigts s'enfoncent dans mon crâne, son genou posé entre mes fesses. Mládek relève le pantalon sur ma jambe droite et prend une profonde inspiration. D'abord, la flamme paraît froide sur mon mollet, mais une ou deux secondes plus tard, la douleur se déplace au-delà de mon corps, je sens ma propre chair qui brûle, mon muscle semble fondre dans le sol et fusionner avec la terre. Des taches rouges perturbent ma vision. Le garçon de Prague m'a libéré, mais je ne peux pas bouger. Les muscles de ma mâchoire sont paralysés et je ne suis plus sûr que le moindre son sorte de ma gorge. Le garçon de Prague s'enfuit et Mládek laisse tomber le bâton grésillant à côté de mon visage. Sa perception de l'Histoire qui nous a amenés à ce moment n'est pas plus claire que la mienne, ce qui signifie que nous n'avons rien à nous dire. Il regarde ma jambe, la bouche béante.

« Oh, c'est énorme. Énorme, énorme… » Il s'enfuit à son tour et je suis abandonné.

Seuls les oiseaux qui pépient au-dessus de moi savent le temps qu'il me faut pour reprendre le contrôle de mes bras. J'enfonce mes ongles dans la terre et la mousse et me tire vers l'avant, et encore, et encore, et maintenant je peux pousser avec ma jambe gauche aussi, mais le doute me saisit, ma jambe droite a-t-elle pris feu ? Est-elle tombée ? Je n'ose regarder pour le savoir. Je rampe hors des bois et à l'arrière du terrain de football où la rosée du soir sur l'herbe coupée humecte mes lèvres. Enfin, je sens ma jambe droite à nouveau, un instant de soulagement apporté par les gouttelettes fraîches avant que la douleur réelle ne s'installe, mes nerfs brûlés ne sont plus sous l'anesthésie du choc. La sorcière est enterrée quelque part sous le bûcher qui continue à brûler, et les participants à la célébration sont désormais plus intéressés par l'alcool et les cris. Je rampe tout le chemin vers le bûcher jusqu'à ce que finalement des yeux se tournent vers moi et qu'une vague de corps coure dans ma direction. Mme Vlásková défaille quand elle voit ma jambe. Les hommes étendent leurs mains vers moi, je suis soulevé, stabilisé sur de larges épaules. Je ferme les yeux et je compte. Je compte et souhaite que mon père puisse me porter maintenant, je souhaite qu'il puisse s'excuser dans toutes les langues du monde.

Deux semaines plus tard, je clopine jusqu'à la boîte aux lettres et trouve une missive du gouvernement. Durant ce temps de repos prescrit par le médecin et scrupuleusement appliqué par Grand-mère, ces petits voyages en quête du courrier sont le point culminant de mes journées. L'enveloppe est de taille standard et contient une page pliée en trois, avec un timbre de la taille de mon poing. Mon grand-père grogne à la table en finissant de la lire, puis me regarde, allongé sur le canapé. Je ferme les yeux, respire profondément en mimant le sommeil. Ma jambe est douloureuse et me démange sous le pansement, l'antiseptique jaune et le plasma suintent sur le bout de mes doigts chaque fois que je le gratte. Je respire par la bouche pour ne pas sentir l'odeur du médicament et du pus.

Mon grand-père se lève et se dirige vers le garde-manger. Il en sort une boîte en plastique gris et la pose sur la table du salon, en me jetant des coups d'œil. Il sort son pistolet à silex de la boîte avec un flacon de poudre et un sac de billes de plomb, gratte un peu de rouille avec son ongle et souffle dans l'ouverture du canon. Il glisse le pistolet sous sa ceinture, le couvre de sa chemise en flanelle et place les munitions dans sa poche de devant. Šíma l'étudie, la tête inclinée. Grand-père prend son bâton de marche et sort, en direction de la route principale, vers les cabanes de vacances au bord du lac. Quand il est hors de vue, je me lève, tapote ma blessure en douceur pour soulager les démangeaisons, je prends mon propre bâton de marche que Grand-père m'a sculpté quand j'avais six ans. Grand-mère sera en ville encore un moment pour acheter des livres, plus personne ne peut donc me garder sur le canapé. Alors que je sors,

Šíma émet un léger gémissement. Il n'a jamais aimé être seul.

La plupart des habitants de Středa affirment que les cabanes de vacances forment un hameau à part entière, car sa population n'a aucun point commun avec les habitants du village. Les maisons sont éloignées les unes des autres, chacune entourée par d'épaisses couches d'arbres, des buissons, des jardins. Il doit y en avoir au moins deux douzaines maintenant, de ces nouvelles familles débarquant pour épouser la vie rurale le temps d'un week-end, des adolescentes qui bronzent près de piscines gonflables, des adolescents qui frappent les arbres avec des bâtons et pêchent dans le lac, des pères aux jambes écartées qui grillent de la viande au barbecue et des mères qui boivent du vin et lisent sous les porches. Les enfants du village disent que la maison de l'Homme à la Chaussure se trouve loin des autres, à la lisière de la forêt, et que personne ne le voit jamais arriver ou repartir – un jour, il est là, et le lendemain, les fenêtres sont fermées et les lourdes portes de chêne verrouillées et sécurisées. Il ne se ravitaille pas au village, ne va pas au bistrot, ne se promène pas sur la route principale.

Je rattrape finalement Grand-père. Il passe la barrière et traverse lourdement les herbes sauvages qui envahissent la pelouse. Un grand cerisier se dresse au-dessus de la maison, ses fruits pas encore mûrs, mais déjà picorés par des oiseaux. La cabane semble humble comparée aux autres, elle est petite, avec un toit en tôle, et ne possède pas les équipements des autres vacanciers pragois : antenne parabolique, véranda, garage ou piscine. À en juger par la texture fanée des murs en bois et une cheminée effondrée, la cabane doit être ici depuis longtemps, peut-être des décennies, mais je ne l'avais jamais vue pendant les raids d'espionnage auxquels je prenais part quand certains des enfants du village m'acceptaient encore. La maison apparaît devant moi aussi soudainement que l'Homme à la Chaussure et son sac à dos. Une partie de notre vie jusqu'à présent cachée, mais qui a toujours existé.

Je fais une pause devant la porte. Peut-être devrais-je laisser mon grand-père faire ce qu'il est venu faire. Que pouvait dire la lettre qui l'a poussé à glisser le pistolet sous sa ceinture ? S'il le tue, nous allons le perdre. Il n'y aura plus que moi, Grand-mère et Šíma, un clan trop petit pour valoir quelque chose. Nous avons besoin de Grand-père. J'ai besoin de ses quintes de toux nocturnes pour m'endormir ; j'ai besoin de l'odeur de musc de ses chemises de travail pour savoir que j'ai un foyer.

Je rentre dans la maison, la douleur dans mon mollet irradie dans mon genou, le bout de mes doigts tremble. La porte d'entrée grince. L'intérieur de la cabane est aussi triste et sinistre que l'extérieur – une table basse en plastique avec une bouteille de bière vide, une cuisinière, à ma gauche un vieux tapis sous une chaise, sur laquelle mon grand-père est assis, le pistolet sur ses genoux. En face de lui, l'Homme à la Chaussure se tient sur un canapé orange hideux, recouvert d'un plaid. À ses pieds se tient un berger allemand noir, la tête posée sur ses pattes, les oreilles dressées. L'espace est si restreint que je pourrais faire deux pas et toucher l'un d'eux.

« Jakub, rentre à la maison, ordonne mon grand-père. Je ne te le dirai pas deux fois.

— Non.

— Je suppose que frapper à la porte ne fait pas partie des coutumes de votre famille ? » dit l'Homme à la Chaussure en étendant son bras droit. Il semble serein, gentiment échevelé, comme s'il venait de se réveiller d'une sieste.

« S'il y a une fois où tu dois m'écouter, c'est maintenant. Rentre à la maison », répète Grand-père.

Je me dirige vers la chaise à côté de lui et m'assois. Je peux l'entendre grincer des dents. Le chien m'observe attentivement.

« Si tu me veux à la maison, tu devras m'y traîner.

— Je l'aime bien, lâche l'Homme à la Chaussure.

— Toi, ferme-la, dit Grand-père.

— Oui, bien sûr, je ne devrais pas parler dans ma propre maison. Quelle différence cela fait-il si le garçon est ici ? Vous êtes venu pour discuter, pas pour tirer, malgré le spectacle que vous donnez. D'ailleurs, le garçon ne devrait-il pas apprendre quel genre de sang coule dans ses veines ? Ne le protégez pas de ce qu'il est voué à devenir.

— Je vais te tirer dans le genou, siffle Grand-père.

— Mon chien va vous arracher la gorge. »

J'ai l'impression de respirer trop fort et je tente de me calmer. Mais plus j'essaie, plus mes poumons se fatiguent, jusqu'à ce que je halète, plié en deux. Grand-père met sa main sur mon dos.

« On peut faire ça une autre fois, dit l'Homme à la Chaussure. Ou on peut parler calmement, sans menaces. »

Grand-père tire la lettre froissée de sa poche. « Est-ce que le chien va me sauter dessus si je te donne ça ?

— Je sais ce qu'elle contient, dit l'Homme à la Chaussure.

— Elle m'indique que notre maison t'a été confisquée par le Parti en 1976, et a été donnée à ma famille dans le cadre de la redistribution de propriétés à des fonctionnaires du Parti.

— Oui. » L'Homme à la Chaussure ne semble pas amusé par cela, ni réjoui, il ne sourit pas. Il a le regard solennel, grave, d'un présentateur météo annonçant une tempête imminente qui pourrait détruire une ville ou soulever un océan.

« Mon arrière-grand-père a construit la maison avec son salaire d'ouvrier avant la révolution industrielle, dit Grand-père. C'est un mensonge tamponné par un bureaucrate. » Il tapote nerveusement la poignée du pistolet. Un tic que je n'ai jamais vu, car mon grand-père n'est pas un homme nerveux. Il essuie ses mains moites sur sa chemise.

« Cela ne nous mène-t-il pas droit au cœur du problème, monsieur Procházka ? Cela n'a aucune importance. Peu importe que votre grand-père ait creusé les fondations de ses mains nues, que le soleil ait brûlé son front alors qu'il couvrait le toit.

Le document dans votre main indique que la maison m'a été volée pour être donnée à votre fils en récompense de son travail. C'est ce que l'État déclare. Vous avez deux semaines pour partir et rendre la maison à son propriétaire légal. »

Grand-père met la main dans sa poche avant et sort un paquet de cigarettes. Alors qu'il en allume une, l'Homme à la Chaussure prend le thermos en face de lui et se verse un grand verre de lait.

« Bien sûr que vous pouvez fumer ici, dit-il. Pas de problème. Tu veux un peu de lait, Jakub ? Il est encore chaud, tout juste sorti du pis. »

Pour la première fois depuis deux semaines, je ne sens pas la douleur de ma blessure. Je ne ressens aucune sensation physique en dehors de la difficulté à respirer. Comment pouvons-nous le faire si facilement toute la journée et toute la nuit ? Cinq respirations courtes, une longue. Trois longues, une douzaine de courtes. Je compte, tapote mon genou avec mon doigt, essayant de me synchroniser avec le tapotement de Grand-père sur le pistolet ; je concentre toute ma matière grise pour revenir à une respiration classique, inspire, expire, un, deux, mais je ne suis plus maître de mes propres poumons.

« Ne lui parle pas », murmure Grand-père entre ses dents serrées, et je ne sais pas s'il s'adresse à moi ou à l'Homme à la Chaussure. Il se lève, fait un pas en avant et l'Homme à la Chaussure retient son chien hargneux par la peau du cou.

« Cela fait des années que je pense à ce moment, dit l'Homme à la Chaussure. D'abord, bien sûr, quand je purgeais ma peine, quatre ans dans une prison politique. Les repas étaient composés de sel et de bouillie en conserve, de pâté de jambon le dimanche, de pain de seigle dur et d'eau chlorée. Mon compagnon de cellule se masturbait en me regardant dormir. Il disait que dans l'obscurité, le dessin de ma mâchoire lui rappelait celle de sa femme. C'était un artiste qui avait peint des organes génitaux dans les sourcils de Brejnev. C'est à ce moment-là que j'ai décidé de partir un jour à la recherche de votre fils. Le Parti a expulsé ma mère et mon père de l'appartement où ils avaient passé la majeure partie de leur vie, les a placés dans un de ces studios exigus avec d'autres familles de prisonniers politiques exilés. Quand ils ont découvert que nous étions d'origine hongroise, ils ont même envisagé de les mettre dans un train pour Budapest. Ils ont saisi la plupart de nos meubles et ont supprimé la retraite de mes parents. Je ne peux qu'être reconnaissant de ne pas avoir eu d'enfants – imaginez ce que le Parti leur aurait fait. Ou une épouse. Ma vie m'a été volée avec des courants électriques et une signature au bas d'une condamnation écrite, monsieur Procházka. Ma famille a été bannie pour que la vôtre puisse prospérer. Maintenant, c'est moi qui ai des amis. Je suis du côté des vainqueurs. »

Respirer me demande un tel effort que ma gorge est enrouée. Je rêve du lait de l'Homme à la Chaussure, mais je ne peux l'accepter. Jamais. Grand-père allume une deuxième cigarette alors que l'Homme à la Chaussure termine son verre. J'admire sa résistance au lactose.

« Tu les as envoyés faire du mal à Jakub, dit Grand-père. Est-ce comme ça qu'on règle ses comptes ? En faisant du mal à des petits garçons ?

— Je ne suis pas petit, lancé-je.

— Je regrette profondément ce qui est arrivé à Jakub, dit l'Homme à la Chaussure. Je n'ai jamais été un partisan de l'utilisation de la violence pour atteindre mes objectifs, et je n'ai certainement jamais encouragé quiconque à agir contre vous. J'ai entendu dire que les coupables ont été capturés et punis ?

— Capturés et libérés, ricane mon grand-père. Ils ont dit que c'était la parole de Jakub contre la leur. Ils ont dit qu'il avait dû trébucher et tomber sur la branche brûlante tout seul. Je me demande comment le père de Mládek, un conducteur de tracteur, a réussi à se payer un grand avocat de Prague.

— L'autre garçon était de Prague, non ? Écoutez, monsieur Procházka, je n'ai pas beaucoup dormi ces derniers temps. Soyez certain que je ne prends pas ma présence ici, et la menace que je représente pour vous, à la légère. J'ai mal dormi pour la simple raison que je cherchais ce que je voulais de vous. Quel genre de réparations vous pouviez offrir. C'est après l'attaque de Jakub que j'ai enfin compris. Croyez-vous en la destinée ? Moi non. Mais parfois, mon éducation, mes livres et mon sens du chaos sont renversés par la force pure des coïncidences qui nous sont offertes. Mon châtiment pour vous sera également votre salut. Le bannissement. Vous vendez quelques meubles, partez quelque part loin d'ici, où vous pourrez être anonymes, laissez Jakub grandir sans le poids des actes de votre fils. Personne ne pourra plus lui faire de mal, il ne sera plus victime de la colère des gens. Pour l'instant, c'est l'option la plus sûre. Et la seule que vous ayez. »

Je me demande si le chien va me mordre si je tente de le caresser. Quel est son nom ? Grand-père fume une troisième cigarette en silence puis écrase le paquet vide sous son pied. Le doigt sur la détente.

La colère qui brûle dans ma poitrine ne vise pas l'Homme à la Chaussure, mais mon père. C'est mon père qui devrait être assis ici, à fumer à la chaîne alors qu'il perd la maison de son enfance. Je veux présenter mes excuses à l'étranger. Le frapper. Supplier pour la maison que mon grand-père a tenue pendant toute une vie, s'en prenant aux souris l'été avec des chats et du poison, comblant les fissures dans les murs de béton pour empêcher le gel de les infiltrer et de les faire exploser. Combien de porcs ont imbibé la terre de leur sang, combien de fleurs ont fleuri et fané dans le jardin sous notre égide ?

« C'est une compensation honnête, dit l'Homme à la Chaussure. Je veux la maison. Je veux que vous partiez. Je ne peux pas obtenir réparation auprès de votre fils, mais je vais obtenir quelque chose. Donnez-la-moi sans faire d'histoires. Soyez digne dans votre défaite. »

Grand-père soupèse le pistolet dans sa main. Le chien lève la tête vers son maître. Je remarque qu'il n'y a pas de réveil dans la chambre, aucun tic-tac, pas de rythme – un calme absolu.

— Tu nous laisseras tranquille si nous partons ? dit Grand-père.

— Bien sûr.

— Ce n'est pas suffisant. Je peux me battre devant un tribunal.

— Avec votre retraite ? Vous ne comprenez pas que je peux obtenir un refus du juge avant même que vous ne déposiez une plainte ? Vous serez expulsés de cette maison par la force si vous ne la quittez pas.

— Je pourrais te tirer dans les poumons. » Grand-père saisit la crosse du pistolet. Je me souviens de la balle de plomb passant à travers les entrailles du porc, le surgissement instantané du sang mêlé à la terre. Est-ce qu'un tir avec un vieux pistolet ferait saigner un humain de la même façon ?

« Vous pourriez. Vous perdriez la maison quand même. Et Jakub vous rendrait visite en prison le dimanche. »

Grand-père se rassoit et frotte la racine de son nez.

« Qu'est-ce qui va arriver à la maison si je te la donne ?

— Je vais la rénover. La louer à quelques sympathiques gens de Prague. Un musée de notre relation, une pierre tombale d'injustices mutuelles. Je vais vous dire. Je vais même vous envoyer une partie du loyer, pour vous éviter de traverser des moments difficiles. Une offre de paix. L'argent n'a pas d'importance. »

Grand-père se lève à nouveau. Le chien laisse échapper un grognement de baryton et l'Homme à la Chaussure pose une main sur sa tête pour le calmer. Je me rends compte que le chien me tuerait sans hésitation, arracherait ma gorge et la mâcherait comme une balle de tennis. Ainsi soit-il. Je vais mourir à côté de mon grand-père.

« Allons-y », me dit Grand-père.

Je tends la main, et il la prend, me remet debout. Je m'affaisse contre son épaule pour ne pas tomber.

« J'espère que vous allez partir dans le délai indiqué dans la lettre.

— Non », dit Grand-père, et rien de plus.

Il me conduit hors de la cabane, au-delà de la porte, par-dessus le pont de la rivière, de retour à la route principale, et alors que nous marchons, son « Non » résonne, son ton faible, si différent de la nature habituellement déclarative du parler de mon grand-père, dont chaque syllabe prononcée est une vérité à ne pas prendre à la légère. Un « Non » silencieux, humilié, prononcé par un homme tout à fait différent. Un « Non » qui ne signifie rien.

« On ne part pas, dis-je, une fois que nous sommes revenus à la maison.

— Va te laver. Grand-mère sera bientôt de retour à la maison. Je vais faire bouillir des saucisses de Francfort.

— On ne part pas.

— Non. Nous ne le ferons pas. »

Mes grands-parents parlent gravement jusque tard dans la nuit. Je taquine la langue de Šíma en lisant *Robinson Crusoé*, sous les draps, à la lampe de poche.

Le propriétaire du bistrot ne veut plus servir mon grand-père. Il boit dans le garage en aiguisant ses couteaux d'abattage.

Nous trouvons un rat éviscéré sur notre paillasson. Les chats, très probablement.

Nous envisageons de me changer d'école. Je pourrais me réveiller à cinq heures du matin et prendre le bus pour me rendre trois villages plus loin.

Nous prenons un train pour aller chez le médecin de Louny et il répand de la pommade sur ma plaie. « Ça guérit bien, dit-il. Ça sera la cicatrice la plus intéressante du monde. »

Je récupère des journaux dans la poubelle. Des appartements de Prague sont entourés au stylo vert.

Non.

Je passe par la cabane de l'Homme à la Chaussure à trois reprises. Ses fenêtres et ses portes sont fermées. Un chat errant saute sur moi du haut de la porte. J'urine sur le côté de la maison. Grave de minuscules obscénités dans le bois avec un canif.

L'homme qui achète habituellement les peaux de lapin de mon grand-père dit qu'il ne peut plus le faire.

Ma grand-mère n'est plus la bienvenue dans le club de lecture qu'elle a fondé. Je la surprends à parler tout bas à ses plantes tôt le matin.

Non.

Les cheveux de mon grand-père semblent terriblement fins et gris, ses paupières tombent, comme des entrées de grottes si petites qu'aucun humain ne pourrait les passer.

Le chèque de retraite de ma grand-mère s'est perdu dans le courrier. Durant deux semaines, Grand-père doit prendre un emploi comme veilleur de nuit en ville pour pouvoir payer la compagnie du gaz. Chaque jour pour le petit déjeuner et le dîner, il mange des frites bon marché achetées à la rôtisserie en face de son travail. Parfois, le cuisinier le prend en pitié et lui donne des ailes de poulet brûlées qui seraient autrement jetées. Son haleine et sa sueur sentent l'huile de canola, et il passe le peu de temps qu'il est avec nous à parler de ses cochons, de sa terre, de nourriture qui remplit complètement l'estomac sans déchirer la muqueuse intestinale. Le chèque perdu n'est jamais retrouvé, en dépit de multiples demandes déposées auprès du gouvernement.

Cinq semaines se sont écoulées depuis le « Non » de Grand-père et inconsciemment nous commençons à emballer nos affaires. Aucun d'entre nous n'a la force de croire en notre « Non », nous sommes d'accord sans avoir besoin d'en parler.

Nous laissons tant de choses derrière. Nous prenons la grande table de chêne que mon arrière-grand-père avait sculptée quand il travaillait comme charpentier pour les Austro-Hongrois. Le portrait du XVIIe siècle d'une jeune fille rousse qui pleure et ressemble à ma grand-mère. Des pots, casseroles et assiettes en porcelaine qui ont survécu à deux guerres mondiales et à de grandes inondations. Nous laissons le lit double sous lequel ma grand-mère s'est cachée lorsque les sirènes ont annoncé le risque de bombardement de la Luftwaffe. Nous laissons le poêle qui a réchauffé la maison depuis l'époque de Franz Ferdinand. Nous laissons la douzaine de chats errants vivant dans le grenier avec un bol de lait en guise d'excuses. Nous laissons les lapins, les poulets, le nouveau petit Louda. La douzaine de marionnettes sculptées à la main avec lesquelles ma grand-mère faisait des pièces de théâtre pour les écoliers. Le clapier avec ses familles arachnides. Nous laissons les livres qui ont échappé aux autodafés austro-hongrois, aux autodafés allemands, aux autodafés staliniens, des livres qui ont gardé la langue en vie tandis que des régimes tentaient de les éradiquer. Nous ne pouvons prendre que peu de chose.

Nous laissons Šíma dans un autre village avec notre cousin Alois. Il est trop sauvage pour la ville, trop habitué à chasser les petites créatures et à nager dans la rivière. Il serait injuste de lui faire subir le béton et le bruit incessant des voitures. Ma grand-mère et moi le pleurons dans le train de retour pour Středa. *Šíma.*

Tout au long de la journée du déménagement, je serre mon exemplaire de *Robinson Crusoé*. Les marques de dents de souris et l'odeur de moisissure imprègnent la couverture, mais sa dure colonne vertébrale tient aussi fort que les portes d'une forteresse. Après que nous avons tout chargé, Grand-père insiste pour qu'on repeigne la porte avant de partir.

Les déménageurs, une paire de Kazakhs longilignes à l'haleine de rhum, fument des cigarettes et soupirent avec agacement. J'essaie d'aider, mais il demande à le faire seul. Il doit s'arrêter souvent à cause de sa douleur au dos, de la contraction de ses deltoïdes et de ses avant-bras. Lorsque nous partons finalement, la porte est de la couleur des rondins de bois frais que Grand-père et moi allions chercher dans la forêt au début du printemps, le bois bien nourri par les pluies du matin et un sol riche, le bois que nous devions laisser au soleil pendant des mois avant qu'il ne commence à sécher et perde sa volonté de vivre. Nous laissons le brun solide de la porte à son nouveau destin.

L'appartement que nous avons loué sur Pařížská a appartenu à un membre du Parti jusqu'en 1989. Après cela, le nouveau propriétaire l'a converti en un restaurant français qui a fait faillite dans l'année. Ensuite, un entrepreneur allemand a acheté la surface et l'a divisée en cinq appartements au style occidental moderne, une platitude qui ne ressemblait en rien à une maison. L'évier est petit et fragile, les parois minces, le siège des toilettes en plastique. Chaque fois qu'un voisin du dessus tire la chasse, nous en entendons l'écho dans les tuyaux. Voici ce que nous pouvons nous permettre avec la retraite de mes grands-parents : un appartement où je n'inviterais jamais un ami, s'il m'en restait. Il n'y a pas d'histoire ici, aucun héritage – tout ce que nous possédons ou louons maintenant semble être en plastique ou en étain fabriqué dans une usine par des travailleurs immigrés pour quelques sous. Même si l'Homme à la Chaussure avait été sérieux au sujet de l'envoi d'argent, je sais que Grand-père aurait préféré le brûler et prendre un emploi sur un chantier.

Mais tout cela vient plus tard. Sur le chemin de Prague, je ne sais rien de l'appartement, et alors que Grand-père, au volant de la Škoda qu'il a empruntée, suit le camion de déménagement, je décide, depuis la banquette arrière, de devenir le porteur biologique de la malédiction de mon père. Ça doit être au sein de mes entrailles comme un ténia. Je suis déterminé à ne jamais décevoir mes grands-parents, à ne jamais mal me comporter, parce que leur vie va désormais être confinée à l'espace restreint d'une ville sans terre à cause de quelque chose qui est une partie de moi. Nous roulons sur les pavés de la Vieille Ville de Prague, nous freinons fréquemment devant des touristes errant au milieu de la chaussée pour prendre des photos des tours gothiques, du vieux quartier juif, des portes du cimetière. La boulangerie où mon père achetait des *rakvičky* – petits gâteaux fourrés de tiramisu garni de crème fouettée et de copeaux de chocolat – est maintenant devenue un Kentucky Fried Chicken, et j'ai envie d'une cuisse juteuse que je pourrais tremper dans de la purée de pommes de terre et de la sauce, mais je n'ai pas le droit de demander quoi que ce soit. Je suis la malédiction, et nous n'avons pas d'argent pour de la nourriture occidentale à emporter. Le dîner sera fait de pommes de terre et de crème amère, le même plat qui a nourri les familles de mes grands-parents pendant la Seconde

Guerre mondiale. Nous passons devant les centres commerciaux et multiplexes émergeant des ruines de vieux centres communautaires, lieux où les jeunes Pragois se réunissaient jadis pour regarder des films éducatifs sur la contribution des Soviétiques et jouaient au football en T-shirts rouges. Je ne reconnais pas cette ville – ses nouveaux explorateurs bien vêtus, ses taxis et les panneaux d'affichage Tommy Hilfiger. Je ne connais pas cette Prague libre, mais j'aimerais bien. Tant de produits de luxe sont maintenant à portée de main, et je ne peux m'en permettre aucun.

Juste au moment où nous nous garons devant le bâtiment et que Grand-père donne des instructions aux déménageurs, *Jailhouse Rock* d'Elvis passe à la radio. Je me penche et change de station. Grand-mère ne dit pas un mot. Le son des flûtes, bassons, et une harpe. Le soprano d'une femme appelant quelque chose de ses vœux, semblable au hibou à l'affût dans la nuit noire. Je demande à Grand-mère ce que c'est, et elle sourit.

« *Rusalka*, dit-elle. C'est un opéra.

— Tu l'as vu ? je demande.

— C'était le favori de ta mère. Elle et moi l'avons vu ensemble peu de temps après qu'elle a épousé ton père.

— Es-tu en colère contre lui ? Pour tout ça ? »

Le signal de la station disparaît, et la chanson se transforme en grésillement. Grand-mère n'y prête aucune attention et regarde droit devant elle. Le grésillement me rappelle un mal de dents. Enfin,

Grand-mère coupe la radio, rassemble ses affaires et parle fort, comme si elle s'adressait à une foule dans un micro.

« Non », dit-elle, exactement avec la même intonation que mon grand-père.

Rusalka

La boîte à cigares était en cèdre massif et pesait exactement deux kilos et trente grammes. Au cours des dernières nuits, une fois ma conversation avec Hanuš terminée et après qu'il se fut niché dans son coin habituel, juste à l'extérieur de ma chambre à coucher, je la retirais du coffre de stockage et passais mes mains sur son couvercle mat et jaune sur lequel étaient inscrits ces mots : *Partagas – Hecho en Cuba*. Je faisais glisser le couvercle et retirais la pochette en soie contenant les cendres de mon grand-père. Je laissais ensuite la pochette flotter dans la cabine, comme une mère guidant son enfant vers sa première baignade.

Je ne pouvais m'empêcher de penser à mon grand-père vivant et comment il se dirigerait dans l'espace avec ses jambes courtes, assez trapues pour soutenir un ventre gonflé par soixante années d'enthousiasme pour la bière, ses bras épais tatoués d'un geai bleu et d'un cow-boy fané, son visage taurin couvert de barbe grise et ses fins cheveux toujours en proie aux pellicules, toute cette masse en suspension dans l'air, mesurant calmement l'Univers à l'extérieur, sifflant et rugissant parfois d'une toux de fumeur, réclamant une Marlboro pour l'apaiser. Je savais qu'il aurait aimé la paix et la tranquillité de l'espace pour lire le journal et écrire dans ses carnets, mais le bétail et le jardinage lui auraient manqué dans l'oisiveté et l'attente. Non, je supposais que mon grand-père n'aurait pas eu la patience d'observer les étoiles et l'expansion de la matière. Il n'était pas homme à regarder l'obscurité et à s'en émerveiller. Je l'avais pourtant amené avec moi, espérant enfin trouver son dernier lieu de repos après avoir gardé la boîte contenant ses cendres pendant des années. Chaque jour, après le petit déjeuner et encore avant de dormir, je voulais placer la boîte dans le distributeur et l'expulser dans le cosmos. Chaque jour, je ne pouvais m'y résoudre. Aujourd'hui était le jour. Vénus était si proche maintenant qu'on ne voyait presque plus qu'elle. Dans quelques heures, j'allais entrer en contact avec le nuage Chopra.

Je retournai au Lounge où Hanuš regardait la tempête de poussière s'approcher à travers la fenêtre d'observation. Au cours des dernières heures, les motifs photographiés par les lentilles de *JanHus1* avaient été analysés par la Centrale, et l'équipe de Petr avait conclu que le comportement apparemment calme du nuage cachait une tempête qui faisait rage au-delà de ses frontières, comme si le noyau plus épais avait des pouvoirs gravitationnels qui faisaient tourbillonner la poussière autour de lui tel un cyclone. L'inquiétude concernant ma sécurité était tacite mais visible sur le visage de Petr lors de nos appels vidéo.

Les pattes d'Hanuš pendaient sous son corps. Il était comme une ombre dessinée par les explosions de lumière derrière lui. Un épais nuage pourpre entachait l'horizon d'étoiles mourantes face à nous, essaim de busards dévastant une boîte de peinture. Au cours de ma mission, le nuage avait rétréci jusqu'à atteindre la moitié de sa taille d'origine, mais ne s'était pas déplacé d'un pouce, établissant une relation déconcertante avec l'influence gravitationnelle de Vénus. J'étais si près maintenant que je pouvais voir le mouvement de ses particules, flocons de neige à l'intérieur d'un globe tout juste secoué. La poussière grouillante était phosphorescente, brillante sur les bords, et s'assombrissait jusqu'au cœur pourpre, une masse si épaisse que je ne pouvais pas voir à travers. La vitesse des particules mesurée par l'analyse photographique fut considérée comme suffisamment sûre pour y pénétrer. L'excitation de la mission perdue en chemin revenait à nouveau aux abords de mon esprit. Quoi qu'Hanuš soit, ce n'était pas à moi de le posséder, ni même de le comprendre. Sa présence était apaisante, mais son existence incompréhensible. Le nuage, cependant – se comportant en phénomène que nous n'avions jamais vu, mesurable, inexorable –, était en ma possession. Il pouvait être placé sous un microscope. Il pouvait être compris.

Hanuš se tourna vers moi. Du liquide noir s'écoulait du coin de sa bouche et formait des bulles miniatures qui flottaient autour du Lounge.

« Quand j'étais jeune, j'ai attrapé ces grains sur ma langue, maigre humain. Cette poussière contient le début de toute chose.

— Il est impossible de savoir où les choses ont commencé, dis-je.

— Pourtant, tu veux y croire. J'insiste, maigre humain : ces grains étaient présents lorsque l'Univers a explosé pour Naître. Ils étaient les premiers à Être et ils seront les derniers. »

Hanuš sourit plus largement que je ne l'avais jamais vu faire. L'appel de la Centrale résonna sur le Plat. Je m'attachai, passai la main sur mon crâne fraîchement rasé et pris l'appel.

Sur l'écran apparut la salle principale des opérations de l'Institut spatial, un auditorium en forme de U rempli de moniteurs et de personnes. L'équipe de cette salle, trente ingénieurs avec Petr en tête, était responsable de l'ensemble de la mission, de l'exécution des fonctions automatiques de *JanHus1* jusqu'à l'analyse de mes selles. Aujourd'hui, la salle accueillait un échantillon plus vaste de l'élite du pays, ainsi que des bouteilles de champagne, des serveurs et des tables avec des sandwichs aux crevettes et des petits-fours. À côté de Petr se tenait le Dr Kuřák, un ordinateur portable à la main, prêt pour la prise de notes, ainsi que des membres du conseil d'administration, des PDG d'entreprises partenaires, le sénateur Tůma (bronzé, mince, prêt à devenir Premier ministre) ainsi que d'autres membres de la Chambre que j'avais vus à la télévision, et, devant eux, le président Vančura lui-même. Ces hommes et ces femmes importants, avec les membres de la presse prenant loyalement des photos et des enregistrements vidéo, formaient le noyau du cercle plus large des employés, des ingénieurs et des bureaucrates de l'Institut, qui tous m'applaudissaient. Hanuš se tenait derrière l'écran plat, hors du champ de la caméra qui transmettait mon image à la Terre. La plus grande découverte de l'Histoire humaine était à environ un mètre cinquante de devenir une réalité pour les Terriens. Mon rôle consistait à être assis et à faire semblant qu'elle n'existait pas.

Le son de douces flûtes envahit les espaces creux de *JanHus1*, suivi de cors anglais. C'était le signal.

« Quel est ce bruit, maigre humain ? demanda Hanuš.

— *Rusalka*, répondis-je. C'est un opéra. Je l'ai choisi pour annoncer ce moment. »

Hanuš hocha la tête, et déjà, Petr commençait à prononcer les mots que les experts en communication nous avaient fait répéter :

« *JanHus1*, confirmation de la fonctionnalité des systèmes de filtrage. Commencement du compte à rebours de contact : vingt-neuf minutes, trois secondes. Rapport… »

Je me connectai à TV Nova qui retransmettait en direct les festivités se tenant sur la colline de Petřín. Comme quatre mois plus tôt, quand la nation avait assisté à mon ascension, la foule y était rassemblée, munie de bières et de fast-food. Cette fois, leur attention était tournée vers un écran IMAX qui trônait magnifiquement au sommet de la colline, gracieusement mis à disposition par Tonbon, partenaire des plus grands cinémas du pays et sponsor de la mission. Un trio de flux vidéo apparut à l'écran : l'un affichait mon visage, ses imperfections traitées par des aérographes magiciens, si grand que je voyais la sueur sur mes lobes d'oreilles ; l'un montrait la salle des opérations principale, contenant les politiciens et les scientifiques responsables du triomphe, ainsi que les comédiens tchèques, chanteurs et stars de téléréalité qui donnaient des interviews depuis leur propre podium privé ; un troisième diffusait les images capturées par *JanHus1*, qui ressemblaient de près à ce que Hanuš et moi voyions de la fenêtre d'observation, avec un contraste ajusté et certains effets spéciaux de lumière pour accentuer l'aspect futuriste de l'expérience. Ces trois flux programmés pour la télévision internationale étaient brièvement interrompus par les publicités de tous les sponsors de la mission. Si seulement j'avais eu moyen de contacter le mystérieux agent du gouvernement alors, de lui demander de courir vers l'appartement de Lenka et de regarder à travers sa fenêtre pour voir si elle était rivée à la télévision, impatiente de participer à mon triomphe.

Il faisait nuit à Prague, et malgré les lumières massives du stade entourant la colline, Chopra apparaissait sous la forme d'une fusion d'aquarelles dans l'atmosphère. Mais sur mon écran, la coloration, si lointaine et étrangère, ressemblait à une tache sinistre. Il semblait bien plus souhaitable que le nuage Chopra s'attache à Vénus et y reste pour toujours, reste loin de notre foyer et cesse de modifier l'obscurité nocturne réconfortante que les humains avaient embrassée depuis des siècles. La panique me saisit. Autour du Plat, je cherchai le bouton qui me parachuterait instantanément sur Terre, directement dans mon lit, quatre ou cinq ans auparavant, lorsque mon salaire suffisait à payer des spaghettis, et que Lenka et moi nous contentions de sexe, de livres et d'un petit monde qui semblait familier et aimable. Un temps où l'Univers était noir et brillant sur les pages de manuels d'école trop coûteux.

Rusalka continuait à résonner, une série de violons et de cors qui me rappelaient le doux réconfort de la musique d'ascenseur dans les centres commerciaux et les halls d'hôtel. Je touchai l'élégante matière du bureau devant moi, resserrai les sangles de mon fauteuil pour en augmenter le soutien contre mon dos. La panique céda la place à une félicité momentanée. La mégalomanie des futures découvertes possibles, même le simple fait d'y assister, éclipsa tout le reste. J'avais sauté par-dessus le canyon en moto. J'étais sur le point d'atterrir, et l'afflux de sang dans mes oreilles et mes yeux me coupait du public, des étrangers et des proches, de leurs applaudissements et de leurs chants, du cri explosif des aigles au-dessus de nos têtes, du rugissement du moteur en surchauffe et de l'écrasement de mes os contre la gravité. Trois, quatre, cinq secondes de détachement complet de ce que le monde réclame et offre, qui transformaient le fait de vivre en un plaisir purement physique, une flambée du corps à travers les éléments. J'étais reconnaissant.

Nous allions rencontrer le nuage d'une minute à l'autre, à présent.

« Dernières données analytiques bien reçues », déclara Petr. Un gros plan de son visage divisa mon écran en deux, détournant mon attention du décor festif de politiciens bavards. « Tout est opérationnel, *JanHus1.* » Il fit une pause pour mâcher sa moustache.

« Jakub, tu es prêt ? »

Prêt. Quelle question. Un bel astronaute américain aurait levé le pouce et exhibé une rangée de dents blanchies. Je fermai les yeux, exhalai et hochai la tête.

« Je n'ai jamais vu l'Humainerie être aussi calme, maigre humain, dit Hanuš. Pour la première fois, je ne peux entendre le bourdonnement de la Terre. »

Hanuš et moi observâmes la collision tranquillement. Je vis les images du nuage reflétées dans les yeux de Petr. Les politiciens se turent, leurs verres fraîchement remplis de Bohemia Sekt suspendus dans les airs. Pendant un moment, je me demandai s'ils avaient tous oublié que j'existais. Même Hanuš détourna son attention de moi, ne chercha pas une réaction dans mon esprit, son corps ondulait sur la vitre d'observation.

Quelle autre chose reposait dans les contours de la matière en constante expansion ? Quels autres mystères m'attendaient, en plus d'extraterrestres aux pattes de bambou et de nuages de gaz et de débris intergalactiques ? Rusalka chantait ses joies et ses peines. Petr, ses ingénieurs et les politiciens contemplaient leurs nombreux écrans. (Je me demandai si l'un de ces hommes ou femmes était jaloux – enfants, nous avions tous rêvé d'être ici, astronaute solitaire sur une planète lointaine, mais eux avaient fini par porter des cravates et vivre en faisant des promesses qu'ils ne pouvaient pas tenir. Je ne pus m'empêcher de me demander si mon mentor de l'université, le Dr Bivoj, m'observait depuis la maison de village où il avait pris sa retraite, s'il était en extase ou furieux que son élève ait dépassé de plusieurs années-lumière ses plus importantes découvertes.) Hanuš tourna tous ses yeux – trente-quatre, selon mon récent décompte – vers le nuage, comme s'il n'avait jamais rien vu de si peu familier, lui non plus. Le fait que mon compagnon extraterrestre puisse encore être stupéfié par ces particules pourpres confirmait que toute autre vie florissant dans l'Univers avait un certain niveau d'ignorance et donc une capacité à être fondamentalement curieux. Un travers fièrement revendiqué par les humains qui pouvait, en réalité, être universel.

Je m'agrippai aux sangles qui cisaillaient ma poitrine et mon estomac, et pris quelques respirations profondes. Hanuš gigota. Petr tourna finalement son attention vers moi, essuyant de la sueur de son front. Les particules de poussière ondoyaient en vagues, se déversaient sur la fenêtre d'observation comme de la sciure de bois jaillissant d'une tronçonneuse. Le contact était silencieux, mais *JanHus1* tremblait. La trajectoire de l'engin spatial vacillait de gauche à droite, de haut en bas, tandis que le combustible brûlant luttait contre la force chaotique de Chopra. Petr me chargea de couper les moteurs. Nous glissions désormais simplement à travers les motifs tournoyant autour de l'épais noyau. Sur Terre, les foules de la colline de Petřín levèrent leur Staropramen et entonnèrent le vieil adage : *Les mains d'or tchèques !* J'appréciai le kitsch. Toutes ces bières étaient levées pour moi.

Comment Jan Hus aurait-il vécu cette rencontre ? L'aurait-il perçue comme une réaffirmation de la toute-puissante divinité ? Je voulais penser que son esprit brillant l'aurait accueillie comme un signe de la complexité de l'Univers, un indice que la définition de la divinité va au-delà des limites abstraites de l'Écriture.

« Nous sommes ici, aurais-je dit à Hus, les seuls humains. Chaque fois que nous nous aventurons plus loin encore dans la pensée, le temps ou l'espace (et n'est-ce pas la même chose, maître ?), nous donnons à ton Dieu une poignée de main ferme. Tu l'as fait et maintenant je l'ai fait aussi, même si mon Dieu est le microscope. »

Je passai mes doigts le long du panneau et activai Ferda, le collecteur de poussière. Le filtre glissa hors de sa coquille protectrice et commença à recueillir les particules de poussière. Non, le ventre de mon vaisseau ne serait pas affamé. Déjà, les scanners de Ferda affichaient la structure des cristaux qu'elle avait recueillis. Les lapaient comme la langue assoiffée d'un chien.

« Le noyau te tire vers l'intérieur, déclara Petr. On dirait qu'il a sa propre force gravitationnelle. Tu te sens bien là-haut ?

— Je me sens parfaitement bien. Combien de temps avant d'atteindre le noyau ?

— À ce rythme, une vingtaine de minutes. Donnons-nous dix minutes de plus pour la collecte, puis tu actives les moteurs de propulsion et tu t'expulses de là. On stabilisera à distance ta trajectoire vers la Terre. Après ça, tu me ramènes ces mains d'or dans le Laboratoire.

— Reçu. »

Je regardai autour de moi et vis qu'Hanuš avait disparu. Je ne sentais pas sa présence dans mes tempes. Un son de papier de verre grattant du métal se propageait dans le vaisseau. Je tendis l'oreille pour localiser sa source, mais cela semblait venir de partout, un broyage impitoyable. La vitesse à laquelle je tournais augmentait rapidement. Le noyau semblait trop près. Solide, comme un morceau de roche. Impénétrable.

Les lumières au-dessus de moi ainsi que l'écran plat se mirent à clignoter. Un courant d'air froid glaça mes épaules.

« Il y a quelque chose de bizarre avec ta source d'énergie », dit Petr.

Le grattage se transforma en un sifflement régulier. Les lumières clignotaient à intervalles plus prolongés. Le vaisseau faisait plus que trembler – des vibrations massives le secouaient d'avant en arrière, et la poussière violette qui s'écrasait contre ma fenêtre devint si épaisse qu'elle me cacha Vénus.

« Ça accélère », dit Petr d'une voix rauque. Il pinça sa barbe et arracha quelques poils.

Le sénateur Tůma se tenait à côté de lui, un sourire niais figé sur le visage, la coupe de champagne désormais vide. L'équipe regardait les écrans, bouche bée.

Les ampoules au-dessus de ma tête explosèrent, leurs minuscules débris pointus s'écrasant contre le plastique de protection prévu pour que les tessons ne flottent pas dans la cabine. Les lumières d'urgence bleues s'allumèrent, alimentées par un générateur indépendant du circuit principal. Une stridente alarme d'urgence interrompit la douce symphonie de *Rusalka*. Je concentrai toutes mes pensées sur Hanuš, espérant qu'il reviendrait.

« Jakub, l'ordinateur central est en panne. Diagnostics visuels ? »

Je me détachai du fauteuil et me tirai vers les couloirs, soulagé d'être libéré des vibrations brutales provoquées par le siège. Tout semblait normal en gravité zéro. Juste au moment où j'étais sur le point de quitter le Lounge pour inspecter l'ordinateur central, je remarquai quelques grains pourpres qui pénétraient dans la mince ouverture d'un évent. Je retournai en bondissant vers le Plat.

« La poussière pénètre dans le vaisseau, dis-je à Petr.

— Putain, quoi ? » répondit-il. Quelques secondes plus tard, le flux vidéo sur l'écran IMAX de la colline de Petřín disparut, laissant un troupeau de spectateurs tétanisés louchant sous l'éclairage vif du stade. Des agents des services secrets emmenèrent les politiciens et les journalistes hors de la salle de contrôle alors que Petr aboyait des ordres à ses ingénieurs.

« Très bien, on arrête. Engage les moteurs de propulsion. Sors de ce putain de truc. »

Je vérifiai les niveaux de collecte de Ferda. Remplis seulement à environ six pour cent – pas encore suffisant. « Une minute, dis-je, juste une de plus.

— La poussière est en train de pénétrer ton vaisseau, Jakub. Les câbles électriques sont déjà érodés. Sors de là. J'aurais pris le contrôle de tes commandes si elles marchaient encore.

— J'ai besoin d'une minute de plus, dis-je.

— Fais ce qu'on te dit. Propulsion à trois…

— J'y ai passé quatre satanés mois ! Ma dent est en train de pourrir, ma femme m'a quitté, et maintenant il est parti aussi. Une minute de plus.

— Qui, il ?

— Juste un peu plus de temps, Petr. »

J'ôtai mes écouteurs. Un peu de temps. Je pensais qu'elle me rendrait plus sage, cette minute. Me ferait comprendre quelque chose à propos de l'Univers, ou de moi-même. Peut-être croyais-je Hanuš quand il affirmait que Chopra détenait la clé des origines. Peut-être oserais-je me laisser mourir. Comprendre pourquoi on en faisait toute une histoire.

La Sagesse n'arriva pas à l'issue de la minute. Trente secondes plus tard, les lumières d'urgence bleues fondirent dans l'obscurité, tout comme le Plat.

Je ne m'étais pas rendu compte à quel point *JanHus1* était bruyant en fonctionnement. Sans le bourdonnement des filtres, de la climatisation et des écrans, la seule chose que j'entendais était le broyage incessant. La phosphorescence pourpre ne fournissait plus qu'un fragment de lumière. J'entendis une voix calme et tâtonnai autour du bureau pour retrouver les écouteurs.

« … tain, *JanHus1*, réponds, merde…

— Petr ? demandai-je.

— Jakub. Je ne peux pas te voir. Quelle est ta situation ? »

Les vibrations cessèrent. La vision du noyau recouvrit le reste de mon univers. Il semblait si proche que j'aurais pu le toucher. La couche de nuages dans laquelle je me retrouvais était exempte de poussière, libre de tout débris, comme une atmosphère qui avait tout rejeté sauf moi. Le noyau n'exerçait plus de force d'attraction. *JanHus1* était parfaitement immobile au sein de cette sphère de néant.

« Je suis proche, dis-je, mais l'influence gravitationnelle est affaiblie.

— La comm' est la seule chose qui fonctionne. Plus un seul capteur dans le vaisseau n'est opérationnel. »

Quelque chose se posa sur ma joue. Je l'essuyai et trouvai du pourpre barbouillé au bout de mon doigt. Les flocons m'environnaient maintenant, tombaient depuis les crevasses du plafond. L'air était vicié et difficile à respirer.

« Petr, dis-je.

— Ouais.

— Je crois que le réservoir d'oxygène est vide. »

Je retrouvai une lampe de poche dans le tiroir du bureau et flottai à travers les couloirs. Le panneau de la porte électronique menant à la zone mécanique ne fonctionnait pas, et je dus tirer les leviers et pousser de toutes mes forces pour ouvrir la trappe. Je passai la zone de commande du moteur et entrai dans la salle d'oxygène, où un trio d'énormes barils gris reposait au sol. Tant qu'un courant électrique alimentait ces réservoirs, leur permettait de séparer l'hydrogène et l'oxygène, ils étaient sûrement les parties les plus importantes du vaisseau. Maintenant, ils n'étaient plus que trois châteaux d'eau inutiles jetés sur le flanc comme des porcs sur le point d'être abattus. Aucun oxygène frais n'était pompé dans mon monde et le dioxyde de carbone n'était pas filtré vers l'extérieur.

J'en informai Petr.

« Dis-moi quand tu commences à te sentir étourdi, dit-il. Et ramène ton cul au panneau central. On va résoudre ce problème. On va te sortir de là. »

Ses ordres me réconfortèrent. Quelqu'un était aux commandes. Tant que Petr fournissait des mesures claires à suivre, les choses pouvaient encore s'arranger. Je n'avais pas besoin de penser à quoi que ce soit d'autre.

Je coupai le micro. « Hanuš ! criai-je dans les couloirs. Hanuš ! »

Le panneau central était froid et sombre. Comme Petr me l'avait demandé, je retirai son couvercle et vérifiai les fils à l'intérieur. Ils étaient intacts, étrangement aussi propres qu'à l'assemblage du vaisseau.

Je démontai le panneau à la recherche de cartes mères brûlées, de prises mal branchées. Tout était à sa place. Je laissai une chance à Petr de le dire avant moi, mais il resta silencieux.

« Soit le câblage du panneau solaire a été abîmé, dis-je, soit les panneaux solaires ont disparu.

— Va mettre ta combinaison, ordonna Petr.

— La combinaison ?

— Je ne veux pas que tu t'évanouisses quand l'oxygène va diminuer. Mets-la. Je dois… Je dois informer les gens à l'étage. »

La ligne devint silencieuse.

J'enfilai d'abord le vêtement de refroidissement, une combinaison sophistiquée qui faisait circuler de l'eau à travers un système de tuyaux pour réguler la température du corps, puis je tirai la masse épaisse de ma combinaison spatiale autour de mon corps. Elle avait une vague odeur de friperie et de charbon en combustion. Sur Terre, des dizaines, voire des centaines de millions d'êtres humains haletaient devant leurs téléviseurs, rafraîchissaient frénétiquement les premières pages des blogs des médias, leurs esprits unis en une seule et même pensée : Qu'allait-il advenir de leur astronaute ? Oui, il était plus que probable que mon voyage sur *JanHus1* avait captivé l'imagination de toute l'humanité, bien au-delà de mes compatriotes debout sur la colline de Petřín, gémissant devant l'écran noir face à eux. Le show doit continuer, même si on ne le voit pas.

Je ne m'inquiétais pas en enfilant la combinaison, car la vie restait avant tout une tâche méthodique – je tirai sur les sangles, plaçai le système de survie sur mon dos, fixai le casque, aspirai goulûment l'oxygène frais. Maintenant que mes sens étaient ravivés, mon mal de dent pulsait brutalement sur le côté droit de ma mâchoire. Mais une fois la combinaison enfilée, je me retrouvai sans directives. Je dirigeai la lampe de poche dans les recoins sombres du vaisseau, m'attendant presque à voir un faucheux en sortir.

J'allai dans la Chambre de sommeil et fouillai dans un tiroir, tâtonnant sous les pantalons de survêtement et les caleçons. Je pris la boîte à cigares et la glissai dans la poche de ma combinaison. De toute évidence, j'allais mourir, et je devais garder mon grand-père à proximité. J'envisageai brièvement de me cacher à l'intérieur du sac de couchage, usant de la même cape d'invisibilité qui me protégeait des monstres pendant la nuit quand j'étais petit. Je ne le fis pas.

Le système de survie dans mon dos m'offrait trois heures d'oxygène, et ces heures semblaient une éternité. Tant pouvait être accompli. En trois heures, des guerres pouvaient se déclarer, des villes être anéanties, des futurs leaders mondiaux conçus dans le ventre de leur mère, des maladies mortelles contractées, des fois religieuses se révéler ou se perdre. Je retournai à l'ordinateur central et tirai sur des câbles, mis des coups de pied sur les panneaux morts, de la salive dégoulinant du coin de ma bouche et souillant le verre de mon casque. Enfin, une voix revint, mais ce n'était pas celle de Petr.

« Jakub, dit le sénateur Tůma. Pouvez-vous entendre mes paroles ?

— Oui.

— Je vous parle au nom du président et de votre pays. J'ai repris ce fardeau injuste des épaules de Petr. Je vous ai envoyé en mission, Jakub. Il est juste que nous ayons cette conversation ensemble.

— Vous semblez calme, répondis-je.

— Je ne le suis pas. Peut-être que ce que vous entendez est la preuve de ma foi en votre mission. En votre sacrifice. Avez-vous encore la foi ?

— Je crois. Il est difficile de penser à un autre but en pleine décompression. Vous êtes un plongeur. Vous connaissez cette douleur étrange dans vos poumons. »

Tůma m'informa que les lectures du capteur enregistrées quelques secondes avant que la source d'alimentation du vaisseau ne se coupe indiquaient vingt différents points de dégâts dans le câblage interne du vaisseau, et que deux des quatre panneaux solaires étaient désactivés. La poussière les avait découpés comme une scie.

« Comprenez-vous ce que je vous dis ? »

Je lâchai les câbles de l'ordinateur central et laissai tomber mes bras le long de mon corps. « Oui. »

Remplacer le câblage endommagé prendrait environ vingt heures, expliqua-t-il, pour lesquelles je n'avais ni l'oxygène ni le matériel. Et plus de dégâts pouvaient survenir une fois le vaisseau à l'arrêt. Les communications allaient s'interrompre à tout instant – la batterie indépendante qui les alimentait était également endommagée et ne durerait pas bien longtemps.

« Comprenez-vous ? répéta-t-il.

— Bien sûr que je comprends. »

Ma poitrine était creuse. C'était une étrange sensation, à l'opposé de l'anxiété ou de la peur, qui pour moi avaient toujours été aussi lourdes qu'avaler de l'asphalte. Maintenant, j'étais un cadavre en sursis. Si proche de la mort, le corps se réjouit de son repos éternel, délivré de l'âme irritante. Si simple, ce corps. Vibrant et sécrétant et grinçant tout du long, un battement, deux battements, une heure après l'autre. Le corps est le travailleur et l'âme est son oppresseur. Je pouvais entendre mon père dire : « Libérez les prolos. » Je ricanai presque. Tůma respirait tranquillement. *Ne me lâche pas maintenant*, entendis-je au loin.

« Jakub. Je ne peux pas être plus désolé.

— Sénateur. Que va-t-il se passer, maintenant ?

— Dites-moi ce que cela fait d'être là-haut, Jakub.

— Ma femme est là, sénateur ?

— Non, Jakub. Je suis sûr qu'elle pense à vous. Elle sera là quand je vous proclamerai héros de la nation. Elle sera là quand j'établirai un jour férié à votre nom, ainsi que des bourses pour les jeunes scientifiques en devenir. » Ses paroles étaient maintenant interrompues par des échos, des grattements, une pause occasionnelle. « Je ferai en sorte que personne n'oublie votre nom pour les mille années à venir, Jakub. Dites-moi comment c'est là-haut. Imaginez que je suis un ami et que vous me racontez un rêve que vous ne pouvez pas oublier. »

Je trouvais la voix de Tůma terriblement belle. Comme de la soie enroulée autour d'une pierre. Un timbre apaisant capable de briser des empires. Pas désagréable de mourir ainsi. Oui, le mot était finalement sorti. « Mourir, mourir, mourir », murmurai-je. Tůma m'ignora.

Je me dirigeai vers la fenêtre d'observation. Un torse velu et des pattes tombantes flottaient face au nuage violet. Comme un adorateur agenouillé à l'entrée d'un sanctuaire, suppliant d'entrer. Il me regarda, de tous ses trente-quatre yeux rougeoyants. Ses iris ne se rétrécirent pas lorsqu'ils furent aveuglés par la lampe de poche.

« Cela me rappelle une fois où j'ai failli me noyer, dis-je. J'ai levé les yeux dans l'eau trouble et j'ai vu le soleil. Et je pensais je me noie, et pourtant l'étoile de feu et de chaleur brûle pour me garder en vie. Maintenant, j'ai l'impression que le soleil semblait pourpre aussi à l'époque. Mais qui sait ?

— Parfait, Jakub. Je le raconterai à tous ceux qui souhaiteraient pouvoir vous entendre.

— Dites-le à Lenka. Dites-lui combien je suis heureux de ne pas m'être noyé à l'époque. D'avoir continué à vivre pour pouvoir la rencontrer sur la place.

— Allez à… Chambre de sommeil. Je dois… donner… chose », déclara le sénateur. La transmission était si faible maintenant que je ne perçus que quelques mots.

Je flottai jusqu'à la Chambre, réactivai la lampe de poche et éclairai les coins, espérant trouver quelque chose de nouveau.

« … levez… dormir… petit crochet… »

Je décrochai le sac de couchage et le laissai flotter au loin. Je n'aurais plus besoin de dormir. Là, comme Tůma l'avait indiqué, un crochet incongru était fixé dans la paroi lisse, un défaut de conception apparent. Je le tirai, et une boîte de la taille d'un livre en sortit.

« … Mordez dedans… immédiatement… », dit Tůma.

J'ouvris la boîte. Un paquet transparent contenant deux pilules noires flotta dans l'espace en gravité zéro, ainsi qu'un petit dépliant où était imprimé un avertissement sévère : *Consommation strictement interdite sans l'autorisation de la Centrale.*

Je ris exagérément fort pour m'assurer que Tůma m'entendait. « Je vous remercie, sénateur. J'ai une meilleure technique. »

Le flux de communication se flétrit. J'ignorais si Tůma avait entendu mes derniers mots. Hanuš attendait à l'extérieur de la Chambre de sommeil, ses yeux interrogateurs tournés vers moi. Oui, il y avait une meilleure technique. Je devais respirer de l'oxygène pur durant une heure encore pour éliminer tout l'azote dans mon corps. J'imaginais les bulles de gaz à l'intérieur de moi se dissolvant comme une pastille de sodium dans un verre d'eau. Après cette heure, je rejoindrais Hanuš dans l'espace profond, et j'offrirais les cendres de mon grand-père au cosmos avant d'être moi-même consommé. Je flottai jusqu'à la Cuisine, pris le dernier pot de Nutella et le mis dans ma poche. L'heure serait longue. J'attendais, pensant à mes premiers jours à l'Institut spatial, à la perte de poids, à la mastication constante de chewing-gum, à la douleur.

Ces souvenirs lointains de ma formation de sortie dans l'espace ranimèrent mes vieilles aigreurs d'estomac, comme un ongle lacérant l'intérieur de mon abdomen. Mon corps piégé dans une lourde combinaison de plongée, ma bouche farcie d'un propulseur d'oxygène, la piscine d'entraînement puant l'eau de Javel, éclairée par des ampoules bleues. Des hommes longeant le bassin notaient mes progrès dans des carnets jaunes. La première fois que j'avais vomi, le masque avait glissé hors de ma bouche et j'avais libéré de la bile et des cacahuètes dans l'eau, suffoquant et avalant pas loin d'un litre. Revenir à l'air libre avait été comme une ascension d'alpinisme, mes muscles et veines gonflés de sang, la surface cachée par des jeux d'ombres.

On avait essayé beaucoup de choses – médicaments antinausée, différents masques, des exercices de relaxation, une multitude de régimes, mais chaque session de formation s'était finie de la même manière. Ce n'était pas que je craignais les espaces clos. Mon cas de claustrophobie était unique. La piscine d'entraînement n'était pas un placard sombre, c'était un alignement de milliers de placards sombres, sans porte pour s'échapper. Je pouvais nager et nager et nager, à chaque geste le même silence, la même solitude, le même sentiment d'abandon. Je ne pouvais pas le supporter. Peut-être étais-je tombé malade simplement en raison de l'effort physique dû à la plongée. Nous ne pouvions en être sûrs. Après une perte de poids rapide et une diminution de ma performance cardio, nous avions terminé la formation de sortie dans l'espace avec une semaine d'avance. Il était extrêmement peu probable que je fasse une sortie de toute façon, avaient-ils dit. J'étais d'accord avec cela.

Je me demandais maintenant pourquoi je craignais toujours ces placards sans fin, le vide au-dehors qui me rappelait ces piscines de plongée chlorées. Tout allait y finir. Mais plus personne ne regardait, plus personne ne se soucierait de moi. La fin m'appartenait, et pourtant la nausée subsistait.

Hanuš interrompit ces pensées. « Tu vas me rejoindre bientôt, dit-il.

— On dirait bien.

— Ta tribu t'a abandonné.

— En quelque sorte.

— Ne t'inquiète pas, maigre humain. Je suis un explorateur accompli. Ensemble, nous allons explorer le Commencement. »

Je lâchai la lampe de poche et flottai jusqu'à la porte du sas de décompression, située au-dessous du Couloir 4. J'y allais lentement, tapotant les murs de *JanHus1*, mémorisant ses crevasses mortes et obscures avec un sentiment de culpabilité, comme si j'avais aspiré la vie hors de ce vaisseau spatial qui m'avait été confié. L'incubateur qui m'avait transporté, chauffé, nourri, tenu propre et diverti pendant quatre mois n'était plus qu'un amas de matériaux inutiles. Un cercueil trop onéreux. Mais il m'avait amené à Chopra et je ne pouvais lui reprocher d'avoir cédé aux forces inconnues d'autres mondes. Je refermai la porte de compression derrière moi. J'ouvris la trappe menant dans l'Univers.

Mon attache glissa le long du vaisseau alors que je sortais et que le vide non filtré m'environnait comme l'eau d'un bain. Au loin, la silhouette d'Hanuš se découpait à l'intérieur de la tempête pourpre. Je n'avais peur de rien sauf du silence. Ma combinaison avait été construite pour éliminer le sifflement de la libération d'oxygène, je n'entendais donc que les faibles vibrations de mes propres poumons et de mon cœur. Le bruit de la pensée semblait suffisant en théorie, mais il n'offrait aucun réconfort dans la réalité. Sans le vacarme de fond des climatiseurs, le bourdonnement lointain des moteurs, les grincements de vieille maison, le murmure des réfrigérateurs, le silence du néant devenait suffisamment réel pour que n'importe quel nihiliste autoproclamé se fasse dessus.

J'attendis que toute la longueur de l'attache se déploie avant de me détacher du vaisseau, ne serait-ce que pour signifier au cosmos que je croyais encore aux chances infimes. Les chances de sauvetage, que ce soit *JanHus1* revenant miraculeusement à la vie ou un drone américain top secret envoyé pour me ramener à la maison, étaient astronomiquement basses, et pourtant il restait une chance, et où il restait une chance, il subsistait un désir de jouer. Enfin, je me séparai de l'attache et je fus libre, flottant vers Hanuš. Comme lui, j'étais maintenant un morceau de débris voguant à travers l'espace à la rencontre de sa fin, comme le font la plupart des choses à l'intérieur d'un trou noir ou du noyau brûlant d'un soleil. Je pouvais saisir l'obscurité de l'éternité et ne rien attraper.

Ma Tenue à absorption maximale s'humidifia. L'eau fraîche apaisa ma peau. J'avais soif. Je souffrais d'inconfort dans l'estomac, mais la nausée n'était pas encore survenue. Devant moi flottait la brume menaçante de Vénus, du sang suintant à travers ses cratères, et je fus reconnaissant de ne pas devoir m'en approcher davantage. Le noyau de Chopra reposait au-dessus d'elle comme une lune calme et loyale. Partout autour de moi la tempête de poussière faisait rage, mais l'anneau vers lequel je me dirigeais pour rejoindre Hanuš offrait la simplicité du vide. Le traverser n'était pas si différent que de passer la nuit dans un grand champ, loin des lumières de la ville – une latitude d'obscurité, emplie des lueurs scintillantes d'étoiles mortes mais irrésistiblement abondantes. Seulement, en dessous de moi, il n'y avait pas de sol dur, pas d'herbe, pas de scarabées bousiers. Mettre fin à mon existence ici serait si simple. Je ne laisserais pas de chair derrière moi, rien à éliminer pour les nettoyeurs de matières toxiques. Il n'y aurait pas de funérailles, pas de grosse pierre gravée de mensonges généreux en lettres d'or. Mon corps allait simplement disparaître, brûler dans l'atmosphère de Vénus, provoquer le minuscule rot d'une éruption. Et avec mon corps disparaîtrait tout le reste – les sensations, les plaisirs, et les soucis que je ne pouvais chasser de mon esprit : les gens que j'aimais, les petits déjeuners servis comme des dîners et les cocktails servis comme des petits déjeuners, les changements de climat, le gâteau au chocolat chaud, mes cheveux de plus en plus gris, les mots croisés du dimanche, les films de science-fiction, la conscience d'un monde consumé par l'effondrement financier ou une catastrophe environnementale, ou par une grippe baptisée une fois de plus du nom d'un énième animal inoffensif. Il serait tellement plus facile de danser avec la mort si elle n'était pas contaminée par le chaos de la civilisation. J'arrivai près d'Hanuš.

« Maigre humain, dit-il, je veux faire l'expérience de la cendre de ton ancêtre. »

Je tâtai le contour de la boîte à cigares dans ma poche. C'était le moment. Rien ne pouvait être plus clair que l'Univers parlant à haute voix. Je sortis la boîte de ma poche, l'ouvris et regardais à l'intérieur de la pochette en soie. Là reposait le calcium de poudre d'os qui composait jadis mon grand-père, avec des éclats de magnésium et de sel, les derniers restes chimiques d'un corps qui avait travaillé à la ferme, bu de la bière et donné des coups de poing avec la vivacité d'un dieu slave. Derrière moi, Hanuš étudiait la poudre de tous ses yeux.

« Puis-je ? demanda-t-il.

— Oui. »

Il passa délicatement une patte par-dessus mon épaule et trempa la pointe acérée à l'intérieur du sachet.

« La magie du feu, dit-il. Un mystère humain que je trouve difficile à comprendre. Que ressens-tu à ce sujet, maigre humain ? Aimes-tu le feu ?

— Il nous libère des contraintes du corps.

— Nous ne considérons pas les corps comme des prisons.

— C'est aussi de la magie », dis-je.

Hanuš retira sa patte. Je retournai la pochette et contemplai la poudre immortelle s'échapper, les grains se diviser et flotter dans toutes les directions jusqu'à créer une contrefaçon de galaxie, la première faite par l'homme, la première faite d'un homme. Un tombeau digne d'Emil Procházka, peut-être le Dernier Grand Homme de la Terre, qui, s'il était présent à cette dispersion de ses restes, allumerait une cigarette, secouerait la tête et dirait : « Jakub, toute cette folie, tu aurais juste dû me placer dans le sol pour que les vers aient un casse-croûte », mais je savais qu'il m'aurait aimé pour cela, qu'il aurait compris mon besoin du grand geste. Un adieu honnête. Quel genre de lieu de repos acheté sur Terre avec mon salaire de héros aurait pu égaler le silence et la dignité de l'espace ? Les particules de poussière flottèrent vers le noyau violet jusqu'à y disparaître.

« Ceci est le Commencement, dis-je à Hanuš.

— C'est le Commencement, je sais, répondit-il. Peut-être y en avait-il un avant, peut-être pas.

— Est-ce que nous nous y dirigeons ?

— Oui. Mais pose d'abord la question qui est dans ton esprit.

— *Rusalka*. Peux-tu le retrouver ? »

Hanuš ferma les yeux, et le faible son de l'opéra résonna dans mon esprit. De temps en temps, l'enregistrement était interrompu par des voix aléatoires, des extraits de musique pop, des voix de démons profondes et sombres, des soupirs d'amants en train de copuler, des sirènes, des modems téléphoniques, mais Hanuš maintenait l'enregistrement assez net pour apaiser mes nausées et m'offrir une paix semblable à celle d'un dimanche matin entre des draps doux et des rideaux tirés.

« À quoi ressemble ta mort ? dis-je.

— Tôt ou tard, les Gorompeds de la mort consomment tout. Ils sont venus pour moi. »

Il souleva l'une de ses pattes. À l'endroit où elle s'attachait à son torse se trouvaient d'énormes cloques transparentes, malades et étrangères. Elles étaient remplies d'un liquide jaune phosphorescent dans lequel des essaims de ce qui ressemblait à des tiques flottaient d'un côté à l'autre en parfaite synchronie. Il devait y en avoir des milliers. Une des cloques se creva, et le liquide glissa sur le ventre d'Hanuš tandis que les créatures miniatures se dispersaient dans ses pores.

« Bientôt, dit-il, ils m'affaibliront assez pour consommer ma chair. Mais je ne vais pas les laisser faire. Je vais entrer dans le Commencement avec toi, maigre humain. La mort ne peut nous atteindre là-bas.

— Tu es en train de mourir ?

— Oui. Depuis un certain temps.

— Est-ce que ça fait mal ?

— Je la sens, ta peur. J'hésite à partir. Si nos Aînés le savaient, ils me frapperaient avec des lances de Sharongu. Craindre une vérité ! Blasphème ! Hélas, la peur est tout ce que j'ai trouvé parmi le génie des Terriens.

— Il n'y a plus rien à craindre. »

Je me revis là-bas, un garçon dans un costume qui gratte, mon mulet coupé pour l'occasion, assis sur un siège rouge de l'Opéra national, suçant les pastilles à la menthe que ma grand-mère avait apportées. Trois ans après la mort de mes parents, peu de temps après notre installation à Prague, nous allons voir l'opéra le jour de l'anniversaire de ma mère, après avoir acheté un siège vide supplémentaire à côté de nous. Je suis désespérément amoureux de cette Rusalka, une beauté muette à la chevelure sauvage habillée des douces couleurs de la forêt. C'est une nymphe d'eau amoureuse d'un prince, et elle boit volontiers la potion de la sorcière pour devenir humaine et attirer son attention. Le prince amène Rusalka dans son château, mais bien sûr, comme je l'ai deviné, l'ordure à la mâchoire carrée la trahit, abandonne ma Rusalka pour une princesse étrangère. Je souhaite que l'opéra ne finisse jamais, je suis captivé, j'essuie la morve de ma lèvre supérieure. Au cours du troisième acte tout semble être perdu. Les voix résonnantes des esprits de la forêt chantent des airs tristes pour Rusalka, qui, abandonnée par le prince, est maintenant à jamais destinée à attirer les jeunes gens vers le lac, les laisser jouir de son corps, puis les noyer pour garder leurs âmes dans des tasses en porcelaine. Je veux sauter sur scène et la sauver, l'emporter, ce fantôme malade d'amour pris au piège des contours d'un lac en papier mâché et d'une piscine gonflable. Dans mon avenir, il n'y aura qu'une seule autre femme que j'aimerai autant que Rusalka.

« Oui. Je le ressens avec toi, maigre humain. »

Parmi les échos et l'obscurité, le prince se promène cherchant encore une fois Rusalka, comprenant finalement qu'il ne peut pas vivre sans elle. Il l'appelle, elle apparaît et il lui demande un baiser, conscient que toucher Rusalka lui coûtera son âme. Les amoureux s'embrassent, et le prince s'effondre sur la scène. À présent, le père de Rusalka, le terrible gobelin de l'eau, sort de sa piscine, et sa voix gronde : « Tous les sacrifices sont vains. »

Hanuš le chanta. Il chanta le vers et pour la première fois de ma vie, je le compris, alors qu'il sortait de la bouche d'un extraterrestre.

« Ce n'est pas encore la fin, déclara Hanuš.

— Non. »

Rusalka pleure avec gratitude, car elle connaît maintenant l'amour humain. Elle rassemble l'âme du prince, et plutôt que de l'ajouter à la collection de tasses de son père, elle la livre à Dieu, lui permet de monter vers les cieux. Les deux amants sont désormais séparés, mais libres. Enfant, je trouvais que c'était une mauvaise fin. Le prince, au ciel ou non, restait mort et Rusalka se retrouvait seule avec sa brute de père et un chœur de fantômes pleurnichards. L'amour ne semblait pas valoir la peine de se donner tout ce mal, surtout si à la fin les amants étaient déchirés. Mais maintenant, écoutant *Rusalka* dans l'espace une dernière fois, je voyais que la déclaration du gobelin de l'eau était fausse. Il n'y avait pas de futilité en moi, en Hanuš, en Lenka, dans le SPCR, dans l'œil humain regardant obstinément au-delà, à côté, en dessous. Dans les atomes qui composent l'air et les planètes et les bâtiments et les corps, se rassemblant et soutenant toute une dynastie de vie et d'anti-vie. Rien n'était vain.

Je regardai vers le noyau. Il n'était pas dépourvu de sens. Ma mort compterait peut-être plus que ma vie. Je ne voyais pas ce que je pouvais offrir d'autre à l'Univers. J'étais un mari égoïste. Je n'avais pas produit un enfant surdoué, apporté la paix dans le monde ou nourri les pauvres. Peut-être faisais-je partie des hommes qui ont besoin de mourir pour donner un sens à leur vie.

« Ce n'est pas un mauvais endroit pour terminer les choses », dis-je.

Sans que je puisse me l'expliquer, je me demandai où était l'Homme à la Chaussure, et s'il allait bien. S'il se souviendrait de moi en lisant un article dans le journal – *Un astronaute meurt pour son pays, le corps perdu dans l'espace.* Il poserait son journal et dirait à voix haute : « Petit astronaute. » Il jetterait enfin la vieille chaussure répugnante à la poubelle, où était sa place depuis le début, et lui permettrait de pourrir sur un tas d'ordures avec tous les autres objets inutiles de la mémoire humaine. Des images cruelles envahirent mon esprit. Je vis l'Homme à la Chaussure dans ma chambre, glissant sa langue sur le léger duvet du ventre de Lenka, ses doigts s'infiltrant doucement à l'intérieur de ses cuisses. Bien que la chaussure en fer repose sur notre table de salon, fraîchement cirée, il retourne Lenka et elle me regarde directement dans les yeux en jouissant, silencieusement, étouffant ses cris dans un oreiller encore imprégné de l'odeur de mes cheveux et de ma salive. L'âge n'a pas affecté la racine des cheveux ou la peau de l'Homme à la Chaussure malgré les années, mais il a fait pousser une épaisse barbe noire de laquelle sort de l'encre sombre, ou du sang, ou simplement quelques gouttes d'un liquide maléfique qui tombe sur nos draps couleur crème, les infiltre comme du pétrole. Alors que Lenka s'endort, submergée par l'intensité de l'orgasme que cet étranger lui a donné, l'Homme me regarde en silence, et se verse un verre de lait brûlant. Alors qu'il boit, le lait se transforme, prend une couleur de réglisse, et j'attends que l'encre se mélange à son sang, lui empoisonne le cœur, le déchire en lambeaux. Il pose le verre vide et se recouche. Lenka enroule ses cuisses autour de lui.

Peut-être que l'Homme à la Chaussure n'existait plus du tout. Ou, alors que la lignée de mon père allait désormais s'éteindre, il mourrait d'un coup et se dissoudrait dès ma propre mort.

Je vérifiai la jauge de niveau d'oxygène affichée par le cadran sur mon poignet. L'aiguille de l'horloge frémissait de la même manière que l'horloge de mon grand-père dans la fumée de ses cigarettes. D'après son approximation généreuse, j'avais quarante-deux minutes à vivre.

Hanuš m'offrit l'une de ses pattes. Je la saisis. Ensemble, nous entrâmes dans le noyau du nuage Chopra.

Prague au printemps

Il est impossible de dire avec précision quand les poumons de mon grand-père ont commencé à lâcher, mais Grand-mère jure qu'il a rendu son dernier souffle entre les vingt-septième et vingt-huitième secondes de la seizième minute de la troisième heure du matin de la deuxième journée de la dernière semaine du printemps. Je suis dans l'appartement de mes grands-parents pour le week-end, délaissant les déjeuners au KFC et la joie de la chasse d'eau cassée de mon dortoir d'étudiant pour des oreillers savamment battus par les mains de ma grand-mère et des nouilles rôties au saindoux et au jambon. Je suis réveillée par ma grand-mère et me précipite dans leur chambre pour trouver mon grand-père en train de convulser et d'étouffer, la tête posée sur les genoux de Grand-mère. Elle me demande d'aller chercher un peu d'eau. Je n'arrive pas à me rappeler où sont les verres, comment ouvrir le robinet, comment le fermer, comment faire un pas à la fois, comment ouvrir la porte, et de nouveau, je suis dans la chambre de mes grands-parents, tendant le verre, sans vraiment savoir comment je suis arrivé là, et mon grand-père est mort. Je reste immobile, le verre toujours tendu, jusqu'à ce que des inconnus en uniforme entrent dans l'appartement et que Grand-mère me le prenne de la main.

Une semaine plus tard, je suis sur la ligne B de Prague et je rêve d'un sandwich aperçu dans une publicité avant de quitter l'appartement. L'odeur d'haleine matinale et de sueur qui se répand dans le train de banlieue me fait penser à de la saucisse rance. Au moins, je suis assis. Coupablement, cependant : une vieille femme se tient à quelques centimètres de moi, lissant les frisottis de ses cheveux blancs avec une main tremblante. Enfin, c'est le printemps, et le canevas des arbres fleurit la ville de blanc et de rouge, bien que la saison plonge également Prague dans un état de frustration sexuelle perpétuelle alors que les jeunes hommes et femmes, les citoyens et les touristes, tous ensemble, arborent une garde-robe minimale et se déshabillent du regard de part et d'autre des allées de magasins, des bus, des rues. Nous sommes une plaque tournante de ventres bronzés, de bras musclés, de lèvres pleines serrant des cigarettes, là parmi les personnes âgées transpirant en tirant leurs chariots d'emplettes et le gros ventre des amateurs de bière engoncés dans des costumes, ces apôtres du capitalisme avec leurs mentons imberbes plongés dans la section affaires des journaux. Je me demande à quel groupe j'appartiens. Suis-je avec les jeunes, les hédonistes qui transforment Prague en terrain de jeux du Vieux Continent ? Ou bien ma destination vers le département des sciences de l'université de Karlova m'attache-t-elle à cet autre groupe redouté, les adultes, ceux qui se lèvent le matin et savent exactement comment leur journée va se dérouler, ceux qui se nourrissent du système d'échange au travail, qui attendent la mort avec une politesse calme ?

Mon corps est jeune, mais aujourd'hui je me sens vieux. Trop vieux pour devenir exceptionnel. J'ai passé la semaine précédente à écouter ma grand-mère pleurer par-dessus le son assourdissant de la télévision, des épisodes de *Walker, Texas Ranger*, avec Chuck Norris doublé par un acteur qui fut un membre zélé du Parti. À faire bouillir de l'eau pour le thé et à m'excuser encore et encore auprès de ma grand-mère, à propos de rien en particulier.

Il est difficile de comprendre pourquoi nous sommes ici, à l'intérieur d'une machine de fer qui nous transporte vers des endroits déterminés. Il est difficile de comprendre pourquoi nous sommes ici jusqu'à ce que nous ne le soyons plus. Je voudrais pouvoir donner un sens à ces pensées et les murmurer à la vieille femme aux cheveux frisottés qui a vu l'Histoire se dérouler jour après jour, qui doit savoir tant de choses sur la douleur, et réclamer un signe aux dieux.

J'arrive dans les locaux du département des sciences de l'université et j'entre dans le bureau du Dr Bivoj. Avant de poser mon sac à dos, j'en tâte l'intérieur pour m'assurer que la boîte à cigares est toujours là. Le Dr Bivoj est à son bureau, penché sur l'un de ses livres, rongeant une pomme comme un lapin, usant de ses dents de devant pour en croquer de tout petits bouts. Je ne déjeune pas dehors lors de mes journées de travail parce que le regarder manger m'enchante – sa distraction, la générosité avec laquelle il présente des traits enfantins malgré sa cinquantaine.

Il me regarde avec un bout de pomme pris dans sa moustache. « Ah, tu es ici. En vérité, je ne sais pas quoi te dire. »

Je sors la boîte à cigares de mon sac. Avant que mon père ne voyage à Cuba en tant que représentant du Parti pour exprimer la solidarité de la Tchécoslovaquie avec la lutte de Castro contre l'Impérialiste, il avait demandé à mon grand-père de nommer le cadeau le plus exotique auquel il pouvait penser. « Un singe cubain, avait dit Grand-père, son premier choix. On pourra lui obtenir un emploi au sein du gouvernement. » Mon père n'avait pas ri. « Allez, demande des cigares au fou barbu », fut bien mieux accepté. Grand-père avait fumé les cigares en nourrissant ses poulets et en abattant ses porcs. Il les avait apportés au bistrot et avait soufflé la fumée dans le visage de ses adversaires de poker. Une fois le contenu épuisé, il avait gardé la boîte vide sous son lit, et à plusieurs reprises, je l'avais surpris à en renifler l'intérieur.

Grand-mère et moi ne pouvions pas nous permettre une urne. La boîte apparaissait comme la meilleure solution de rechange pour contenir mon grand-père. Pour l'instant.

« Il est là-dedans, ai-je dit. Je l'ai touché la nuit dernière. C'est plus doux que des cendres de feu de camp.

— Tu sais que tu peux prendre une journée de congé.

— À quoi bon ? »

Sur mon bureau, nettement plus petit que celui du Dr Bivoj, il y a une pile de revues d'astrophysique à lire, la plupart d'entre elles en anglais. Le mardi, je parcours les journaux et note tous les passages qui peuvent être liés à notre domaine de recherche sur la poussière cosmique. J'ai rempli des douzaines de cahiers de données, de photos découpées, de graphiques. Je capture des événements au hasard, susceptibles d'être utiles à notre étude, significatifs ou non, et la nuit j'aime à penser que ce que j'ai assemblé est la collection la plus élaborée et complète de son genre en Europe, sinon au monde.

Les mercredis et jeudis, je catalogue les échantillons de poussière cosmique qui nous sont envoyés par les universités européennes, par des collectionneurs privés, et par quelques entreprises engagées grâce au modeste budget ministériel. Je déballe les échantillons et les stocke entre des lames de verre jusqu'à ce que le Dr Bivoj déplace son énorme derrière sur le petit tabouret du laboratoire et rassemble ses instruments. Il m'invite souvent à regarder à travers la lentille de son microscope, mais je ne suis pas autorisé à toucher. Tu pourras me remplacer sur cette chaise un jour, dit-il, mais ça ne sera pas avant que je sois devenu fou, ou mort.

Les vendredis, le Dr Bivoj sort sa bouteille de slivovitz et nous sert, se penche en arrière sur sa chaise qui grince, tire sur les bretelles qui cisaillent son ventre mou d'universitaire et fantasme à haute voix quant à l'emplacement de son futur prix Nobel sur une étagère artisanale qu'il commandera à un menuisier autrichien.

Bien que le Dr Bivoj soit l'un des experts les plus respectés dans un domaine dont je voudrais, un jour, devenir le roi, je ne peux pas dire que ce soit mon héros. Sa croyance dans le travail a éclipsé tout le reste de sa vie, et la paix de son âme dépend entièrement de la réussite ou de l'échec de la science, un champ plus imprévisible que les humeurs des dieux de l'Olympe. L'obsession permanente du Dr Bivoj pour la poussière cosmique est incassable, le culte d'un seul homme. Il est convaincu qu'il peut y découvrir une nouvelle vie, de la matière organique produite par la dissolution d'étoiles lointaines, de météores et de comètes. Toute sa vie a tourné autour de ces revues qui jonchent mon bureau, y publiant des articles et assistant à des conférences où ses collègues lui paient des coups et certains stagiaires – mâle ou femelle, il ne fait pas la fine bouche – le sucent dans les toilettes parce que sa femme « ne fait plus ça ». Jour après jour, le Dr Bivoj reste confiné dans ce bureau, se tapit et pète et mange des sandwichs au schnitzel, sa fidèle chaise s'affaissant de plus en plus sous le poids de sa propre négligence. Il lit, prend des notes, tape ses conclusions dans un vieux fichier sur un Macintosh poussiéreux à l'écran fissuré. Deux fois par jour, il se traîne à la salle de classe un étage plus haut et enseigne aux futurs maîtres et médecins le sujet des galaxies et des schémas à rotation – un tribut, cet enseignement, aux cotisations qu'il doit payer pour garder le bureau et le Macintosh. Le Dr Bivoj est convaincu qu'avant sa mort il découvrira des cellules de vie extraterrestre dans les grains de poussière que nous étudions. Son génie est humble et méthodique. Il ne s'offusque pas de l'obscurité de son bureau, de l'air vicié, du bourdonnement du vieil ordinateur. Quand il rentre du travail à la maison, son idée de la détente est de travailler plus encore, ou, dans de rares moments de paresse intellectuelle, de regarder la chaîne Discovery Channel. Il est l'homme rare soutenu dans la vie par sa seule discipline de travail. Il n'a pas d'autres exigences. Voici ce que je sais de lui.

Au pire, j'espère être présent quand et si le Dr Bivoj fait cette découverte, un assistant de confiance qui pourra utiliser ces crédits pour lancer sa propre brillante carrière. Au mieux, je deviendrai l'ancien cliché de l'élève surpassant le maître, et ferai moi-même les découvertes qu'il n'a pas réussi à achever. Mais ces jours-là dans son bureau sont la clé de l'avenir dont j'ai besoin. Je n'ai pas pris ce travail pour sa maigre allocation ou l'attrait du classement de documents scientifiques amassés par des élèves de première année qui font du professeur un homme « ballonné et existentiellement navré ». Je l'ai pris parce que, comme le Dr Bivoj, je veux que mon obsession pour les particules de l'Univers – les petits indices sur l'origine de tout – devienne le travail de ma vie.

« Ton grand-père était un homme bon ? demande le Dr Bivoj.

— Oui. Il était bon.

— Il était fier ?

— De moi ?

— En général.

— Il était fier d'aimer la même femme depuis cinquante ans. Fier de travailler avec ses mains. Il faisait un délicieux ragoût de lapin. »

Le Dr Bivoj ouvre son tiroir à slivovitz. Je m'attends à l'habituelle étiquette bleue, mais au contraire, il tient une bouteille non identifiée remplie de liquide jaune. De petites particules noires y flottent alors qu'il en verse.

« J'ai une cabane à Paka, dit-il, un petit village dans les montagnes. J'y vais dès que je peux. Il y a là-bas un homme sans dents qui garde des poulets dans son salon. Il fait cet alcool de pomme dans son arrière-cour avec les pommes pourries qui tombent sur sa propriété. Il en donne à ses voisins chaque été. Ils en ont fait tout un événement, une fête à célébrer à l'automne. Ils rôtissent des pommes de terre et des saucisses, et boivent ça jusqu'à tomber par terre.

— Je ne savais pas que vous preniez des vacances, dis-je. Vous êtes toujours là.

— Les week-ends sont faits pour la liberté et le chaos. De mes week-ends, tu ne sais rien, Jakub. Tu ne connais que mes routines de la semaine. Mon fonctionnement académique. »

J'avale la liqueur et sens la morve fondre dans mes sinus et s'égoutter dans mes narines. Le brandy a un goût d'eau-de-vie mêlée à du vinaigre et à de la terre. Je tends mon verre à nouveau.

« Je suis allé à la fête de printemps il y a quelques années, explique le Dr Bivoj. Je pouvais voir les étoiles, la rosée sur l'herbe, et j'ai eu l'irrésistible envie d'enlever mes chaussures. Une femme que je ne connaissais pas m'a embrassé sur la joue. Je te dis ça parce que je crois qu'en connaissant ces gens je connaissais aussi ton grand-père. Des gens qui ont une autre idée de l'ambition. Qui construisent des maisons de leurs propres mains et vivent de choses plus simples. Ils m'ont fait voir la façon dont je vivais, l'ambition qui avait été le cancer de ma vie depuis le jour de ma naissance. Tu veux que ton nom soit connu, Jakub ? Moi je le voulais. Je voulais qu'il soit prononcé dans les salles de classe après ma mort. Je me suis rendu malheureux presque toute ma vie pour qu'un professeur puisse écrire mon nom sur un tableau noir et punir les élèves de ne pas s'en souvenir. N'est-ce pas ridicule ? »

Il boit. Et encore. Et encore. La liqueur a une odeur aigre sur son haleine.

« Ah, je divague. Ton grand-père était un homme heureux, Jakub. Je sais cela. Je ne t'ai jamais parlé de ma relation avec le président Havel. Tu veux l'entendre ?

— Havel ? Vous le connaissiez ?

— Oui, en effet. Nous étions dans les mêmes cercles de dissidents, à une époque où la police secrète nous pourchassait et où nous ne pouvions nous rassembler. Havel était un écrivain dans l'âme, il n'était jamais plus heureux que quand il pouvait se cacher dans sa maison de campagne et taper à la machine du matin au soir, isolé des hommes et des grands problèmes du monde. Mais il ne pouvait pas s'en empêcher – il voulait améliorer le monde, et il s'est ainsi impliqué dans la Charte 77, a écrit des lettres aux mauvaises personnes, et son arrestation a fait de lui le symbole des ennemis du régime. Il en était si malheureux, Jakub. Il ne voulait pas être sous les projecteurs. Mais nous avons eu notre happy end. Nous avons renversé le Parti, il a été élu, et ce que je ne dis pas souvent aux gens, Jakub – s'il te plaît, garde-le pour toi, je dois pouvoir faire confiance à mon assistant, n'est-ce pas ? –, c'est que je devais faire partie de son cabinet. Je devais être un homme politique, aider à construire une Tchécoslovaquie démocratique à partir de rien. Nous sommes arrivés au château de Prague après le Nouvel An, avec une gueule de bois phénoménale, et nous avons dû passer des coups de téléphone pour pouvoir y entrer, car aucun d'entre nous n'avait la clé. Et lorsqu'on s'est retrouvés à l'intérieur, Jakub – et ce que ne sait pas l'Histoire –, quand nous sommes entrés, le visage d'Havel est devenu pâle comme la mort, il s'est assis sur le sol au milieu de ces salles sans fin, avec quinze millions de personnes attendant qu'il explique quelle était la prochaine étape, et il a su qu'il ne pourrait jamais retourner écrire seul dans cette maison de campagne. Il était le visage de la nation, et il ne connaîtrait plus jamais le repos, la paix, le confort. Chacun de ses mouvements, toutes ses décisions, de son petit déjeuner à son amour des cigarettes en passant par sa politique étrangère, seraient déchirés, recollés, puis déchirés à nouveau. J'ai démissionné immédiatement. Je suis dans ce bureau depuis. Mon propre château, adapté à mes propres besoins. »

Il rit, et semble sincère.

« Et vous êtes heureux ici, dis-je.

— J'aime la science. Je n'ai jamais vraiment aimé autre chose. Pourquoi prétendre le contraire ? Václav Havel a perdu sa machine à écrire ; je ne les laisserai pas prendre mon microscope.

— Je veux faire de grandes choses, ai-je dit, des choses tangibles, comme les grands découvreurs. Tesla, Niels Bohr, Salk. Personne ne se soucie plus des noms des gens qui façonnent les choses. Qui a découvert que l'expansion de l'Univers accélère ? Vous pourriez marcher dans la rue et demander à des inconnus toute la journée, personne ne pourrait vous dire leurs noms.

— Mais il faut se questionner : pourquoi les grandes choses ont-elles un prix si élevé ? J'ai choisi la vie tranquille. J'aime l'idée d'être reconnu dans mon domaine. De cette façon, j'ai un but, celui auquel je crois, mais je ne suis pas accablé par l'idée constante d'exhiber une image publique, une image de moi-même que les masses peuvent accepter. Personne ne se soucie de savoir si je suis gros ou si je fraude les impôts. Ce n'est pas le seul genre de vie, bien sûr, mais pour moi, c'est une vie honnête.

Ce que je dis, c'est que je fais les bons choix pour moi-même. Être utile au monde ne signifie pas toujours avoir votre nom dans les journaux. Les politiciens, les stars de cinéma… Tu sais, je continue d'attendre que quelqu'un dise : "Ces Tchèques, quel peuple impressionnant ! Ils sont seulement dix millions et regarde comme ils façonnent le monde." Non pas parce que nous avons de beaux top-modèles ou des joueurs de football talentueux, mais parce que nous avons fait avancer la civilisation d'une manière réelle, d'une manière qui n'intéresse pas les paparazzis. Ce que je te demande, c'est de penser au-delà de la célébrité. Penses-tu que Tesla se souciait d'être pris en photo ? Pense à qui tu es utile, vraiment. »

Sa voix est rauque, mais calme, c'est inhabituel pour cet homme d'habitude si bruyant. Je suppose que ça doit être la liqueur, et sous l'effet de l'eau-de-vie, je lui parle presque de mon père, de la malédiction de ma famille, de mon désir de devenir la définition même du bien pour tout le monde, et de placer mon nom de famille du bon côté. Il y a une semaine, trois hommes en uniforme ont emporté le corps de mon grand-père hors de l'appartement et ma grand-mère a retiré un verre d'eau de ma main. Elle a demandé si je voulais des pommes de terre à la crème amère pour le déjeuner. Je dois devenir quelqu'un. Ces mots m'accompagnent au lit et me tirent de rêves agréables. Je ne connais pas la différence entre échouer ou devenir une personne qui ruine sa vie par ambition, comme me met en garde le Dr Bivoj. Havel était-il vraiment malheureux à la fin de sa vie ? Il avait changé tant de destins. Certains le haïssaient, mais la plupart l'adoraient. Il devait y avoir du bonheur quelque part là-dedans.

« Tesla, murmure le Dr Bivoj, n'a jamais baisé et jamais eu une bonne nuit de sommeil. Un modèle. » Il regarde son verre et bientôt ses yeux commencent à se fermer.

Je prends ma place à mon bureau et j'étudie les dernières revues, me distrayant en pensant à la manière dont je pourrais me différencier du Dr Bivoj. Est-il, après tout, utile à qui que ce soit ? Un conférencier avec une addiction malsaine à la nourriture. L'énergie qu'il dédie à sa propre satisfaction est-elle sage, égoïste, ou tout simplement inclassable ? Je pense à ces photographies de dissidents que j'ai vues à l'époque. Des rebelles aux cheveux longs, qui écrivaient des essais révolutionnaires et changeaient le cours d'une nation jour après jour, buvaient et baisaient et dansaient toute la nuit. Battus, interrogés, emprisonnés, mais vivants, sacrément vivants, même s'ils se moqueraient de me voir ainsi glorifier leur lutte. Et maintenant, voici Bivoj, dont la chaise va s'écrouler sous sa masse. Respirant frénétiquement par la bouche, presque un ronflement. Le choix entre devenir une personne de ces photos ou le Dr Bivoj semble clair. Est-ce qu'il doute de ses décisions, en pleure sous la douche ? Il aurait pu être président aujourd'hui. Ou peut-être a-t-il fait exactement ce qu'il fallait. Confiné aux petits plaisirs et aux routines quotidiennes de travail.

À quatre heures de l'après-midi, il titube hors du bureau en murmurant qu'il doit aller pisser et rentrer faire une sieste à la maison. Il éteint les lumières sur son passage, comme s'il avait déjà oublié que j'étais là. J'avale une autre gorgée de sa bouteille et la brûlure du liquide me donne une idée. Dans le tiroir à gnôle, à côté de l'alcool de contrebande, je trouve deux bouteilles pleines de slivovitz. J'ouvre le mini-réfrigérateur du bureau, un territoire interdit à quiconque sauf au Dr Bivoj. J'y trouve trois sandwichs au schnitzel et cornichons enveloppés dans du papier aluminium, un salami entier et une brique de fromage bleu – de quoi faire deux déjeuners pour Bivoj. Je prends le tout, le fourre avec les bouteilles dans mon sac. Plus de pommes de terre à la crème amère. Grand-mère va manger comme une reine ce soir.

Je sors dans la rue. J'ai une envie soudaine de connaître ma ville, de poser mon oreille contre sa poitrine. D'être avec ses habitants dans un endroit où ils sont tous obligés de se rassembler contre leur gré, une constante de toutes les grandes villes humaines. Dans un endroit où les contradictions urbaines se rencontrent et créent une toute nouvelle biosphère dans laquelle il faut acquérir des compétences de survie jusque-là inconnues. Je prends le métro vers la place Venceslas.

Tous les natifs de Prague connaissent depuis leur plus jeune âge cette cacophonie et cette anarchie olfactive que l'on appelle tout simplement « Venceslas » : saucisses brûlées, puanteur climatisée des magasins de vêtements, pots d'échappement des voitures de police, couches rances des tout-petits dans des poussettes de créateurs, gaufres de rue avec crème fouettée à la salmonelle, whisky renversé dans les fissures des vieilles rues pavées, café, journaux tout juste déballés dans les kiosques à tabac, fumée errante de marijuana suintant de l'une des fenêtres au-dessus d'un Gap, déjections de chiens abandonnées en douce, cambouis des chaînes de vélo, Ajax dégoulinant sur les vitres de bureaux fraîchement lavées, faible brise de printemps soufflant entre les bâtiments qui bordent la place.

Je me rends compte que presque un an s'est écoulé depuis ma dernière visite, tandis que les anticorps de mon système olfactif luttent contre l'invasion de la pollution. Je retiens mon souffle. Tout autour de moi, je vois la preuve de notre course vers le capitalisme. Il reste peu de chose des vieux jours du règne soviétique – le seul vestige significatif étant la statue du XIXe siècle de saint Venceslas, le héros de carte postale s'élevant péniblement au-dessus des masses, face de pierre verte sur son fidèle cheval, cuisses et croupe majestueuses de l'animal généreusement couvertes de merde de pigeons. Des touristes français adolescents, agglutinés au pied de la statue, ignorant l'Histoire autour d'eux, glissent le pouce sur leurs téléphones et sifflent les filles. Des vendeurs de nourriture proposent des hot dogs, des hamburgers et de l'alcool illégal vendu à bas prix, faisant fortune sur le dos de touristes mineurs avides de la véritable expérience alcoolique pragoise. Les ventes d'alcool permettent aux vendeurs de rue de concurrencer les McDonald, KFC, Subway, ces envahisseurs qui séduisent la populace avec le doux souffle de l'air conditionné, du papier-toilette gratuit, de la nourriture chaude infusée de plaisir chimique. Les touristes et les autochtones sont confrontés quotidiennement au choix de céder aux délices addictifs de la graisse chaude et au rêve occidental offert par ces enseignes de néon géantes, ou de s'en remettre à l'exotisme de la vieille école, avec une saucisse légèrement brûlée servie par un homme avare de mots qui n'offre pas de carte de fidélité.

J'aborde l'un des vendeurs, un homme pâle avec une honnête moustache noire, et lui demande s'il vend du whisky.

Sans même me regarder, il se penche dans les profondeurs de son chariot et en retire un gobelet en plastique noir. « Centquatrevingt », marmonne-t-il.

Je lui tends l'argent et lui demande une saucisse, du raifort, de la moutarde épicée.

Ceci est la place Venceslas près de treize ans après la révolution. L'endroit où nous avons repris notre nation. Là où le cœur de la résistance tchèque sonna l'assaut contre les nazis, éleva des barricades et courut vers les soldats allemands pour leur arracher les armes des mains alors que les tanks soviétiques libérateurs étaient encore loin. Où, en 1989, des femmes et des hommes secouèrent leurs clés pendant que le cadavre du gouvernement soviétique en place, poulet sans tête, suppliait Moscou d'ordonner à ses tanks de tirer, bon sang, de tirer sur ces gens avant qu'ils n'établissent une démocratie.

Les pavés cubiques qui forment la route, les toits obliques, qui furent jadis témoins des foules de révolutionnaires, des balles, des têtes fêlées par des matraques policières, insufflent maintenant une atmosphère folklorique à une expérience de shopping. Les magasins de vêtements, cafés, clubs de strip-tease. Les promoteurs se tiennent devant les entrées clinquantes et distribuent des dépliants colorés avec photos de filles et promotions de *happy hour*. Il est quatre heures et demie de l'après-midi et déjà, ces apôtres du péché se tiennent dans les tranchées, leur haleine puant la vodka de la nuit précédente.

Je bois du whisky et me demande si la place n'est pas un peu incolore malgré le néon, peut-être mûre pour un autre point culminant de l'Histoire. Marcherons-nous un jour à nouveau sur ces pavés dans l'unité nationale, affrontant une nouvelle menace contre le cœur battant de l'Europe, ou cette nouvelle Prague va-t-elle devenir un centre commercial à l'architecture tapageuse ?

Ma saucisse est prête et je commande un autre whisky.

Puis, je sens le parfum.

« Vodka et saucisse », dit une femme.

Le vendeur les lui refuse.

Je me retourne. Ses cheveux sont courts et sombres, ses lèvres minces soulignées par une ligne de rouge à lèvres foncé. Une robe grise moule ses hanches. Elle est petite, si petite, mais elle ne porte pas de talons pour se hisser plus haut, pas plus qu'elle n'est anxieuse en parlant au gros homme en face d'elle. En réalité, elle n'a même pas levé le menton. Elle rencontre les yeux du vendeur comme pour suggérer qu'elle n'a rien à se reprocher et que c'est à lui de s'adapter à sa petite taille. Sa présence ne semble pas affectée par le chaos et l'hostilité de la place, comme l'une des statues revêches de saints ou de guerriers présents quand Prague était encore à peine un comptoir commercial. Elle invite à l'amour. Tout de suite, je désire qu'il lui arrive de belles choses.

« Pourquoi pas ? demande-t-elle.

— Pas de saucisses, pas d'alcool. Il m'a vidé pour la nuit », dit le vendeur.

Elle nous regarde, moi et la preuve de mes crimes, mon assiette lourde de saucisse dans la main gauche et un gobelet fraîchement rempli dans la droite.

« Vraiment pas de chance, putain », dit-elle.

Je tends les deux bras vers elle, offrandes de paix. Elle jauge l'assiette oscillante, et sourit.

« Je vais prendre le whisky si vous me l'offrez vraiment. »

J'acquiesce.

« Est-il muet ? demande-t-elle au vendeur, qui se coupe le pouce en tranchant un oignon.

— Et merde ! » rugit-il.

Je lui tends le whisky. « Vous pouvez en prendre un morceau, proposé-je.

— Un gentleman », dit-elle.

Le vendeur commence à donner des coups de pied dans le chariot tandis que son sang coule sur ses ustensiles. Le chariot vacille et semble sur le point de se renverser. Déjà des badauds se rassemblent pour prendre des photos, et un maigre policier s'approche tranquillement, grignotant des ailes de poulet.

La jeune femme en robe grise indique des bancs de l'autre côté de la rue et s'y dirige sans se retourner pour voir si je la suis. Elle s'assoit, croise les jambes, et avale le gobelet de whisky d'un trait, finissant par un rot doux. Elle m'observe alors que j'hésite à m'asseoir à côté d'elle. Enfin, le vendeur renverse son chariot, les petits pains et condiments se répandent sur le trottoir. Le policier jette ses ailes de poulet et sort une matraque, alors que le vendeur lui brandit une paire de pinces sous le nez.

« Eh bien, assieds-toi et partageons la nourriture, fait la femme. Profitons du spectacle.

— Je m'appelle Jakub, lui dis-je en obéissant.

— Lenka. Merci, j'avais besoin d'un verre. »

Le vendeur fait claquer ses pinces devant le policier comme une maigre patte de crabe, et le policier recule, échangeant sa matraque contre un Taser.

« Voilà ce qui arrive quand on force les gens dans une vie qu'ils détestent, se désole Lenka. Ils craquent. T'attaquent avec des ustensiles de cuisine.

— Comment sais-tu qu'il a été contraint à quoi que ce soit ? dis-je.

— Penses-tu qu'il ferait frire de la viande de porc dans ce piège à touristes s'il avait de meilleures options ? »

Des renforts arrivent. Quatre officiers encerclent le vendeur, enragé maintenant, les mains sur leurs pistolets. Les spectateurs bruissent avec délices. Enfin, le vendeur jette les pinces en l'air et tombe à genoux, pile dans la flaque de ketchup et de moutarde. Il y plonge sa main et sourit, y dessine des formes, comme le fait un enfant qui joue avec des crayons. Les flics et les passants regardent, hésitants.

« J'ai l'impression que c'est de notre faute, dis-je.

— Il est possible que nos exigences aient ruiné la vie de cet homme.

— Il doit désirer ce genre de chaos depuis longtemps.

— Je ne le blâme pas. Je me sens chaotique aujourd'hui aussi.

— Mauvaise journée au travail ?

— À propos de ça, dit-elle. L'autre jour, un homme à la télévision a déclaré que le chômage rend les gens malheureux parce qu'ils perdent le sens de leur vie. Il a poursuivi en disant que les emplois sont une source de plaisir significative. Qui est ce gars ? Le café est un plaisir. Le melon à la vodka, et le théâtre. Se réveiller avec un cheveu de votre amant dans la bouche. Ça, ce sont des plaisirs. Dis-moi, si des robots faisaient tout notre travail à notre place, penses-tu qu'on plongerait tous dans la dépression et qu'on signerait des pactes de suicide ? Si on pouvait tous se consacrer à l'art, passer nos journées à escalader des montagnes ou à plonger dans les océans, riches et repus tandis que nos robots géreraient tout, le monde serait-il envahi par des maniaques se tirant les uns sur les autres parce que leur vie manquerait de sens ? La dignité est liée à l'argent, disent-ils. Donc, une personne avec un emploi décent, gagnant un salaire correct, est censée avoir atteint le nirvana.

Selon la théorie de cet homme, je suis censée avoir de la dignité parce que je réponds au téléphone à la réception d'un l'hôtel. Eh bien, me voilà, aucune dignité en vue, déblatérant, ivre, avec un inconnu. Donne-moi un morceau. »

Elle lisse ses cheveux derrière son oreille, alors que du raifort et de la graisse noire s'étalent sur son menton. Elle mâche et regarde sa montre.

« Alors, c'est quoi ton histoire ? dit-elle. Bourré à six heures du soir à traîner sur la place.

— Je veux en savoir plus sur ta théorie. Ce communisme robotique.

— Laisse-moi deviner, dit-elle. Tu vas à l'université. Tu es déterminé à déconstruire mes divagations, à m'aligner sur une théorie. Et tu es si bien rasé. Vous les étudiants, vous vous rasez avec tant de soin, alors que vos idoles étaient toutes barbues !

— J'étudie l'astrophysique. Même si aujourd'hui, je ne sais plus vraiment pourquoi.

— Une bonne journée pour poser des questions », dit-elle, et elle termine la saucisse.

Les policiers ont enfin attrapé le vendeur, et ils le chargent à l'arrière de leur voiture. Ils partent, ignorant le désordre, le chariot renversé, qui finit par s'intégrer à l'agitation de la foule du soir, les piétons l'enjambant sans en questionner la source.

« J'ai encore faim », dit Lenka.

J'ouvre mon sac et en sors le sandwich au schnitzel de Bivoj avec une bouteille de gnôle. « Et soif ? dis-je.

— Tu es un homme plein de ressources. »

Nous mangeons, mais je veille à ce qu'il en reste pour le dîner festif de grand-mère. Le néon brûle les yeux maintenant, noyant la beauté douce des réverbères gothiques. On reste assis une vingtaine de minutes en silence, jusqu'à ce que je décide que je n'ai pas grand-chose à perdre. Je lui demande si je peux la revoir, si nous pouvons partager plus de nourriture et de boisson, parce qu'une clameur dans ma tête ne cesse de noyer tout le reste, or quand elle parle, ses mots résonnent, et je l'écoute avec plaisir. Elle accepte de me revoir pour un café vendredi, et nous nous séparons.

Et le vendredi, nous buvons un cappuccino sur l'île de Kampa. Et la semaine suivante nous allons à la foire de Matějská tirer au pistolet optique. Elle me rend visite tous les jours lors des pauses entre les cours et apporte du strudel et de la bière. Lenka. Cela provient du nom Helena, qui signifie « flamme » ou « lumière ». Jakub vient de l'hébreu, « porteur de talon ». Mon nom me voue à marcher toujours sur la Terre, attaché au sol et au trottoir, tandis que le sien la destine à brûler et à s'élever dans les cieux. Cela ne fait aucune différence. Nous emménageons ensemble comme une évidence. Nous sommes des solitaires, le fait de décider d'être avec l'autre plutôt que dans le berceau rassurant de la solitude nous dit tout ce que nous devons savoir.

Trois semaines après notre rencontre, je lui parle de la mort de mon grand-père, et elle insiste pour me montrer un endroit important pour elle. Un lieu secret qui pourrait devenir important pour moi aussi.

Lorsque nous nous retrouvons une fois de plus près de notre banc sur la place Venceslas, elle fume une cigarette et porte, pour la première fois, la robe d'été jaune avec des pissenlits, celle qu'elle portera plus tard pour notre dernière soirée ensemble sur Terre. Elle ne perd pas de temps à dire bonjour.

« Allons-y, dit-elle.

— Où ?

— Sur la Lune, bien sûr. C'est l'université qui te rend si bouché ? »

Nous nous frayons énergiquement un chemin à travers la foule dense, donnons des coups de pied dans les sacs de shopping et poussons du coude la tête des enfants. J'entends un sifflement derrière nous. La brise légère du soir arrivant de l'Atlantique, prise au piège entre ces collines de Bohême, contraste avec ces derniers jours de canicule. Le monde est stratifié, mystérieux, ce soir. La musique de Jay-Z qui surgit des magnétophones des danseurs de hip-hop se heurte à l'orchestre de clarinettes et de flûtes crachant de l'horrible musique folklorique dans les vieux bars. Nous bifurquons sur Provaznická, et soudain le silence me bouche les oreilles.

Les immeubles alignés devant nous ont été épargnés par le temps, la guerre, et les régimes. Du bleu, du brun, sous les toits de tuiles rouges décolorées. Beaucoup de ces appartements de la Vieille Ville servaient aux fonctionnaires du Parti. Maintenant, ils appartiennent à des citoyens au portefeuille bien garni. Le changement est relatif. Je suis à six pâtés de maisons de l'appartement où j'ai grandi, protégé par le loyal travail de mon père.

Lenka me conduit au pied d'un bâtiment jaune, où elle appuie sur huit sonnettes différentes. La voix d'un homme aboie une question dans l'interphone. Nous restons silencieux. Elle presse plus de boutons, jusqu'à ce que la porte bourdonne et que nous entrions à l'intérieur.

« Je ne peux pas croire que ça ait marché, dis-je.

— Il y a toujours quelqu'un qui attend une personne qui ne viendra pas. »

Nous montons dans la cage d'escalier tournante, croisons un homme à qui il manque le nez et une femme qui traîne deux gros dalmatiens. Ces étrangers doivent nous voir comme un couple – la révélation me fait accélérer le pas. Est-ce que Lenka m'emmène dans son appartement ? Impossible, sinon elle aurait les clés. Est-ce un piège ? Elle trébuche contre moi, murmurant des excuses, mes doigts effleurent sa cuisse nue et elle s'appuie sur moi pour se soutenir. Enfin, nous sommes face au grenier, une vieille porte dont les bords laissent passer la lumière. Elle tourne la poignée dans un grincement strident et je grimace. Le grenier présente tous les signes attendus d'un lieu à l'abandon : la lumière hésitante qui suinte à travers les petites fenêtres, les moutons de poussière suspendus dans l'air, une bicyclette appartenant à un enfant mort depuis longtemps, des cartons. Un rideau noir sépare l'un des coins les plus reculés. Lenka m'y conduit.

« Est-ce que tu vas me sacrifier à Satan ? je demande.

— Tu serais d'accord ?

— Si c'est toi qui le fais, oui. »

Elle ferme tous les stores des fenêtres jusqu'à ce que je ne voie plus rien, seulement la silhouette de ses courbes. Elle passe devant moi, enveloppée d'un parfum d'abricot et de poudre, déploie un rideau noir, m'invite à l'intérieur, et allume une petite lampe à l'abat-jour recouvert d'un tissu sombre et transparent. Sur du papier peint noir brillent des formes d'étoiles et de lunes dorées. Au-dessus de nous est suspendue une lune en papier mâché, ses cratères et ses plis soulignés au crayon. À nos pieds reposent Jupiter, Saturne, Vénus, une découpe de la Voie lactée, d'*Apollo 1*, du *Faucon Millenium*, de vieux paquets de chewing-gums, et un rat éventré.

Lenka dégage le rat du pied, se penche et passe la main sous les emballages de chewing-gum. Elle brandit la figurine d'un astronaute de la NASA. « Qu'en penses-tu ? dit-elle.

— Je pense que je voudrais vivre ici.

— Enfant, je venais y jouer avec ma meilleure amie. Nous montions tous ces chewing-gums ici pour voir qui pourrait en mâcher le plus. C'est Petra qui a fait la lune. C'est tout elle. Heureusement que les gens ne font pas attention à ces greniers, hein ? Ils y jettent leur camelote et l'oublient. Je ne suis pas venue ici depuis quoi, douze ans ? Treize ? Alors, je me suis dit : Jakub, mon astrophysicien, je vais l'amener ici et voir si mon univers existe toujours. Si c'est le cas, il pourra le voir, et ça compensera peut-être mon silence sur son chagrin, parce que le chagrin est quelque chose que je fuis. Et je ne protesterai peut-être pas s'il essaie de m'embrasser, parce que je n'ai pas été amoureuse depuis un moment. Nous y voilà. Les choses sont inchangées, toutes ces années après. Je suis dans ma seule cachette. Avec toi. »

Les éruptions solaires se produisent lorsque l'énergie magnétique est convertie en énergie cinétique – ainsi, l'attraction d'un élément vers l'autre se transforme en mouvement. Comment ce processus se déclenche, nous n'en sommes pas certains. Que ce soit l'éjection d'atomes dans l'Univers, ou un cocktail de phéromones infiltrant les récepteurs olfactifs d'un futur amant, quelques-unes des fonctions les plus essentielles de la réalité restent un mystère. L'haleine de Lenka sent la cigarette et les Juicy Fruit. Nous nous appuyons doucement contre le mur et je sens le contour de la boîte à cigares, que je porte encore dans mon sac. Le sac glisse de mon épaule. Elle emprisonne mon visage entre ses mains et l'étudie, alors que je prends une grande respiration, que je m'accorde deux secondes fondamentales pour prendre conscience que je suis amoureux et que la vie n'aura plus jamais la même saveur qu'avant. La modification de mon avenir, un nouveau destin se dessine ici sous la forme d'une beauté un peu ivre qui m'a invité dans le plus bel endroit que j'aie jamais vu. C'est tout ce que l'on peut dire d'une éruption de surface. Un éclat qui déchire le soleil. Les éclats sont mes doigts qui effleurent l'intérieur de ses cuisses, son souffle sur mon cou, ses mains qui retroussent l'ourlet de sa robe, ses yeux scrutant ma réaction lorsque je découvre ce qui s'y cache. L'Univers a attribué aux lèvres les fonctions de parler et d'embrasser car il n'est jamais nécessaire de faire les deux en même temps. Nous ne parlons pas, pendant des heures. Bientôt la pièce est recouverte de nos vêtements. Nos corps agréablement battus sur le plancher en bois.

Épuisés, nous nous asseyons parmi les planètes et parlons des aliments que nous aimerions manger. Elle veut des spaghettis ; j'ai envie d'un bon vieux rouleau espagnol – des tranches de viande de bœuf enroulées autour de bacon, d'œufs et de cornichons au vinaigre. Nous sommes d'accord que notre meilleur plan d'action est de boire et de marcher tard dans la nuit.

Les cendres de mon grand-père ont-elles leur place ici ? Puis-je abandonner la boîte et me sentir plus heureux une fois la porte passée, ou vais-je me demander pour toujours si le chat qui a assassiné le rongeur va en dévorer le contenu ? Lenka me demande à quoi je pense. À tout. Comment abandonner la boîte. Je porte la malédiction de mon père et les cendres de mon grand-père. Elle ne comprend pas ce que cela signifie, pas encore, et elle ne demande pas.

Au lieu de cela, elle parle de son propre père, parti en Amérique avant la révolution pour travailler sur une ligne d'assemblage automobile à Détroit. Un vrai paradis de travailleur, leur écrivait-il, déclarant que Détroit allait devenir la ville de l'avenir, une plaque tournante de l'industrie et de l'opulence. Chaque été, il était censé revenir à la maison, faire traverser à Lenka et sa mère le mur de Berlin et les amener dans ce Nouveau Monde. Chaque été, il écrivait que ce n'était pas le bon moment, qu'il attendait une autre promotion, une autre hausse de salaire pour pouvoir accueillir « sa reine et sa princesse » dans une belle maison, avec une voiture américaine. En 1989, ses lettres n'arrivaient plus que deux fois par an, grossières et dépourvues d'affection ou de détails. Quand la mère de Lenka lui écrivit que le pays était libre, qu'elles pouvaient désormais franchir les frontières nouvellement ouvertes sans se cacher et le rejoindre immédiatement, elle ne reçut aucune réponse. Avec son père désormais perdu, Lenka venait souvent se retirer dans le grenier, s'éloignant du désespoir de sa mère, des cubis de vin vides entassés près de la porte. C'est seulement lorsque Internet commença à connecter les vies disjointes dans le monde entier que Lenka retrouva une photo de son père. Il se tenait sur une plage de Floride, rayonnant face à l'objectif, un bras autour de son nouveau fils, l'autre autour d'une nouvelle épouse, une glacière bien approvisionnée en bières américaines bleues à leurs pieds. Lenka n'en a jamais parlé à sa mère, et n'a jamais su si sa mère l'avait découvert. Elles ont continué leurs vies.

Je demande à Lenka ce qu'elle ressent aujourd'hui. De la rage ?

Non. Pas ici dans le grenier.

« Quand j'étais enfant, dis-je, je m'asseyais dans une voiture et faisais semblant que c'était un vaisseau spatial. Le lecteur de cassettes était mon ordinateur de bord. Je voulais tourner le bouton de la radio et m'envoler. Mais à l'époque je ne connaissais pas grand-chose à la solitude.

— Est-ce que tu t'envolerais aujourd'hui ? dit-elle.

— Non. Plus maintenant que tu es là.

— Maintenant que *nous sommes* ici. Dans notre cachette. »

Dans exactement deux ans, nous reviendrons ici. Le grenier n'aura pas changé, nos pieds fouleront simplement une poussière plus épaisse. Nous nous cacherons derrière le rideau et je lui demanderai de m'épouser, la voix tremblante, les genoux si lourds que je me demanderai si le plancher va s'effondrer. Lors du mariage, ma grand-mère dansera comme une jeune fille, et me dira à la fin de la nuit qu'elle est restée en vie pour ce jour-là, pour moi et Lenka.

Et les cendres de mon grand-père reposeront dans la boîte à cigares à l'intérieur de notre placard, avec des pensées de dévotion, jusqu'à ce que je les laisse à la merci du cosmos, un rappel que tout ce qui nous est cher est voué à être réduit en poussière.

La griffe

Je passai à travers le nœud du temps comme le sable glissant dans un sablier, grain par grain, atome par atome.

Le temps n'était pas une ligne, mais une prise de conscience. Je n'étais plus un corps, mais une série de morceaux qui sifflaient en s'assemblant. Je sentais chaque cellule en moi. Je pouvais les compter, les nommer, les tuer et les ressusciter. Dans le noyau, j'étais une tour faite de fragments de fossiles. Je pouvais être démonté et remonté. Si seulement quelqu'un connaissait le point de pression exact, je me transformerais en un tas d'éléments filants pour trouver un nouveau lien, comme les ouvriers agricoles saisonniers voyageant d'est en ouest.

Voici ce que font les éléments. Ils sautent dans l'obscurité jusqu'à ce que quelque chose les attrape. L'énergie n'a pas de conscience. La force ne fomente pas de plans. Les choses se brisent les unes contre les autres, forment des alliances jusqu'à ce que la physique les déchire et les renvoie dans des directions opposées.

Le noyau n'offrit aucune sagesse. Il emporta mes sens. Il me fit vivre réellement à l'intérieur de mon propre corps, fit de moi un éclair de matière sans pouvoir de réflexion. Je n'étais pas un humain. J'étais un flux de poussière. *À quoi t'attendais-tu ?* me demanda le noyau. Non, je me posais la question à moi-même. Une autre projection. Ma volonté désespérée d'attribuer une personnalité et une volonté aux résultats capricieux du chaos. Les vrais rois du monde, les éléments et les particules, n'avaient aucun projet, à part le mouvement.

Je retrouvai la vue alors que le noyau m'éjectait, puis mes esprits alors que je traversais son atmosphère calme et entrai en collision avec la furieuse tempête de poussière. Le noyau me propulsa de nouveau dans le monde à la vitesse de lancement d'une navette. Les particules de poussière tourbillonnantes cisaillèrent mes gants et ma poitrine, provoquèrent des fissures dans ma visière. Je mis mes mains sur le loquet du casque, envisageant une fin plus rapide.

La mort dans l'espace serait brève. Pendant dix secondes, je resterais conscient. Pendant ce temps, les gaz dans mes poumons et mon système digestif causeraient une dilatation douloureuse des organes, conduisant à une rupture de mes poumons et à la libération d'oxygène dans mon système circulatoire. Les muscles gonfleraient jusqu'à deux fois leur taille actuelle, ce qui provoquerait des vergetures et des ecchymoses. Le soleil causerait des cloques sur mes joues et mon front. La salive bouillirait sur ma langue. Après ces dix secondes d'agonie, mon cerveau serait asphyxié et ma conscience se fondrait dans l'obscurité environnante. La cyanose bleuirait ma peau, mon sang se mettrait à bouillir, ma bouche et mes cavités nasales gèleraient jusqu'à ce que, finalement, mon cœur cesse de fonctionner, faisant de moi un cadavre exquis, un Schtroumpf gazeux et desséché sur l'autel de la Voie lactée.

J'étais prêt pour cette rapide transition quand je sentis une tape sur mon dos. Hanuš planait avec moi, sa peau grise et ratatinée comme celle d'une pomme de terre cuite dans des cendres chaudes. Une cloque apparut au-dessus de sa lèvre droite. Nous devions avancer ensemble. J'ôtai mes mains du casque. Bientôt, la poussière infiltrerait suffisamment la combinaison pour la dépressuriser, et je pourrais encore avoir une mort cosmique. J'utiliserais mes dix secondes pour enlever la combinaison et suivre l'exemple donné par Laïka – permettre au vide de m'embaumer et de me préserver comme une figurine de cire pour les futures générations d'explorateurs.

« Le Commencement nous a refusés, déclara Hanuš.

— On dirait bien.

— Nous n'y avions pas notre place, dit-il.

— Tu aimes les énigmes. »

La fureur effrayante de la poussière de Chopra devint néant. Nous avions été entièrement éjectés du nuage, et étions à nouveau sujets au zen de la profondeur de l'espace. Il ne devait pas rester beaucoup de temps, mais je refusai de vérifier le niveau d'oxygène sur ma combinaison. Je me concentrai sur mon ami.

Tout à coup, je craignis l'ennui plus que la mort. Si Hanuš mourait avant moi, que ferais-je du reste de mon temps ? Sans sa voix, face à l'Univers, je n'aurais rien pour me guider durant ma suffocation. Je saisis une de ses pattes et lui offris le pot de Nutella sorti de ma poche.

« Oui, cela fera l'affaire », dit-il.

Je luttai pour trouver des mots profonds, quelque babillage de lit de mort, mais si l'existence pouvait être si simplement déjouée par le langage, pourquoi passerions-nous notre vie à essayer de justifier notre droit à respirer ?

Je changeai d'avis.

Mes mots ne devaient pas être profonds. Au lieu de cela, je me rappelai la vive sagesse villageoise des compagnons de beuverie de mon grand-père, remplis de huit litres de bière, leurs visages plus près de la surface de la table à chaque minute. La sagesse des poulets qui avancent si bien sans leurs têtes ou du strudel de Grand-mère comportant toujours trop de raisins secs et pas assez de pommes. Le fait de tendre le doigt du milieu aux libidineuses mains de Dieu, avides de saisir l'âme, les chansons islandaises qui résonnent toujours comme si elles étaient composées sur des navires silencieux naviguant à travers la glace, l'intérieur de la planète que nous occupons, brûlant aussi fort que la surface du Soleil alors que nous nous plaignons toujours d'une torride journée d'été, que nous avons si peur de demander aux filles de danser quand nous sommes des garçons, tout en étant trop effrontés, et même grossiers en demandant aux filles de danser quand nous sommes adultes, le sentiment commun de soif postcoïtale, lorsque deux corps épuisés, puants et suintants ont besoin de pain et, goulûment, d'un autre orgasme pour réaffirmer la chimie fragile de l'amour. Si le bistrot avait fermé et éradiqué cette seule méthode de socialisation, ces mineurs et bouchers de village auraient sûrement entrepris de parcourir la Terre, comme de vieux philosophes, échangeant la sagesse de comptoir contre des côtelettes de porc. Comment pouvais-je contribuer à ce phénomène ? Peut-être avec la plus grande blague de toutes, celle qui pourrait me tenir éveillé quelques nuits – l'énergie ne peut être anéantie, la matière ne peut donc être anéantie, ainsi tout ce que nous brûlons et détruisons reste avec nous et en nous. Nous vivons dans des bennes à ordures. Je riais.

Hanuš comprit.

Au loin, des éclairs rouges. L'Univers était-il en feu ? Était-ce la fin de tout pour moi, nouveau dialecticien de bistrot ? Une charmante pensée. Dans la distance et l'obscurité, un dragon surgit, son nez pointu reniflant de la chair fraîche. Peut-être était-ce la mort. Je frappai la coque dure qui couvrait ma poitrine, sentis l'écho de la vibration dans mes poumons. Si ce n'était pas la mort, et que le dernier dragon vivant avait été tué par saint Jiří des lustres auparavant, une seule option subsistait. Le nez appartenait à un vaisseau spatial, dirigé vers moi comme la baïonnette d'un soldat fou. Ses balises lumineuses saturaient l'Univers comme les néons d'une maison close, clignotant en rythme de manière infernale et racoleuse. J'étais une île, un bâtard flottant sur la rivière dans un panier mal tissé, mon cordon ombilical grossièrement tranché avec une paire de ciseaux rouillés. Les couleurs de l'engin spatial et le drapeau au nom fier peint sur son flanc étaient certainement un mirage, une vision pour me distraire de l'heure de ma mort.

« Tu les vois ? demandai-je à Hanuš.

— Des sauveteurs », dit-il.

NashaSlava1. Les mots étaient peints à côté de bandes de blanc, de bleu et de rouge. La Russie. Enfer. Le chancre ricaneur de mon histoire.

Je nageai instinctivement vers l'avant, essayant de m'éloigner. Impossible. Le vaisseau approchait silencieusement et hâtivement, puis ralentit à notre proximité.

« Tu n'accueilles pas les secours, déclara Hanuš.

— Je veux rester ici. Avec toi. »

Une porte de hangar s'ouvrit le long du large abdomen du vaisseau, et quelque chose surgit de son obscurité. Un bras robotisé sortit de sa tanière, d'un mouvement fluide de muscles et d'articulations. Un poulpe cybernétique me cherchant de son regard aveugle, ses doigts tremblant comme des épis de blé dans les vents tempétueux. Enfant, j'avais couru loin de mon grand-père quand il tondait la pelouse, mettant le plus de distance possible entre moi et la lame en rotation. Je me cachais dans le hangar à bois, entre les tas de bûches fraîchement coupées, inhalant la douceur de leur parfum et retirant des échardes de mes doigts. Je n'avais désormais pas de terre sur laquelle courir, pas de structure pour me cacher. Combien je désirais la terre ferme, l'effort du muscle tirant résolument vers le centre de quelque chose, de quoi que ce soit.

« Tu peux vivre, dit Hanuš faiblement. Pourquoi résistes-tu ?

— Je suis fatigué, Hanuš. »

Je regardai enfin la jauge d'oxygène, qui indiquait trois minutes restantes. La griffe du vaisseau n'était plus dressée. Elle s'était pliée en position, prête à me saisir, ou peut-être à me transpercer, quelle différence ? Ils me sauveraient à temps, sauf si j'enlevais mon casque. Je ne voulais pas être sauvé. Par personne, mais surtout pas par eux. Eux qui avaient fabriqué mon père, lui avaient donné le pouvoir de se transformer en ce qu'ils avaient besoin qu'il soit. C'était le seul désaccord entre mon grand-père et moi. Il insistait pour que la faute revienne à la personne, pas aux circonstances. Il pensait que mon père aurait fait les mêmes erreurs sous n'importe quel régime. Je ne pouvais pas accepter cela. Je ne pouvais accepter le fait que, sans l'arrivée des Russes, sans les marionnettes de Moscou en Tchécoslovaquie, agitant face à mon père des récompenses et la promesse d'une vie meilleure, il aurait été capable d'infliger la même douleur. Nous ne vivons pas hors de l'Histoire. Jamais. Et me voilà, un Procházka de plus forcé de capituler devant l'occupant.

En vérifiant à nouveau la jauge d'oxygène, je fis la liste des personnes qui me devaient des explications, qui me devaient des regards, de la bonté et de la vie.

Il y avait Lenka. Elle existait quelque part là-bas, en dehors de la photo envoyée comme lot de consolation, et la simple tentation de sentir une fois de plus ses mains toucher mon dos souffrant me sembla une raison suffisante pour envisager de respirer à nouveau.

Quel genre de tapis Emil Hácha sentit-il sous ses pieds à l'intérieur du bureau de Hitler en se demandant si les Tchèques devaient lutter contre l'invasion et être massacrés, ou céder et perdre leur honneur ? Après avoir fait attendre le vieil homme jusqu'à l'aube alors qu'il regardait des films avec sa bande, Hitler cracha au visage d'Hácha, lui énuméra les diverses façons dont un pays pouvait être violé, dont les enfants et les femmes pouvaient être saignés, dont les tours royales de Prague pouvaient être bombardées, attaquées, brûlées, réduites en cendres et arrosées de pisse par la Gestapo. Hácha avait-il été sur le point de faire preuve d'un héroïsme stupide, de demander à Hitler d'aller enculer un hareng, recevant ainsi une balle dans la joue et déclenchant le massacre de sa nation ? Il était lui aussi un bâtard dans un panier, un vieil homme en mauvaise santé qui avait remplacé le président en exil après que les machinations de Hitler eurent déchiré la République. Le pays avait été vendu au plus offrant lors de la Trahison de Munich, où, en notre absence, Chamberlain-Daladier-Mussolini-Der Führer s'étaient serré la main, avaient mangé des petits-fours et décidé qu'une petite Tchécoslovaquie était un moindre prix à payer pour la paix mondiale. Hácha avait-il été sur le point de provoquer le Grand

Génocide des Tchèques et des Slovaques ? N'aurait-il pas été plus facile de mourir de la main du Führer, tout simplement, et de permettre à quelqu'un d'autre de gérer les questions plus vastes ? Hácha fit le choix de la vie, et de la honte. Sa récompense fut de voir la nation survivre, voir la capitale sortir indemne de la guerre, contrairement aux belles tours de Varsovie et de Berlin. Après l'agression de Hitler, Hácha s'évanouit. L'aristocratie nazie l'aida à se relever peu de temps avant de signer le protectorat du pays par l'Allemagne. Un lâche qui sauva la nation en l'abandonnant, tout comme sa fierté.

Il me restait deux minutes de vie et je m'agrippai à mon ami. Lorsque je tirai plus fort l'une de ses pattes, elle se détacha de son corps comme une sangsue, suivie de bulles de jus gris. Ses lèvres et la fourrure de son ventre étaient gluantes de Nutella. Et puis je les vis : les Gorompeds d'Hanuš, ces petits parasites ovoïdes vivant dans ses cloques, qui rampaient et s'infiltraient dans ma combinaison. Ils fourmillaient dans mes poils d'aisselle. Je lançai des coups de pied, nous tirant, Hanuš et moi, loin du vaisseau russe juste pour gagner un peu plus de temps avant le sauvetage. La Griffe était si près de mes jambes que j'avais la chair de poule en anticipant son contact.

Je voyais ce qui se serait passé si Hácha avait décidé de mourir par principe. Il aurait pris sa balle dans la tête, et les Aryens assoiffés d'esclaves slaves auraient vaincu les beaux combattants de notre nation, dont les corps bohémiens auraient ensanglanté les eaux de la Vltava en flottant vers l'ouest, telles des offrandes à Chamberlain et à sa naïveté. Je vis Prague en train de brûler ; le château des plus magnifiques rois européens pillé par les mains avides de jeunes Allemands haineux ; de belles villageoises avec des taches de rousseur se cachant sous leurs lits des mains de capitaines à l'haleine aigre ; les vignes moraves aplaties sous la chenille des tanks ; les criques pures et les collines de Šumava salies de tripes et déboisées par des grenades. Hácha avait pris sa décision. La mort était trop facile.

La Griffe attrapa ma cheville, aussi doucement qu'une mère manipulant un nouveau-né. Elle tira.

« J'aimerais que tu puisses venir avec moi », dis-je à Hanuš.

Je le sentis se rétrécir. Une autre patte nous quitta.

« Plus beaucoup de temps maintenant, dit-il.

— Tu m'as sauvé, dis-je.

— Te sentirais-tu mieux si je n'étais pas réel ?

— Non.

— Quels sont tes regrets ? demanda Hanuš.

— Maintenant que je sais que je vais vivre, j'en aurai des millions.

— Étrange.

— J'ignore si je veux y retourner. Pour diviser la vie en matins et en nuits. Pour marcher debout, attaché par les pieds.

— Ne pars pas alors, maigre humain. »

L'emprise de la Griffe se resserra. Les Russes voyaient-ils l'ami que j'étreignais ?

« Je veux mourir à l'intérieur de toi, déclara Hanuš. Emmène-moi dans un endroit digne. Je te montrerai aussi d'où je viens. Ma maison. »

Un Goromped rampa sur ma joue, évoquant la sensation d'un pansement que Lenka y avait un jour posé. Je me souvins de la douleur quand j'avais ôté le pansement de ma barbe, arrachant une petite touffe de poils dans le processus.

Ce serait mon dernier cadeau à Hanuš. Je ne faiblirais pas face à son invasion. Pour la première fois, je sentis la lourdeur et le désespoir de la mort qu'il avait appris de moi, une douleur sourde dans mon abdomen. Ma langue sèche rencontra une nouvelle plaie sur mes gencives et la pression enserra l'arrière de mon crâne. En ces ultimes instants, j'accueillis Hanuš dans chaque dernière parcelle de mon existence. Je désirais voir sa maison.

C'était une après-midi de mai. Un beau mois. Lenka et moi avions l'habitude de lire Karel Hynek Mácha ensemble. Il avait écrit un célèbre poème romantique sur le mois de mai, et nous l'avions tous appris à l'école, roulant des yeux à sa sentimentalité, encore incapables de comprendre comment les plaisirs conduisaient à la poésie. Je pouvais en entendre un extrait lu par Lenka comme si elle se trouvait ici maintenant, comme elle l'avait été à l'époque sous notre tente dans la forêt, allongée nue avec ses cheveux lissés derrière ses oreilles, la sueur luisant sur le duvet blanc autour de son nombril :

Le lac uni, dans l'ombre des charmilles,
Murmurait la douceur d'une peine secrète
À ses rivages, dont la courbe l'embrassait,
Les étoiles, soleils de mondes inconnus,

Erraient parmi l'azur strié de bandelettes,
Et brillaient comme autant de larmes amoureuses[1].

Voilà ce que je souhaitais qu'Hanuš entende à présent.

Ensemble, nous traversâmes ce matin de mai. Hanuš du cosmos, un ami étranger mais puissamment humain. Jakub Procházka de la Terre, le premier astronaute de Bohême. J'étouffai. L'oxygène était épuisé, entièrement absorbé par les éponges gourmandes de ma poitrine. Malgré l'emprise de la Griffe sur moi, le vaisseau semblait loin. La mort était proche.

---

1. Karel Hynek Mácha, « Mai », in *Poésie,* n° 10-11, 1936 ; traduit du tchèque par Hanuš Jelínek et Jean Pasquier. (*N.d.l.T.*)

Mai

Lenka et moi marchons le long du pont Karlův, qui surplombe la large Vltava, veine sauvage de Bohême divisant notre ville. Nous venons de rendre visite à ma grand-mère à l'hôpital. Nous l'avons trouvée en grande forme, alors que, joyeusement, elle buvait de la soupe aux choux, même si nous lui avions apporté ses sandwichs, et nous demandait si nous avions l'intention de lui donner un petit-enfant. Nous sommes rassurés par l'énergie de ma grand-mère et son bon rétablissement après son attaque, et nous flânons. Autour de nous, les langues du monde entier se mélangent dans le bourdonnement habituel du printemps. Un artiste de rue notoire dessine des caricatures grossières de touristes désemparés. Il gratte des puces dans sa barbe et boit du vin dans une gourde en cuir tout en souriant aux visages blonds du couple suédois qui gigote sur son tabouret, puis il ajoute un pis de chèvre sous le menton de l'homme et donne à la femme une moustache victorienne. Mille fois j'ai vu ses manigances – souvent les touristes se lèvent et partent simplement, et il leur crie dessus dans sa propre langue inventée. Mais parfois, submergés par leur culpabilité de touristes, ils paient pour ses idioties. C'est une vision réconfortante, avec les statues des saints patrons gardant le pont en arrière-plan, et devant une représentation plutôt sinistre de Jésus crucifié menant la troupe. Sans les quelques peintres, pickpockets et couples en goguette, le pont serait un rappel glacial et terrifiant des excès du gothique. Mais nous sommes tous là, ivrognes, euro-touristes vêtus de cuir et tourtereaux de Prague, à la recherche des bienfaits d'une bière du dimanche et d'une promenade au fil de l'eau, apportant au pont l'humour et la douceur qui lui manquent. En échange, le pont nous rappelle combien notre histoire remonte bien avant le jour où nous avons ouvert un compte bancaire.

Nous quittons le pont et traversons l'un des nombreux marchés vietnamiens où les enfants se pourchassent avec des fusils lasers, les adultes fument gravement des Petra, leurs contrefaçons Adidas et Nike flottant dans le vent comme les drapeaux d'une nation. Des hommes aux sourcils froncés placent un mélange d'aubergine et de poulet dans des boîtes en polystyrène. Des hommes blancs et musclés en casquettes de baseball – certainement des policiers traquant des trafics illégaux – déambulent gauchement. Des enfants guetteurs avertissent leurs parents avec des sifflements élaborés lorsqu'un client à la mode approche, afin qu'ils puissent exposer rapidement leur fausses fringues de créateurs avant de les cacher à nouveau du regard des policiers mal fringués. Les rouages du marché.

Un petit garçon frappe une petite fille sur le nez avec son pistolet en plastique et disparaît entre les tentes balayées par le vent. La petite fille sanglote jusqu'à ce que Lenka, ma douce Lenka, la prenne par la main.

« Les garçons jouent brutalement, dit Lenka. Toi aussi tu dois jouer comme une dure. La prochaine fois que tu le vois, frappe-le sur le crâne. »

La fille nous regarde, les lèvres serrées, son propre pistolet laser toujours en main. Elle attire Lenka et nous conduit trois tentes plus loin, où une femme dort dans un transat. La fille tend un T-shirt jaune à Lenka et hoche la tête avec un sourire malicieux.

« Tu veux que je le prenne ? demande Lenka.

— Soixante. Remise, dit la petite fille.

— Soixante couronnes ? »

La jeune fille hoche la tête, une vendeuse rodée. Il est évident qu'elle veut garder l'argent pour elle-même, et non le partager avec sa mère – si toutefois elle a bien sûr un lien de parenté avec la femme assoupie.

Aucun retour en arrière n'est possible. La compassion de Lenka nous a désignés comme faibles, et elle lui remet l'argent en tapotant la petite fille sur la tête.

« Tu lui as dit de jouer comme une dure, dis-je. Alors elle joue comme une dure.

— Bien. Qu'elle devienne entrepreneuse. »

Lenka déplie le vêtement. Sur le jaune du coton, le dessin d'un soleil qui tient une pinte de bière d'une main et une bouteille de crème solaire de l'autre. Il plisse son œil droit dans une stupeur ivre, tandis que son œil gauche étudie les courbes obscènes d'hommes et de femmes nus en train de bronzer sur la plage plus bas (nudité au-delà de la nudité, avec une double ligne pour chaque orifice, poils pubiens épais, seins énormes et érections). Le soleil déverse des litres de lotion crémeuse sur ces corps sans méfiance avec un sourire graveleux.

La petite fille sourit alors que nous découvrons le dessin. « Top pour l'été, dit-elle.

— Tu es coquine, lui dit Lenka.

— Soixante couronnes ! » couine-t-elle en disparaissant entre les tentes aussi rapidement que le garçon qui l'a heurtée, serrant les billets durement gagnés. La femme endormie se réveille et regarde le T-shirt.

« Quatre-vingts couronnes », dit-elle, la main tendue.

Lenka et moi ne pouvons contenir nos rires et nous lui donnons encore notre argent.

« Tu te rends compte que tu dois le porter, maintenant ? dis-je à Lenka.

— Tu es fou ?

— La loi de l'Univers. Tu t'es soumise et tu as exposé ta gorge alors que l'ennemi découvrait ses dents. Tu as été confrontée à un défi darwinien simple, et tu as échoué.

— Tu parles comme un universitaire pathétique. »

Je désigne le T-shirt et fronce les sourcils avec insistance. Elle soupire, mais son demi-sourire ne m'échappe pas. Voilà ce dont nous avons besoin. De taquineries. D'humour. De quelque chose d'inattendu. Après des mois et des mois à avoir transpiré au-dessus d'elle sans plaisir, priant pour renforcer mon sperme alors qu'elle envoyait des ondes positives à son *aureus ovarii* ; après des piles de boîtes de test de grossesse remplissant la poubelle de la salle de bains ; après les échecs répétés, et ma fuite entre les murs de l'université, où je reste tard pour « corriger des copies » et « assister à des réunions de comité », alors qu'en réalité je suis juste en train de grignoter dans mon bureau et de jouer sur mon téléphone, cette journée pourrait être notre occasion de trouver une nouvelle voie, de fusionner une fois de plus notre chimie émotionnelle et neurologique plutôt que de nous voir l'un l'autre simplement comme les propriétaires d'un orifice ou d'un appendice potentiellement apte à concevoir des bébés.

Lenka tire le T-shirt par-dessus ses épaules, et je hoche la tête avec approbation. Elle m'embrasse et pose le grand rond autocollant « S » du T-shirt sur ma barbe.

« Maintenant, on a tous les deux l'air idiot », dit-elle.

Sois témoin de mes moments les plus joyeux, maigre humain. Je vais te montrer d'où je viens. Hanuš interrompt le souvenir de Prague, et me mène ailleurs. Je vois son monde, il était une fois.

Des millions d'œufs tournoient au-dessus d'une petite planète verte. Les membres de la tribu d'Hanuš flottent au-dessus du cercle d'ovocytes, leur bourdonnement collectif annonce que le moment est venu. Les œufs commencent à se fissurer, des bouts de petits torses arachnides poussent à travers la membrane et la coquille. Parmi les milliers de nouveau-nés, je vois Hanuš, je reconnais son bourdonnement légèrement différent des autres. Il étudie ses propres pattes alors qu'elles piquent la peau lisse et glabre de son corps. Les fragments de coquilles flottent et créent un grand nuage de poussière, et les membres jeunes et vieux de la tribu tournent les uns autour des autres. Enfin, les Aînés, un conseil de vingt individus aux pattes courtes et tordues comme des racines d'arbres, ordonnent à la tribu de cesser le mouvement. Les lois de la tribu sont transmises aux enfants :

Le corps ne doit pas être offensé.
Les Vérités ne doivent pas être craintes.

Les nouveau-nés se séparent désormais du troupeau et descendent sur leur planète verte. Sa surface est composée de roche et de cristal, ses grottes mènent dans des tunnels souterrains. Des vers de Shtoma – de la taille d'un enfant humain, aussi gros, aveugles et roses que de la peau de cochon bouilli – s'échappent dans ces tunnels alors que les petits de la tribu les pourchassent. Un orage s'amasse en quelques secondes au-dessus de la planète, de la foudre bleue et rouge s'abat sur sa roche, la surface se fissure et révèle les vers qui se tordent dans le sous-sol. Hanuš fond sur un ver et lui plonge ses pattes dans le dos. Il déchire la peau du ver et l'intérieur blanc, épais et pâteux comme le saindoux, en jaillit. On ne peut pas entendre la tempête et pourtant le vent fait rage sur la surface de la planète, balaie les membranes vides que furent les Shtoma. Les Aînés fredonnent un chant de célébration, la tempête s'affaiblit, les enfants suralimentés se retirent lentement dans leurs grottes pour digérer. Hanuš ouvre sa mémoire sans limites – je deviens lui. À ce moment, alors que les poils commencent à pousser sur son corps et qu'il comprend les bienfaits de la nourriture pour la première fois, il est absolument certain. Au sujet de l'Univers, de tous ses secrets, de sa place au sein de la tribu, de ses lois. Je suis incapable d'appréhender le bonheur qui jouxte sa certitude. Tout est en ordre jusqu'à ce que les Gorompeds de la mort arrivent, que ce soit demain ou dans deux millions d'années.

Rassasié et empli de connaissance, le jeune Hanuš se repose. Encore ignorant du dernier savoir de l'Univers qui échappe à sa tribu : les humains, leur Terre, et l'horreur de leurs craintes.

J'aurais aimé être là, Hanuš. Pour chasser avec toi dans la tempête, connaître tes frères et sœurs.

Lenka et moi quittons le pont, achetons des marrons bouillis et du grog à un marchand ambulant et nous asseyons dans la Vieille Ville, en attendant qu'Orloj sonne l'heure tandis que les touristes émerveillés se réunissent avec des appareils photo numériques à la main. Je me sens somnolent dans la chaleur, et le doux parfum des marrons se dissipe autour des lèvres de Lenka. Je l'embrasse, entremêle mes doigts dans ses cheveux magnifiquement frisés, je tire. Elle mord ma lèvre.

Orloj retentit, et la procession des apôtres commence – les figurines de bois apparaissent l'une après l'autre dans la fenêtre au-dessus de l'horloge : Paul avec une épée et un livre, Matthieu avec une hache, le reste de la bande muni d'armes ou de symboles de sagesse. Des statues fixes autour de l'horloge qui ne font pas partie de la procession observent les visiteurs à l'infini : la Mort une cloche à la main, un Turc secouant la tête vers les apôtres infidèles, un ladre tenant son sac d'or et une vanité se regardant dans un miroir. L'horloge elle-même indique la position de la Lune et du Soleil, ainsi que la rotation des étoiles. Est-ce de l'art, un magnifique morceau d'ingénierie ou un piège à touristes ? C'est comme si Orloj, indécise, revêtissait l'identité des trois. Les enfants gloussent alors que le coq mécanique chante, et le spectacle se termine avec le Turc secouant à nouveau la tête avec incrédulité face à ce non-sens chrétien.

Lenka termine sa bière et se lève. Elle me prend par la main et me guide à travers le bruissement de la foule qui se disperse. Nous approchons de l'entrée d'Orloj, frappons sur la lourde porte en bois. Le guichet d'accueil est vide, une note griffonnée collée à la vitre : *Pause-déjeuner*. Nous marchons jusqu'à l'étroite cage d'escalier, Lenka vacille un peu sous l'effet de la chaleur et de l'alcool. La dernière fois que je suis entré à l'intérieur d'Orloj, c'était en visite scolaire et de vieux gardiens se tenaient dans les coins pour surveiller ce monument de la nation. Maintenant, les coins sont vides – peut-être la poussière et l'odeur musquée de vieux océans présente dans tout lieu abandonné les ont-elle avalés, ou ils sont simplement morts et aucun jeune n'a voulu les remplacer, même si les coupes budgétaires du gouvernement sont la raison la plus plausible de leur absence.

Lenka grimpe l'échelle menant aux niveaux supérieurs interdits d'accès, tirant sur mon col de chemise quand j'hésite. Je la suis, écoutant le grincement des engrenages, l'architecture de génie pour laquelle maître Hanuš a perdu la vue. Ceci est l'horloge astronomique la plus ancienne de la planète, mais qui a encore besoin de ses services ? Des satellites photographient la Terre, les soleils, les étoiles, les lunes, les profondeurs cosmiques au-delà de la compréhension avec une précision de drone ; des robots isolés parcourent les surfaces d'autres planètes, effectuant des analyses en leur sein ; tout être humain peut passer des nuits à zoomer au-dessus de continents virtuels grâce à Google Earth. Combien de temps Orloj pourra-t-elle captiver l'attention des touristes avec son mystère et son spectacle de marionnettes, combien de temps son divertissement, son charme qui n'opère que sur les fétichistes du rétro pourront éclipser sa tragique absence d'utilité ? Lenka et moi atteignons la salle des apôtres, où les gardiens de bois reposent en cercle, en attente de leur prochain spectacle. Elle s'assoit dans le renfoncement de la fenêtre, dangereusement près de saint André et de sa grande croix de bois. Elle tire sur les poils de ma poitrine et mord mon cou, et je m'effondre à genoux et enfouit mon nez, mes yeux, mon menton dans ses sous-vêtements, les arrache et les jette à travers la pièce.

Voici ce dont nous avions besoin, le plaisir, l'abandon, l'accouplement imprévu, pas de calendriers et de tests et de médecins qui nous interrogent sur nos « angles sexuels ». Mon cuir chevelu brûle sous ses ongles qui griffent mon crâne. Telle est la douleur que nous avons désirée. Ma mâchoire est engourdie, je ne peux pas respirer, et je décide que cela est la façon dont je voudrais mourir un jour, étouffé entre ses genoux, son corps tremblant de désir sous mes doigts. Lenka me relève et déboutonne mon jean, m'encourage avec des murmures suppliants, et dans notre fureur nous trébuchons sur le côté et nous cognons contre le pauvre saint André. Avec la croix toujours étroitement serrée contre sa poitrine, l'apôtre dégringole de son emplacement avant de s'écraser sur le sol en pierre, sa tête roulant au loin. André a résisté plusieurs siècles, témoin de la peste noire, des croisades, de deux guerres mondiales, des assauts des termites, du communisme, du capitalisme et de la téléréalité, mais il ne peut résister à deux amants maladroits. Et alors que Lenka étale mon sperme sur l'intérieur de sa cuisse, un acte de rébellion contre la fonction première de la substance opaque, je ne regrette pas d'avoir dégradé un trésor national. Nous avons posé notre marque sur l'Histoire, fait ce qu'aucune femme ou aucun homme n'avait fait auparavant, prouvé que nous sommes ici pour vivre avant de mourir, et pour nous en amuser en attendant.

Ils les ont tous tués, maigre humain. Si je ne te montre pas, il ne restera pas de témoin. Ils sont venus nous éradiquer. C'est le seul but des Gorompeds. Notre destruction.

Hanuš est maintenant adulte, son corps exactement tel que je le connais. Un nouvel anneau d'œufs, moins nombreux que lors de sa naissance, encercle la planète verte. Avec ses semblables, Hanuš patrouille autour de l'anneau. À l'horizon, un essaim apparaît. Une armée de la taille d'un astéroïde. Hanuš demande des conseils, de l'aide à ses Aînés, comme tous les autres membres de sa tribu. Pour la première fois, les Aînés demeurent silencieux.

Ils fuient, laissant les jeunes derrière. Les Gorompeds percent les coquilles du futur de la tribu, se régalant goulûment des embryons. Hanuš traverse les galaxies et l'essaim le suit, un trou noir avalant tout sur son passage. Les Aînés sont lents et à la traîne, et les fratries qui restent pour les protéger sont condamnées. *Enfuis-toi*, ordonnent les Aînés, *enfuis-toi et ne t'arrête jamais, tu pourrais être le dernier d'entre nous*, et bientôt, Hanuš fonce tout simplement à travers les portes du cosmos aussi rapidement que son corps le lui permet, sans regarder en arrière, et le sifflement de l'essaim s'affaiblit ainsi que le bourdonnement collectif de ses frères et sœurs, jusqu'à ce que, enfin, il regarde en arrière et voie qu'il ne reste aucun frère ni aucune sœur. Le monde est vide, il est seul, alors il s'arrête et attend que les Gorompeds le trouvent, car il n'y a pas de vie sans sa tribu. Mais les Gorompeds ne viennent pas, et Hanuš s'endort d'épuisement et se réveille de nouveau dans un endroit qu'il ne connaît pas, un endroit que ses habitants appellent la Voie lactée, et il est vivant, vivant bien qu'il sache que les Gorompeds le trouveront, que ce soit demain ou dans deux millions d'années. La certitude qui lui a été transmise à la naissance commence à disparaître juste au moment où il entend les premiers échos de voix et les esprits qui occupent la planète Terre. Il ne comprend rien.

Reste avec Lenka et moi, Hanuš. Seulement des pensées bienveillantes maintenant.

Lenka, et je me souviendrai toujours de ce moment, glisse sur le sol, le dos contre le mur de pierre froide, les cheveux emmêlés dans sa bouche, et je la rejoins. Nous nous fichons de l'odeur, de la sueur couvrant nos visages et nos membres. Nous croyons que nous pouvons réparer notre mariage. Nous savons que le monde fonctionne sur un coup de dé, un système de coïncidences. Il existe deux mécanismes d'adaptation de base. L'un consiste à redouter le chaos, à le combattre et à se mentir après avoir perdu, à construire une vie faite de travail-mariage-salle de gym-réunions-enfants-dépression-adultère-divorce-alcoolisme-guérison-attaque cardiaque, dans laquelle chaque décision est une réaction contre la peur du pire (faire des enfants pour éviter d'être oublié, baiser quelqu'un à la réunion au cas où l'occasion ne se représente jamais, et le Saint-Graal des paradoxes : se marier pour lutter contre la solitude, puis plonger dans ce désir conjugal constant de quête de solitude). C'est une vie qui ne peut être gagnée, mais elle offre le confort de la bataille – le cœur humain est satisfait lorsqu'il est distrait par la guerre.

Le second mécanisme est une acceptation de l'absurde autour de nous, à tous les niveaux. Tout ce qui existe, de la conscience au fonctionnement digestif du corps humain, des ondes sonores aux ventilateurs sans pales, est magnifiquement improbable. Il semble donc beaucoup plus probable que les choses n'existent pas du tout et pourtant le monde va en classe tous les matins pendant que le cosmos fait l'appel. Pourquoi lutter contre l'invraisemblance ? Voici comment survivre dans ce monde, se réveiller le matin et recevoir un diagnostic de cancer, découvrir qu'un homme a assassiné quarante enfants, découvrir que le lait a tourné au vinaigre, et s'écrier : « C'est incroyable ! Et pourtant, nous y voilà », et en rire, et nager dans le chaos, nager sans crainte, nager sans espoir mais toujours en appréciant les hasards, la beauté des torsions et des secousses absurdes qui pompent le sang à travers nos fines veines.

Je veux partager ces pensées avec Lenka mais j'ai peur du bruit des mots. *Je suis heureux que tu puisses la voir, Hanuš, parce que j'étais incapable de la décrire.* Elle me regarde comme si j'étais la première chose qu'elle voyait au monde. Est-il possible que j'interprète mal son adoration, ou que j'idéalise un ordinaire regard postcoïtal de satisfaction charnelle ? Je ne le pense pas. Je pense qu'à ce moment la capacité physique de Lenka pour l'amour a atteint son paroxysme. La dopamine envahit son cortex frontal, brise les parois de ses membranes. La noradrénaline inonde l'espace de son cervelet, l'incendie et se nourrit de ses cendres. Son cerveau est irrigué de sang, il est devenu une éponge d'amour, un organe de dévotion biologique complète – ce cerveau qui lui appartient, la plus belle chose que j'aie jamais découverte. Je suis dans le même état qu'elle. Ce moment ne sera jamais déprécié, comme d'autres moments après que l'amour se sera fané. Toujours parfait. Nous serons toujours des imbéciles.

Nous sommes plus que notre capacité à concevoir un fœtus viable. Nous sommes des amoureux. Nous sommes la plus grande contradiction de l'Univers. Nous allons contre tout cela. Nous vivons pour le plaisir de vivre, et non pas pour la sauvegarde de l'évolution. Aujourd'hui, du moins, nous aimerions le penser.

Et c'est là, Hanuš, que je veux te laisser. Garde ce moment. Je sens que tu t'éloignes. Es-tu toujours là ? Sens-le, Hanuš. Sens cette après-midi de mai, avec les rayons furtifs du soleil et l'odeur de sexe ciselant l'air. Hanuš ?

C'est incroyable ! dit Hanuš. *Et pourtant, nous y voilà.*

Puis il disparut.

UN TRÈS COURT INTERLUDE

Maître Jan Hus ne mourut pas dans les flammes. Il passa en réalité ses derniers jours dans le lit douillet d'une veuve, ses pensées en paix avec Dieu et l'amour.

Hanuš avait déterré ces vérités dans une archive longtemps abandonnée, scellée par les gardiens de l'Histoire. Trente-deux jours après son emprisonnement et la torture, Hus reçut une visite du roi Sigismond qui, sous le poids de la culpabilité, lui offrit son pardon à une condition. Hus devait voyager en secret jusqu'aux confins des terres chrétiennes, où personne ne pourrait le reconnaître, et passer le reste de sa vie en exil. Au début, Hus refusa. Il prédit que sa mort publique provoquerait le soulèvement désiré dans les terres de Bohême. Ce devait être son rôle dans le plan de Dieu pour la rébellion de l'Europe contre l'Église catholique.

Puis entra la veuve. Elle passa ses doigts le long des contusions et des coupures sur les côtes d'Hus, ses joues, ses mains – œuvre de ses bourreaux. Elle dit qu'elle voyait l'amour de Dieu en lui. Elle dit qu'un des fils de Dieu était déjà mort et avait causé au monde une grande douleur. Bientôt, Hus et la veuve se dirigèrent vers un paisible village moldave. Ils cuisaient le pain, se baignaient ensemble, se mirent à partager leurs nuits comme mari et femme. Hus ne se sentait plus obligé de prêcher. La torture l'avait brisé – après la souffrance, il était prêt à mourir ou à embrasser une autre vie. Une vie simple qui ne le forcerait pas à devenir un symbole.

Bien sûr, la nécessité des symboles ne disparut pas avec Hus. Le roi espérait que les crimes du Maître seraient tout simplement pardonnés, mais les chefs d'Église n'allaient pas lâcher l'hérétique honni, et demandèrent son retour. Ils humaient le sang et le spectacle. Le roi envoya trois douzaines de ses meilleurs hommes chercher un villageois qui ressemblerait à Hus. Ils en trouvèrent quelques-uns, et parmi ceux-là, un homme mourant de tuberculose consentit à assumer le rôle d'Hus. En retour, la femme et l'enfant qu'il laissait derrière bénéficieraient de la généreuse monnaie du roi. L'homme laissa pousser sa barbe et prit quelques coups pour ressembler encore davantage à son double avant de s'avancer sur le bûcher et d'y brûler. La populace, ivre de rage, ne put faire la différence. Pas plus que les chefs religieux célébrant la mort de leur dissident.

Après la mort d'Hus, le peuple de Bohême se rebella et une guerre civile éclata entre les hussites, vengeurs de leur bien-aimé philosophe, et les monarques, représentants de l'Église redoutée. Hus annonça calmement à sa veuve la nouvelle du conflit imminent, en buvant un thé au lait, comme si les guerres se passaient dans un monde inconnu. La veuve lui demanda s'il allait se battre contre ses compatriotes. Hus déclina.

Sa mort, qu'elle fût la sienne ou celle d'un autre, avait déclenché la révolution dont la Bohême avait besoin pour se libérer. Aucune bataille qu'il aurait pu mener de son vivant n'aurait eu l'impact de sa mort sur le bûcher. Il avait joué son rôle dans l'Histoire.

Maintenant, Hus pouvait vivre vraiment.

DEUXIÈME PARTIE

Chute

Un astronaute meurt pour son pays

Hanuš glissa hors de mes mains. Ses pattes se détachaient l'une après l'autre et tombaient dans l'Univers comme si elles avaient leur propre mission à mener. Il n'était plus rien qu'un petit sac de peau qui tressautait sous les vibrations des Gorompeds avides, ses yeux morts, ses lèvres sombres. Ce n'est qu'après qu'il eut flotté au loin que je me rendis compte que les Gorompeds, échappés de ses pores, grouillaient autour de mon bras, de mon épaule, de mon casque – et soudain, ils étaient sur ma peau, mordant la chair de mes aisselles et de mes aines. Hanuš était parti.

Je hurlai de douleur lorsque les portes du vaisseau russe s'ouvrirent et qu'un astronaute en sortit, vêtu d'une combinaison si élégamment taillée et ajustée qu'elle avait dû être faite sur mesure. Il m'attrapa et me tira alors que la Griffe retournait dans son repaire. La féroce morsure autour de mes parties intimes cessa, mais je sentis la brûlure des blessures infligées. Alors que la sensation rampante autour de mon corps s'évanouissait, je regardai le doigt de mon gant, par lequel quelques Gorompeds s'échappaient et disparaissaient alors que j'essayais de les saisir. Je laissai l'astronaute me porter, me pousser où il le voulait. La goulotte se referma et les ventilateurs de décontamination vibrèrent. J'étais malade de fièvre, nauséeux, mes poumons brûlaient ainsi exposés à l'oxygène frais. L'astronaute à la mode me fit sortir de la pièce, entre des murs de corridors gris, laqués, n'exhibant aucun câble, aucun panneau de contrôle ni tripes du vaisseau, comme si celui-ci était propulsé par la foi seule. Un autre astronaute s'approcha, combinaison moulée sur des hanches larges et des jambes courtes. Ensemble, ils me guidèrent vers une petite pièce sombre avec un seul sac de couchage, et défirent mon casque. J'avalai goulûment de l'air, la sueur s'infiltrait dans ma bouche.

« Ty menya slyshis ? » demanda une voix féminine.

J'essayai de parler mais ne pus produire de son. Je hochai la tête.

« Ty govorish po russki ? »

Je secouai la tête.

« Parlez-vous anglais ? »

Je hochai la tête.

Les lumières se tamisèrent davantage, l'obscurité devint plus épaisse, jusqu'à ce que je ne voie plus rien du tout. J'essayai de crier. J'agitai mes bras, je sentis mon dos poussé fermement contre le mur, mes mains attachées, un ensemble de sangles tirées par-dessus mes épaules.

« Avez-vous soif ? » demanda la femme.

J'essayai de nouveau désespérément de répondre avec des paroles, mais aucune vibration ne résonna à travers ma gorge sèche. Je hochai furieusement la tête.

Une paille effleura mes lèvres, et j'aspirai, j'aspirai. Ma combinaison me fut enlevée, pelée de ma peau brûlante, et je bus sans m'arrêter, jusqu'à ce qu'il ne reste plus une goutte et que je m'évanouisse.

Un coup sur l'épaule. Sa voix était robotique, lointaine, signifiant qu'elle me parlait à travers un micro. Je n'étais pas assez éveillé pour comprendre ses paroles. Elle appuyait quelque chose de froid sur ma joue. Il y eut une pression soudaine dans ma bouche, mes joues se remplirent de la saveur de pâtes, de bœuf en conserve et de sauce tomate sur mes dents et ma langue. Je mâchai, j'avalai, les tympans lourds.

« … de vrais… des aliments… des toasts… trois jours… savez-vous ? » Sa voix entrait et sortait.

J'essayai de parler, et je perdis connaissance à nouveau.

Quand j'ouvris les yeux, des formes floues flottaient dans la pièce. Je ne pouvais pas sentir ma langue. Quelque chose d'humide et de concret reposait dans ma Tenue à absorption maximale.

Deux silhouettes épaisses se matérialisèrent à la porte.

« Êtes-vous réveillé ? » dit-elle, toujours à travers le micro de sa combinaison.

Je hochai la tête.

Ils s'approchèrent. Je baissai les yeux et constatai que mon corps efflanqué n'était vêtu que d'un T-shirt bleu et d'une couche-culotte.

« Vous êtes malade. Nous ne savons pas ce que c'est. Et vous ? »

J'observai son compagnon à travers la visière de son casque, les épaules larges, la mâchoire ronde rasée de trop près et de gros sourcils fusionnés en un seul par un froncement insistant. Je secouai la tête.

« Nous ne savons pas si ça peut se propager à nous. C'est pourquoi nous vous gardons en quarantaine. Est-ce que ça va ? » demanda-t-elle.

Je levai les doigts et griffonnai des lettres en l'air avec un stylo imaginaire. Elle acquiesça et regarda l'homme. Il partit quelques minutes et revint avec un carnet et un crayon. La femme me détacha les mains.

Maison ? écrivis-je.

« Oui, maison. Nous sommes en train de mettre le cap sur la Terre maintenant. »

Ma navette ?

« Partie, dans le nuage. On y a tout juste échappé. La poussière, elle parvient à s'incruster à l'intérieur. »

Seulement vous deux ?

« Nous avons un troisième. Mais il quitte rarement sa chambre. Il y a eu… un incident. »

Elle baissa les yeux vers ma couche, sourit maladroitement et prit le carnet. Elle le plaça dans la poche avant de mon sac de couchage.

« Vous devez vous reposer », dit-elle, et elle flotta vers l'homme qui attendait près de la porte. Ils tirèrent des bâtons dans une boîte. L'homme tira le bâton le plus court. La femme partit.

Il ouvrit mon sac de couchage, maintenant les liens qui fixaient mon corps au mur. Il dégrafa les sangles en Velcro de ma couche et commença à la tirer vers le bas. Je posai mes mains sur ses épaules pour protester, mais il les repoussa. Je pris le carnet et écrivis furieusement : *Non, je peux le faire.*

Il secoua la tête et commença à retirer la couche avec une grimace de dégoût. Je frappai le sommet de son casque. Il saisit mon bras, le repoussa et le fixa au mur, fit de même avec l'autre. Le carnet et le stylo flottaient. Quand je regardai les sangles sur ma poitrine et mon estomac, je m'aperçus qu'elles étaient sécurisées par un cadenas miniature. Je n'étais pas trop surpris – bien sûr, ils devaient me mettre en quarantaine de force, au cas où je déciderais de faire un tour du vaisseau durant mes hallucinations fébriles. Quelles que soient les bactéries avec lesquelles je pourrais contaminer les couloirs, elles muteraient de façon imprévisible en gravité zéro, représentant un désastre potentiel pour l'équipage et l'intégrité structurelle du vaisseau. Pourtant, ce confinement provoqua en moi une terreur sans précédent. J'essayai de crier, me tortillai dans mes sangles, tournai mes hanches sur le côté, mais rien ne pouvait mettre fin à l'outrage. Les narines évasées, l'homme enveloppa la couche de plastique pour empêcher son contenu de circuler. Il noua le sac trois fois et déballa quatre lingettes, qu'il utilisa pour essuyer mes aines, mes cuisses et mon rectum. Je fermai les yeux, comptai, souhaitant pouvoir produire le son de ma rage et de ma honte, mais je ne pouvais rien faire. L'homme partit sans me regarder, comme un chien puni.

Je n'avais aucun moyen de savoir combien de temps les Russes m'avaient laissé à l'isolement. J'essayais de compter, mais à la cinquième minute, tous les nombres semblaient identiques, trente pareil à mille, et je ne savais plus combien de temps durait une seconde. Au cours de ces heures dans la chambre obscure qui me servait de cellule, je n'avais qu'une seule chose à laquelle me raccrocher : la réalité de mon retour sur Terre, la possibilité de vivre. Parce que si tout ce qui s'était déroulé s'était réellement déroulé – depuis le jour où j'avais regardé le feu de la révolution de Velours qui envoya mon père et le reste d'entre nous vers notre destin, notre punition, où j'avais vu la chaussure en fer, sa monstrueuse efficacité, où j'avais rencontré Lenka près d'un chariot à saucisses et qu'un sénateur m'avait proposé de m'envoler dans l'espace –, si tout était vrai (et je ne pouvais être sûr de rien dans cette pièce, ni de la vie ou de la mort, ni du rêve ou de la réalité), alors j'étais vraiment en route vers la maison, en route vers tous les autres futurs que je pourrais créer. La vision revint lentement dans mon œil droit, et la brûlure autour de mon front et de ma poitrine s'apaisa.

La maison. Je me concentrai intensément sur le concept pour empêcher mes pensées de vagabonder vers des questions auxquelles je ne voudrais peut-être pas répondre. Comme, par exemple, pourquoi un vaisseau russe était-il parvenu à Chopra sans que personne le sache. Où est-ce que les Gorompeds se reproduisaient, voués à me consumer de l'intérieur comme ils l'avaient fait avec Hanuš.

Hanuš. Son corps glissant au loin. La douleur autour de mes tempes que je ne sentirais plus jamais.

La femme astronaute vint à moi au milieu de ces pensées, apportant un nouveau tube de spaghettis. Elle m'autorisa à me nourrir seul. Je grognai sans honte, lapai la sauce tomate comme un chien affamé, ignorant la douleur atroce de ma dent pourrie. Je l'observai à travers la visière. Ses yeux enfoncés, bruns avec des nébuleuses dorées, indiquaient un manque de sommeil, et une cicatrice épaisse serpentait sur sa joue ronde.

Quand je finis le repas, elle prit le tube vide et me tendit une e-tablette.

« Votre nécrologie », dit-elle en souriant.

Je regardai la date et l'heure de l'article, qui avait été écrit par Tůma et publié quelques heures après que la Centrale eut perdu le contact avec *JanHus1* :

À la recherche de l'éclat, de la souveraineté et d'un avenir meilleur pour ses enfants, chaque pays doit parfois faire face à une heure sombre. Un de ces moments descend sur nos cœurs aujourd'hui, alors que nous pleurons la perte d'un homme qui a accepté la mission la plus importante que notre pays ait jamais entreprise. Bien que des livres puissent être – et seront – écrits sur le service et le rôle de cet homme dans le progrès de notre humanité et de notre technologie, Jakub Procházka le Héros nous est déjà connu. Ce que je voudrais écrire maintenant est à propos de Jakub Procházka l'Homme.

Le père de Jakub a choisi de s'aligner sur un courant spécifique de l'Histoire, qu'il considérait comme juste, mais qui s'est révélé monstrueux. La volonté et la détermination de Jakub à surmonter ce…

Ma main trembla. Je sentais mes canaux lacrymaux – desséchés, brûlants, vides.

… dans ses derniers moments, avant de perdre le contact, Jakub m'a parlé d'une époque où il s'était presque noyé, et du symbolisme d'un soleil brûlant…

… en tant qu'ami proche de Jakub, je ressens une profonde tristesse dans chaque cellule de mon être, et je considère comme une petite mais significative consolation qu'il se soit éteint sans douleur, accomplissant le rêve de toute une vie…

Sans douleur. Un pur mensonge.

La cérémonie aura lieu au château de Prague, et la nation est invitée à se joindre à la procession qui se rendra à un office dans la cathédrale Saint-Guy, et se conclura à l'extérieur des murs du château, où les vendeurs fourniront gratuitement plats et boissons pour célébrer l'existence de Jakub. Arrivez tôt, car l'événement devrait devenir l'un des plus grands rassemblements de masse…

… et pour aller à l'encontre de mes propos précédents, je voudrais encore une fois revenir à Jakub

Procházka le Héros et me rappeler les mots célèbres d'un poète qui a saisi le sens de la mission Chopra : « En JanHus1 *reposent nos espoirs de nouvelles souveraineté et prospérité, car nous sommes maintenant parmi les explorateurs de l'Univers, les gardiens de la frontière. Nous nous détournons de notre passé...* »

Je lui rendis la tablette.

« Voulez-vous voir des photos de l'enterrement ? » demanda-t-elle.

Non. Peut-être plus tard. Combien de temps cela a-t-il duré ?

« Une semaine. Ils construisent une statue. Il y a beaucoup de bougies encore sur cette place, et des photos de vous. Des tableaux. »

Comment vous appelez-vous ?

« Klara. Votre fièvre baisse. Nous craignons une super-bactérie. C'est pourquoi nous imposons la quarantaine. Mais vous semblez mieux. »

Oui. Mieux. Pourquoi êtes-vous ici ?

Elle étudia quelque chose sur mon front. Le silence sembla long, douloureux même.

« Nous faisons partie du programme fantôme. Vous connaissez ? »

Je croyais que c'était un mythe.

« Un mythe, oui. Personne ne sait exactement combien sont morts, propulsés dans l'espace secrètement. La technologie rend cela moins dangereux aujourd'hui, c'est déjà ça. Nous sommes une mission fantôme. Il y en a eu une avant nous, peu après l'apparition du nuage, avant même que les Allemands n'aient envoyé le singe. C'était la mission d'un seul homme, comme la vôtre, et l'homme – Sergei, je le connaissais bien, quelqu'un de bien –, il n'est jamais revenu. Et alors nous arrivons, plus grand vaisseau, plus d'équipage, nous avons été lancés quelques semaines avant vous, mais ça a dévié de son cours quand Vasily… Eh bien, il y a eu l'incident. Et ainsi nous arrivons en retard, après vous, et vous étiez là, un homme flottant. Je vous le dis parce que vous devez savoir, Jakub, mon gouvernement n'avouera jamais les programmes fantômes, surtout maintenant que nous possédons de la poussière de Chopra, nous avons cet avantage, ce que le monde entier désire. Et si nous n'existons pas, votre sauvetage n'existe pas. Vous n'existez pas. Comprenez-vous ? »

Vous en avez récolté ? Chopra ?

« Oui, nous avons la poussière. Mais n'y pensez plus. Vous ne la verrez jamais. »

Je détournai les yeux. Elle s'excusa dans un murmure et je lui fis un petit signe. Elle était un soldat elle aussi. Rentrer à la maison semblait compromis. Quel pourrait être l'avenir d'un rescapé fantôme ? La vie sous surveillance dans un village biélorusse ? Une prison russe ? Allaient-ils me détenir jusqu'à ce que mon sauvetage puisse être utilisé d'une manière ou d'une autre comme un avantage politique, ou jusqu'à ce qu'un lanceur d'alerte soit assez agile pour pulvériser un siècle de mensonges d'État et révéler que le programme fantôme de l'URSS était bel et bien réel, une théorie du complot assurée de briller dans les cocktails ?

Vous avez dit l'incident ? Avec votre troisième ?

« Oui, Vasily. Il n'est plus le même. »

Qu'est-il arrivé ?

Elle observa la sangle de son gant, calme, fronçant les sourcils.

Vous n'êtes pas obligée de le dire.

« Je vais vous le dire parce que c'est agréable de parler. Les deux avec moi, ils ne parleront pas. Savez-vous ce que cela fait quand vous parlez et que personne n'écoute ? Vous savez, Jakub. Il vous a envoyé tout seul, votre peuple. C'était trois mois après le début de notre mission. Vasily s'est penché au-dessus de ma couchette, pâle, respirant lourdement. Yuraj et moi, on lui a demandé pendant deux heures, qu'est-ce qui ne va pas ? Et il n'a rien dit, seulement bu du lait et regardé au loin. Et puis, enfin, il a mis ses mains comme ceci... » Elle croisa les bras sur sa poitrine. « ... et a dit, j'entends monstre, qui parle dans l'obscurité, comme un grognement de chien, et qui gratte sur les murs. Et ce monstre, a-t-il dit, il parlait de l'intérieur de sa tête, l'interrogeait à propos de la Terre, l'interrogeait sur la Russie. Et il s'est juste assis, ses mains comme cela, disant comme ça, allez, *druz'ya*, vous pouvez dire que je me trompe, je ne suis pas d'accord, je sais ce que j'ai entendu. On ne lui a jamais rien dit, jamais dit : Vasily, l'espace te rend probablement un peu fou. Il continuait à disposer ses mains comme ça, comme si nous voulions lui enlever la vérité. Nous avons rapporté ses propos au Tsentr, mais ils ne nous ont jamais dit ce qu'ils ont fait, ou si quelqu'un lui avait parlé. Et donc, depuis ce jour, il fait ses propres recherches, et il mange ses repas seul, et nous sommes inquiets, mais que pouvons-nous faire ? Nous sommes fatigués aussi. Nous ne pouvons pas nous occuper de la tête de quelqu'un. »

Je tapotai le crayon sur mon avant-bras.

Un monstre.

« Oui. Le grondement d'un chien ou d'un loup. »

Pourrais-je parler à Vasily ?

« Peut-être, si vous allez mieux et qu'il accepte de venir ici. Nous ne pouvons pas vous laisser sortir de la chambre. »

Encore combien de temps ?

« Nous devons arriver sur Terre dans trois mois. »

Avez-vous peur ?

« De ? »

Rentrer à la maison.

Elle m'ôta le carnet des mains et le glissa dans la poche avant de mon sac de couchage, puis ferma la glissière jusqu'à mon cou et posa l'index de son gant sur ma joue. « Vous devriez dormir, a-t-elle dit. La fièvre est en train de baisser – peut-être que nous pouvons vous détacher bientôt, si vous promettez de ne pas traîner dans le vaisseau. »

Elle flotta vers la porte, marqua un arrêt à l'entrée sans se retourner.

« Le silence nous rend fous, dit-elle. Mais nous avons peur que le silence nous manque. *Bozhe*, c'est hostile ici, mais c'est facile. Routines et ordinateurs et nourriture en plastique. Oui, je me demande, pourrais-je partager la vie avec les gens à nouveau ?

Quand je pense à l'idée de remettre de l'essence dans ma voiture, j'ai envie de vomir. »

Elle disparut.

Je relevai le cocon du sac de couchage sur ma tête pour ne plus entendre les craquements subtils du vaisseau. Même les structures les plus sophistiquées ne peuvent éviter les soupirs de la vie. Les matériaux copulent, se heurtent, aspirent l'air. Je me sentais fort, du sang pulsant dans mes extrémités, et je m'endormis donc. Une fois, je me surpris à tendre mes doigts vers les yeux du lapin pour les jeter aux poules chamailleuses. La pluie s'échappait par les trous de la gouttière et réveillait les chats qui dormaient sur le banc. Les modestes sandales du double de Jan Hus frappaient les pavés alors qu'il était conduit à son procès, et il grognait calmement en étant hissé sur le bûcher où il allait périr.

Je n'ai jamais su quel était mon premier souvenir. C'est peut-être celui de mon père qui me tient nu contre sa poitrine découverte, mes mains maladroites qui s'accrochent aux poils frisés de son torse. Mais il se peut aussi que ce ne soit pas du tout un vrai souvenir, simplement mon désir désespéré de me rappeler ce moment à cause de la vieille photo en noir et blanc que ma mère gardait sur sa table de chevet. La mâchoire de mon père y est encore charnue de graisse juvénile, pas encore ciselée par l'âge et les désirs inassouvis. Je ne connais rien d'autre que les mains chaudes de cet homme, presque aussi grandes que mon corps, son odeur qui deviendrait un jour la mienne, la chaleur, la lumière. Me remémorer ce moment est-il plus important que la preuve empirique de sa réalité ? J'espère que le souvenir est réel. J'espère que la sensation, le fantôme de mon père me tenant si serré n'est pas fabriqué mais réside au cœur de l'instinct animal avide de protection. L'instinct de l'animal nommé Jakub.

J'ignorais combien de temps j'avais dormi depuis la dernière pause-repas quand Klara et Yuraj vinrent me détacher. Klara me dit que trois semaines s'étaient écoulées et que la quarantaine était levée. Je flottai dans la pièce, étirant mes muscles, mes articulations, souriant au plaisir du mouvement. Ma voix m'était revenue, d'abord dans un murmure rauque, puis un son guttural que je ne reconnus pas. Ma gorge me faisait souffrir dès que je prononçais plus d'une courte phrase. J'observai Klara, qui n'était plus méfiante à mon contact, seulement gentille. Même Yuraj m'avait lancé un rapide sourire, tout en conservant un air d'indifférence masculine. Ils avaient énoncé les règles : j'avais promis de ne quitter la pièce sans être accompagné sous aucun prétexte, et en échange ils dévoileraient la petite fenêtre. Quand je posai des questions sur mon avenir, sur les instructions venant de Russie, ils devinrent silencieux et agacés, je cessai donc de les interroger. J'étais trop heureux d'avoir des compagnons humains, d'entendre le langage circuler par ses canaux habituels, de sentir la sueur d'un d'autre. Nous nous dirigions vers la Terre. Hanuš me manquait plus que je ne pourrais le dire, mais je ne pouvais absolument pas parler de lui.

Klara semblait apprécier discuter avec moi, surtout maintenant que j'étais en bonne santé et que je ne présentais plus une menace bactérienne. Elle venait dans ma chambre sans sa combinaison spatiale, parfois avec ses cheveux tressés, révélant un cou mince que je ne pouvais quitter des yeux, d'autres fois avec ses mèches indomptables et frisées, une crinière de lion. Finalement, je ne pus m'empêcher d'embrasser, en pensée, sa nuque gracile, de nous serrer tous les deux dans mon sac de couchage et de sentir le contact de la peau humaine contre la mienne. Ces pensées ne survenaient bizarrement jamais en dehors de nos conversations. Les intuitions et les souvenirs de Klara ranimaient des pulsions qui semblaient mortes en moi, des pulsions que j'avais promis de réserver pour toujours à Lenka. Je ne fis aucune allusion à mon désir devant Klara. Je voulais qu'elle continue de venir. Le simple réconfort de sa compagnie, alors que le jour redouté de notre retour sur Terre approchait, valait plus que n'importe quelle satisfaction physique.

« J'ai lu quelque chose sur vous, dit-elle une fois au cours de notre déjeuner, à propos de votre père. Pas grand-chose à faire dans le vaisseau, donc je me suis dit que j'allais en savoir plus sur notre invité.

— D'accord.

— Vous l'avez aimé ?

— Bien sûr, dis-je. C'est la malédiction de la famille.

— J'espérais que vous diriez ça. Vous avez entendu parler de Dasha Sergijovna ?

— Non.

— C'était ma mère. Elle aussi était fantôme. Est-ce surprenant ? »

Elle venait de finir son entraînement et portait une brassière de sport et un pantalon de survêtement large, la transpiration tachant les bords lisses de sa clavicule, son nombril, la ligne supérieure de ses lèvres. Elle semblait aussi à l'aise qu'un être humain pouvait l'être, et je l'enviai.

« Ça l'est.

— Quand j'étais petite, les militaires m'ont dit qu'elle était partie faire l'espionne à l'ambassade britannique et avait été tuée par un diplomate impérial. Trois balles dans le dos, ils ont dit, *bam*, tuée par l'Occident. Mais quand je suis entrée dans l'armée de l'air, ils m'ont finalement révélé une part de la vérité. Un lourd dossier brun. Elle était la deuxième femme à voyager dans l'espace, avec un autre cosmonaute. Le programme spatial pensait qu'ils pouvaient atteindre la Lune et revenir, mais c'était bien avant que de telles choses soient possibles, seulement un an après Gagarine. Le Parti voulait tout faire avant les Américains. Ma mère est donc partie avec cet homme, et on m'a dit que le SSP avait perdu le contact deux heures après le début de la mission. Ils ont probablement atteint la Lune et s'y sont écrasés, ou ils ont suffoqué à cause d'une fuite d'oxygène. Mais cette mort a été rapide et héroïque, m'ont-ils dit.

— Quel réconfort », dis-je.

La chambre était étouffante. Klara m'avait expliqué que la poussière de Chopra avait provoqué un dysfonctionnement irrémédiable. La nuit, je me réveillais, pensant avoir une forte fièvre, et que j'allais enfin mourir. Mais Klara arrivait le matin avec le petit déjeuner, et j'étais heureux d'avoir un autre jour à vivre.

« Eh bien, dit-elle, cet homme du ministère de l'Intérieur est tombé amoureux de moi, et je suppose que je voulais savoir la vérité. Et un soir, après être allés au *kino*, il était ivre et il m'a dit qu'il pourrait obtenir ce dossier secret pour moi – un dossier contenant des vérités. Je lui ai fait l'amour cette nuit-là, excitée par cette possibilité. Je pensais que l'héroïsme de ma mère allait enfin éclater. Et il m'a apporté le dossier, et je l'ai lu à la lumière des bougies la nuit pendant les coupures d'électricité. »

Elle ne me regardait plus, à présent. Elle tendit le bout des doigts, comme si le dossier était là, et qu'elle en touchait les contours.

« Et la vérité était différente, dis-je.

— Oui. C'était une mission suicide dès le début. Le SSP voulait voir si un nouveau véhicule pouvait parcourir la distance jusqu'à Mars, intact, tout en maintenant la vie. Ma mère le savait, l'homme le savait, et ils se sont portés volontaires, et ils ont dit au revoir à leurs enfants et ils sont partis pour toujours. Deux heures après le début de la mission, tout allait bien, et tout à coup, son partenaire a commencé à parler de manière folle. Il a dit qu'il pouvait entendre

Dieu dans les vagues de l'Univers, et qu'il savait que le monde allait bientôt s'arrêter. Et que ce Dieu des vagues les envoyait, lui et ma mère, sur Mars pour devenir les nouveaux Adam et Ève, pour recommencer l'humanité sur une autre planète. Il était certain que c'était leur destin. Ma mère essayait de lui parler, les ingénieurs lui parlaient, même Khrouchtchev s'est déplacé pour lui dire quelques mots. Mais l'homme ne s'arrêtait pas de délirer, et il regardait ma mère comme une bête, et elle a donc pris un ouvre-boîtes et le lui a planté quelque part, peut-être dans la gorge, elle ne l'a pas dit au Tsentr, au SSP, mais ils ont entendu l'homme qui s'étouffait dans son sang, et ils ont deviné. Après cela, ma mère a parlé des choses qu'elle pouvait voir. Elle a demandé pourquoi tant de choses dans l'Univers étaient sphériques. Les planètes et les nuées, les atomes et les astéroïdes. Tant de douceur aux choses. Puis elle est morte étouffée. Ils l'ont enregistrée sur des manuscrits. Elle étouffait si loin de Mars, encore si près de la Terre. Savez-vous comment ils ont écrit cela ? Pour cet homme qu'elle a tué, il a étouffé comme ceci : *kchakchakchachchchchch*, et ainsi de suite. Des éclats soudains, comme des battements de cœur, vous voyez. Mais ma mère, sa mort était plus lente : *eghougheghougheghough*. Ils ont vraiment prêté attention à combien de fois elle a fait ce bruit. Bien sûr, son vaisseau s'est écrasé, ou peut-être est-il encore dans l'Univers quelque part, qui sait. Et c'était la mission fantôme numéro deux.

— Mais vous voilà. Une astronaute.

— Je n'ai pas eu à tuer un homme. Pas encore.

— Vous pensez souvent à elle.

— Je pense à ce qui l'a fait partir, et ce qui m'a fait partir. J'ai décidé que cette marque de folie doit couler dans le sang. Vous vous demandez ? Je parie que ce qui vous a amené dans le ciel est le même devoir que celui de votre père : cette décision finale… non, absolue, de servir la nation. Je trouve ça réconfortant. L'idée d'être… Je ne sais pas, comme s'il n'y avait pas de choix, de devoir être une personne en particulier, l'instinct au sein de l'ADN. Cela semble honnête. »

J'imaginais la mère de Klara, son sosie parfait, et son émerveillement devant le sang de son équipier flottant comme des bulles de savon. Le premier meurtre du cosmos. Peut-être avait-elle tué l'homme puis anticipé une rédemption sur Mars. Une créature extraterrestre la rassurant : « Tu as fait ce qu'il fallait faire. »

Être en vie, n'était-ce pas être un fantôme, étant donné le caractère involontaire de l'origine de l'homme dans l'utérus ? Personne ne peut garantir une vie heureuse, une vie sûre, une vie sans offenses, physiques ou spirituelles. Pourtant, nous émergeons des canaux de naissance à une vitesse faramineuse, désireux de vivre, de flotter vers Mars à la merci d'une technologie spartiate ou de vivre des vies plus simples sur Terre, à la merci du hasard. Nous vivons indépendamment de ceux qui nous observent, nous enregistrent, prêtent attention à notre destination.

« Il fait chaud, dis-je à Klara.

— Oui. »

En silence, nous mangeâmes.

Durant le dernier mois de notre voyage, l'équipage de *NashaSlava1* me gâta avec des festins. Il s'avéra que les spaghettis que j'avais initialement mangés durant ma maladie étaient la nourriture la plus mauvaise à bord, quelque chose qu'ils étaient disposés à gaspiller pour un homme potentiellement mourant. Maintenant qu'il était clair que je vivrais, ils apportèrent des repas différents tous les jours. Le poulet du général Tso, du bortsch, du bœuf strogonoff à la crème amère, du tiramisu et du bacon – ce glorieux souvenir de Lenka. Tout était réchauffé au micro-ondes, mais pour un homme réduit à près des deux tiers de son poids initial, c'était un détail.

Klara m'expliqua que ces repas étaient conçus comme des gâteries hebdomadaires pour l'équipage, de petites diversions à leur alimentation par ailleurs impeccablement saine. Puisque les réserves alimentaires étaient trop abondantes pour trois personnes et que Vasily refusait de manger ces plats de fête, Klara et Yuraj avaient décidé de célébrer la gourmandise pour le temps restant de la mission, et s'étaient appliqués à vider les réserves alors que nous approchions de la Terre. J'étais heureux d'aider, si heureux que la douleur constante de la dent infectée paralysant la moitié de mon visage ne dérangeait pas mon nouvel appétit – pour la nourriture, pour le thé japonais, pour les bouteilles de bourbon américain, de vodka russe, de bière. Je passais la semaine à manger, à respirer et à regarder par la fenêtre d'observation, faisant une liste de tout ce que je voulais de la vie. De tout ce que je pensais mériter.

Je voulais voir le ventre velu de mon ami une dernière fois, un cadavre sans pattes.

Je voulais voir Dieu toucher l'Univers, passer sa main à travers le rideau noir et faire résonner les cordes auxquelles sont suspendues les planètes. Une preuve.

Je voulais voir deux amants cosmiques géants, deux personnages plus grands que la vie, qui se donneraient la main, pique-niqueraient à la surface de Mars, amoureux des cratères et des paysages arides. Si parfaitement faits l'un pour l'autre, ils seraient exactement semblables, leurs sexes brouillés, indistincts.

Je voulais voir la Terre se fissurer à sa base, se diviser en fragments et confirmer ma théorie – qu'elle est tout simplement trop fragile pour durer. Une preuve.

Je voulais voir les cadavres de tous les astronautes fantômes. Pour les ramener sur Terre et les conserver embaumés dans des vitrines dans le mausolée de Lénine.

Je voulais que des Valkyries s'élancent à travers les dimensions et caressent les âmes mortes des orphelins africains. Je voulais que toutes les bêtes mythiques créées par l'esprit humain se grimpent dessus et baisent et donnent naissance à un hybride si pervers qu'il nous unirait tous. Je voulais que les besoins fondamentaux de l'existence humaine – la satiété, la santé, l'amour – prennent la forme de petits fruits que nous pourrions planter et récolter. Mais qui seraient les propriétaires des plantations, et qui seraient les cueilleurs ? Je voulais que la poussière cosmique se rassemble autour de nids d'argile avec une agressivité de frelon, se reproduise, évolue, fusionne et forme sa propre planète occupée par ses propres créatures à l'apparence humaine conduisant leurs propres véhicules à l'apparence de voitures. Peut-être que si un tel monde d'ombres grises existait – un reflet, une mimique de toute l'expérience humaine – nous pourrions enfin regarder et apprendre. Une preuve.

Je voulais que quelqu'un me dise qu'il sait ce qu'il fait. Je voulais que quelqu'un revendique l'autorité. Je voulais sauter dans la Vltava et goûter à son poison, savoir que quelque part dans sa boue ruisselante il y avait de l'eau réelle. Je voulais vivre des deux côtés. Je voulais toucher chaque pavé sur les routes de France. Je voulais boire du thé anglais sans lait. Je voulais entrer dans le restaurant américain le plus pourri dans la ville la plus minable et commander un hamburger et un milk-shake. La façon dont le mot roule sur la langue – *buRrRgeRrR*. Je voulais me perdre parmi les costumes-cravates de la ville de New York et renifler des résidus de cocaïne sur les sièges des toilettes. Je voulais m'asseoir sur un squelette de baleine. Je voulais une preuve du chaos. Je le désirais tellement que je ne le voulais pas du tout. Je voulais ce que tous les humains veulent. Que quelqu'un me dise quoi choisir.

Oui, Lenka avait raison. Je reviendrais en homme changé, elle reviendrait en femme changée. Certaines parties éteintes, nos boîtiers identiques. Qui a dit que ces deux êtres tout neufs ne pouvaient pas s'aimer ?

Deux semaines avant l'atterrissage, je me décidai. Il était temps de découvrir Vasily. Je l'avais évité car penser à Hanuš était douloureux, mais j'avais besoin de l'entendre parler de ses visions alors que nous étions encore pris au piège des mêmes quartiers. Vasily avait abandonné sa chambre à coucher, m'avaient-ils dit, et s'était installé dans l'un des trois laboratoires du vaisseau. Klara ne lui rendait plus visite ; Yuraj y allait tous les deux jours, officiellement pour livrer des en-cas et des mises à jour de mission, et officieusement (disait-il dans un murmure souriant) pour s'assurer que le « maboul » était toujours vivant. Depuis quelques jours, je surveillais les mouvements de Klara et de Yuraj, à la recherche du petit chevauchement dans leur routine de sommeil.

Enfin, je l'avais trouvé. Pendant leur sieste, je me glissai hors de ma cabine et passai devant leurs chambres, puis le long du couloir du laboratoire où les Russes (imaginai-je) étudiaient les effets cosmiques sur les bactéries et comment ces mutations pourraient être utilisées dans une guerre bactériologique. (Qu'il s'agisse d'une paranoïa de guerre froide exagérée, d'une méfiance compréhensible de l'occupant ou d'une simple acceptation du monde réel, je ne pouvais en être certain. Après tout, qu'aurait fait mon pays avec les échantillons de Chopra ? Gagner la première place dans la course des nations, ou du moins les vendre au plus offrant, à l'allié le plus commode, avant que les espions du monde entier n'envahissent les rues de Prague pour le découvrir ?) Flottant confortablement dans le pantalon de survêtement de Yuraj, qui glissait régulièrement sur mes hanches, mais pour lequel j'étais reconnaissant, j'arrivai à la dernière porte du laboratoire. En trouvant la fenêtre d'observation couverte et le panneau d'accès au laboratoire brisé, je frappai.

« *Ostavit' yego tam !* hurla l'homme à l'intérieur.

— Quoi ? dis-je.

— Vous n'êtes pas Yuraj, dit-il en anglais.

— Non. Mais vous êtes Vasily ?

— Vous êtes lui ? L'homme mort ? »

Quelques minutes angoissantes s'écoulèrent. Je regardai vers le couloir d'entrée. Silencieux, mais je pouvais bientôt être découvert.

Enfin la porte s'ouvrit. Derrière elle se tenait un homme gras, boudiné dans un slip et un débardeur blanc. Ses cheveux étaient réduits à un toupet trempé de sueur au centre de son crâne. Il tenait dans sa main gauche une télécommande pour la porte. Des fils nus s'échappaient du panneau de commande à côté de lui. Son bras droit était enveloppé de gaze de la pointe des doigts jusqu'à son épaule. Ses dents étaient grises.

Il hocha la tête, comme s'il savait que je ne pourrais lui parler avant de digérer l'état de porcherie à laquelle il avait réduit cette installation de haute technologie. Des sous-vêtements sales, des lentilles de microscope, des paquets de rations vides, des bouchons de stylos, des morceaux de papier froissés et des chips flottaient autour de la pièce dans un ballet étrange, comme une performance d'art condamnant le matérialisme. Une substance jaune non identifiable tachait la chaise, et l'ordinateur du laboratoire avait été coupé en deux avec un tuyau en acier. Au début, je crus que les murs étaient recouverts de fils torsadés, mais une inspection plus approfondie révéla d'innombrables morceaux de papier avec des dessins. Chacun d'entre eux offrait le même canevas. Un désordre d'ombres sombres reliées entre elles en forme de demi-cercle. De ces nuages noirs surgissaient des mots rouges insidieusement écrits en cyrillique.

L'homme, Vasily, décroisa les bras.

« Vous ne comprenez pas, dit-il calmement.

— Si. Tu l'as entendu. »

Il écarquilla les yeux. Il saisit le col de ma chemise, son souffle aigre sur mon menton.

« Vous êtes donc le prophète. Vous. Ça aurait pu être moi, mais savez-vous ce que j'ai fait quand le dieu m'a rendu visite ? J'ai cru que c'était un démon. J'ai fermé les yeux et j'ai prié. Je ne suis pas allé à l'église depuis que ma grand-mère est morte, mais j'étais là, les yeux fermés pendant des heures, et j'ai supplié que le dieu disparaisse. Finalement, il a écouté. »

L'anglais de Vasily était presque impeccable, à part un léger accent. Sa lèvre inférieure tremblait. Il arrachait des petits morceaux de gaze sur son bras, les roulait en boule avant de les mettre sur sa langue.

« Tu as vu, dis-je.

— Je n'ai pas vu. Seulement entendu. J'ai entendu une voix provenant des coins.

— Et la voix t'a parlé de moi.

— Il m'a dit de vous attendre. Le prophète. » Vasily attrapa une chips et me l'offrit. Je secouai la tête. Avec une déception visible, il la remit sur orbite, puis se sangla dans le fauteuil taché. Je remarquai que les lentilles de microscope étaient brisées, et me résignai à avaler d'éventuelles particules de verre en suspension.

« On doit se tenir plus bas que le prophète quand on s'adresse au prophète, dit Vasily. Le dieu est revenu à moi une fois de plus, oui, quelques heures avant que nous vous trouvions. Il a dit que je ne l'entendrais plus, non, mais il enverrait un fils en son nom, et c'est vous ! Et il a dit que nous devions sauver le fils. J'ai dit à Klara qu'il fallait attendre encore quelques minutes avant de repartir. Nous vous avons arraché, hmm, juste avant que vous ne périssiez… »

Ainsi se tenait face à moi un homme qui avait peut-être vraiment connu Hanuš, même brièvement, la preuve finale que je cherchais depuis que je l'avais rencontré, il y a si longtemps. Les tics et le discours embrouillé de Vasily m'impatientèrent immédiatement.

« Il doit donc t'avoir dit des choses sur moi. Mon nom, qui je suis.

— Hmm, *da*. Il l'a fait. Ai-je bien agi, prophète ? J'aurais pu être vous, vous savez. Mais je ne me suis pas montré digne. Au moins, j'ai la foi. Vous savez que j'ai la foi, n'est-ce pas, prophète ? Je répandrai du sang, s'il le faut. »

Du fond des poches de son survêtement, Vasily sortit un tournevis et le posa sur son cou. Je me jetai en avant, saisissant son poignet au moment même où la pointe allait trouer sa peau. Je pris le tournevis de la main de Vasily tandis qu'il observait les petites sphères de son propre sang avec un plaisir enfantin. Il les toucha du doigt.

« J'ai besoin que tu me dises tout ce que le dieu t'a dit de moi, Vasily. Alors seulement je saurai que tu es vraiment un apôtre.

— Oh, prophète, dit Vasily, vous me testez. Je n'ai pas été informé de vos origines parce que je suis trop humble pour savoir. Je n'ai que ma mission. Je vous livrerai à la Terre. Et je vais vous dire les derniers mots que le dieu m'a demandé de vous transmettre. » Vasily sourit, et maintenant ses doigts dégageaient complètement la gaze de son autre bras, révélant une multitude de coupures profondes et infectées, blessures qui lui coûteraient sûrement son bras.

Je compris. Vasily et d'autres comme lui étaient la raison pour laquelle Hanuš ne pourrait jamais venir sur Terre. Ils ne pouvaient pas faire face à un mystère si éloigné de leur connaissance établie de l'existence, même s'ils avaient vu l'espace de près. Ils projetteraient leurs désespoirs, leurs peurs et leurs insanités sur des types d'intelligence incompréhensibles pour eux. Je l'avais fait aussi, après tout, quand j'avais presque plongé une lame dans Hanuš pour satisfaire mon culte de la méthode scientifique, espérant que quelque part au-dedans reposait une réponse à mon anxiété. J'avais honte.

La perspective d'entendre les paroles prononcées par Hanuš m'épuisait et m'excitait en même temps. Je pris quelques respirations pour ne pas brusquer l'homme malade.

« Le message du dieu, dit Vasily. Le prophète ne doit pas soumettre son esprit. Il trouvera le bonheur dans le silence, cherchant la liberté, la prière, et il saura, saura plus que n'importe quel autre humain, ou tout autre… oh, maintenant je mélange mes mots… la réponse est au paradis. »

Vasily regarda autour de lui avec panique, plongea ses mains dans ses poches, et, à la grimace laide et tordue sur son visage, je déduisis qu'il cherchait une autre arme pour se blesser. Je lui demandai de garder les bras tendus. Hanuš n'aurait jamais parlé de prières, de prophètes, certainement pas du paradis. Le soupçon de connivence que j'avais ressenti avec Vasily me quitta. C'était un fou. Pas moi. Je ne pouvais pas l'être.

Je ressentis de la colère envers cet homme. On lui avait donné une mission, comme moi, et il n'avait pas conservé sa santé mentale, malgré le luxe de son vaisseau et les bienfaits de la compagnie humaine.

Peut-être avais-je été proche de devenir Vasily. Hanuš m'avait-il sauvé de cette folie ? Soudain, la miséricorde semblait nécessaire.

« Apôtre, dis-je à Vasily, tu as très bien fait. Tu as passé le test. »

Vasily sanglotait comme un petit garçon, sa main posée sur la mienne. « Maintenant, je vais rentrer chez moi, dit-il. Emmenez-moi loin d'ici. C'est trop calme. Le bourdonnement des moustiques au-dessus du lac me manque. »

J'étais satisfait. Il ne connaissait pas Hanuš, j'étais le seul humain à avoir vraiment connu ce secret cosmique. Je ne voulais pas le partager.

Il se détacha, me poussa de côté, bondit vers sa collection de croquis et arracha la page la plus proche. Il ouvrit grande la bouche, froissa le papier et le mit dans sa bouche. Il mâcha, avala, et sortit sa langue pour me montrer qu'il n'y avait plus rien. Il prit la page suivante et fit la même chose, murmurant de temps en temps : « Ç'aurait dû être moi, le prophète. »

Klara apparut à la porte, au moment où Vasily consommait son dernier croquis. « Vous saignez, dit-elle.

— Un non-croyant ne peut pas entrer dans le sanctuaire ! » hurla Vasily en repoussant Klara. Elle me fit signe de la suivre. Alors que je flottais vers elle, Vasily saisit ma main et embrassa mes phalanges, mes doigts, et je me sentis trop malade pour parler, pour regarder la grimace bestiale sur le visage de l'apôtre. Nous quittâmes son repaire, la porte claqua derrière nous. Klara croisa les bras.

« Je suis désolé, dis-je. Je sais que je ne devais pas…

— Je vous ai dit que l'homme n'était pas bien, dit-elle sévèrement.

— Je devais entendre parler de…

— Ses monstres ? Non, Jakub. Vous resterez dans votre chambre à partir de maintenant. Vous ne sortirez jamais, seulement pour utiliser la salle de bains avec une permission. Et si je vous retrouve encore dehors, je vous attacherai au mur et je vous laisserai mourir de faim jusqu'à la Terre. Oui ? »

Je retournai dans ma chambre. Les paroles de Vasily rampaient dans mes oreilles, tournaient dans mon crâne. Non, il n'aurait pas pu connaître Hanuš. Ou bien Hanuš était-il apparu et avait-il parlé à Vasily, l'ancien enfant de chœur, dans un langage dont il savait qu'il aurait un effet puissant sur un homme craignant Dieu ? Je ne voulais pas le croire. Hanuš était à moi.

Pour la première fois depuis mon embarquement sur *NashaSlava1*, je ne pus trouver le repos. Klara vint me voir dix jours avant notre arrivée prévue sur la Terre. Elle avait des choses à me dire. D'abord, elle avait envoyé un message au Tsentr après avoir vu de ses yeux l'état horrible du corps et de la chambre de Vasily. On lui avait répondu que Vasily devait être laissé seul à moins de représenter un danger immédiat pour l'équipage ou le vaisseau. Il faisait partie d'une mission distincte commandée de l'intérieur pour étudier les effets du vol spatial sur certains problèmes mentaux.

Je demandai à Klara pourquoi elle me disait cela.

« Parce que je suis fatiguée des hommes méprisables qui gouvernent les empires, répondit-elle, et parce que dès que je reviendrai sur Terre, je vais déménager en Occident et je ne penserai plus jamais à cela. Et en raison de la dernière chose que je dois vous dire. Un de mes amis du Tsentr m'a dit ce qu'ils feront de vous. Il a dit que vous allez être envoyé à Zal Ozhidaniya. C'est un endroit pour les prisonniers politiques spéciaux, les gens qui étaient des espions, ce genre-là. Et je me sens responsable de cela. Jakub, je veux que vous le sachiez, je dois vous amener, je dois vous livrer, mais nous sommes amis, encore. Je vous fais confiance. Je veux que vous sachiez cela avant qu'ils ne vous embarquent. Je ferais quelque chose si je pouvais, je le jure.

— Voulez-vous m'embrasser sur la joue ? dis-je.

— Jakub.

— Ça ne veut rien dire. C'est juste que je n'ai pas senti cela depuis si longtemps. Je veux m'en souvenir. »

Klara embrassa ma joue, juste à côté des lèvres, et pendant un instant, la peur déclenchée par sa révélation n'eut plus d'importance. Je lui demandai de partir avant que l'exaltation n'expire.

Je passai les deux dernières semaines sur le vaisseau caché des Russes, demeurai dans ma cabine après avoir demandé à Klara de me laisser tranquille. Elle dit qu'elle comprenait. Je réfléchissais à ce qu'était la vie dans une prison politique de luxe, comment je supporterais de ne plus jamais revoir mon pays ou Lenka. Ce que je pourrais peut-être faire pour me libérer. Avant d'initier les protocoles d'approche dans la cabine d'atterrissage, Yuraj voulut m'attacher, mais Klara le convainquit de ne pas le faire. Elle répétait qu'on pouvait me faire confiance.

L'Univers nous trompe par sa paix. Ce n'est pas une abstraction poétique ou une tentative de sagesse à deux sous – c'est une vérité physique. Les quatre couches de l'atmosphère de la Terre reposent à leurs places respectives comme un cerbère à quatre têtes, protégeant nos précieuses peaux du poison solaire propulsé vers nous à chaque seconde de chaque jour. Elles sont des gardiennes stoïques, aussi invisibles qu'ignorées par la pensée quotidienne.

Alors que nous nous préparions pour l'entrée dans l'atmosphère, je m'assis à côté de Vasily, qui faisait des mots croisés sur sa tablette et ne prêtait aucune attention à notre navette fonçant rapidement vers la Terre. Klara et Yuraj étaient assis à l'avant et maniaient les commandes en parlant gaiement en russe à leurs officiers de mission. Alors que la navette se retournait sur son ventre, je regardai par la fenêtre du pont pour observer une dernière fois ce que nous qualifions officiellement d'espace extra-atmosphérique : la dernière frontière jusqu'à ce qu'une nouvelle frontière au-delà soit découverte. Le décor me regardait en retour, comme toujours, avec ses clignements insistants, son vide, son incompréhension vis-à-vis de moi ou de la nécessité de mon existence.

Nous brûlions à une température de mille six cent quarante-neuf degrés Celsius, propulsés à travers la mésosphère, cimetière d'étoiles mortes et bouclier de la Terre contre les météores sauvages, avec le nez de la navette légèrement relevé. L'air était trop lent pour s'écarter de notre trajectoire et faciliter ainsi notre chute. Avec les moteurs désactivés, le vaisseau était maintenant comme un deltaplane sophistiqué, utilisant l'attraction terrestre pour trancher dans l'atmosphère plus rapidement que la vitesse du son. Loin en dessous de nous, quelque part à Moscou, ou peut-être dans les villes environnantes, une poignée de gens étaient susceptibles d'entendre le boum sonique, deux explosions à moins d'une seconde d'écart, le roulement de tambour annonçant notre retour. Ils confondraient cela avec un bruit de travaux et continueraient leur journée, apaisés par le silence des médias, du gouvernement. Le *s* prononcé qui apparaîtrait momentanément sur leur horizon – la signature inévitable des astronautes fantômes – serait simplement une autre anomalie météorologique distrayant brièvement une journée de travail.

Nous chutâmes pendant cent trente kilomètres. La mésosphère – la protectrice. La stratosphère – inquiétante, calme, stable et sèche, l'endroit sans climat. Un purgatoire, ayant à la fois les propriétés de l'espace et d'une partie de la Terre. Un non-monde trompeur, un no man's land entre les tranchées. Puis la troposphère, la dernière ligne de défense, du grec *tropos*, signifiant le changement. La gardienne des vapeurs d'eau d'aérosols de la planète, un lieu de chaos, aux pressions croissantes, aux instabilités météorologiques. La couche parfaite la plus proche du contact humain. L'humanité résumée dans une seule sphère.

La Terre reposait. Il n'y avait aucun signe des milliards d'âmes volatiles pulsant à sa surface. Nous étions si proches de ses océans, de ses continents qui contenaient le pays qui contenait la ville qui contenait l'hôpital où j'étais arrivé, petit et dénudé, dans ce monde. L'hôpital était maintenant détruit et remplacé par les bureaux d'un fabricant de distributeurs automatiques. Pourrais-je jamais visiter une fois encore l'endroit, voir le morceau de terre sur lequel j'étais venu au monde ?

La vision de ma vie future s'infiltra autour de ma colonne vertébrale et se dirigea à travers l'intestin inférieur, l'abdomen, les poumons et la gorge. Comme une lampée de bourbon voyageant à rebours. Un otage des Russes, un homme réduit à un secret d'État. Et si jamais je pouvais finalement retourner dans mon pays, quel genre de vie m'attendrait ? Disséqué, envahi, confus. Pas de paix en vue, pas de paix du tout pour continuer ma vie sereine avec Lenka. Je jetai un coup d'œil à Vasily. Il savait.

Je ne pouvais pas l'accepter. Si je revenais sur Terre, je devais être un homme libre. Tout m'avait été enlevé. Ma personnalité, ma santé physique, peut-être ma santé mentale. Je ne savais pas ce qui était arrivé à ma femme. Aucune autre atteinte ne me serait portée, du moins pas sans ma permission. Le dieu de Vasily m'avait donné des instructions. Je ne serais pas sujet aux caprices russes.

Je me détachai et me ruai aux commandes, poussai les bras de Klara et activai un des moteurs du navire. *NashaSlava1* se retourna et bondit comme une gazelle à la cuisse déchirée par des crocs prédateurs. Je tombai en arrière sur le plafond. Klara cria, Yuraj se détacha et se jeta sur moi, puis serra son avant-bras et son coude autour de mon cou avec une efficacité stupéfiante, non seulement pour me neutraliser, mais pour me tuer, grognant avec une frustration accumulée par des mois d'isolement. J'agitai les bras ; la vie commença à me quitter, quand tout à coup un poids atterrit sur nous. Tout ce que je pouvais voir était une gaze déchirée et les poings de Vasily frappant l'arrière de la tête de Yuraj.

« … avariya posadka, ya povtoryayu !… » cria Klara dans son microphone, et je voulais crier à mon tour, *je suis désolé, mais comment pourrais-je rester assis sans rien faire ?*

Le sang coula dans mon œil, je n'étais plus maintenu. Yuraj m'avait libéré et, à ma droite, il cria et toucha son cou alors que Vasily crachait un morceau de peau et de chair. Il avait atteint une grande artère, et le sang de Yuraj coulait abondamment.

« Le prophète vivra, dit Vasily. Je suis l'apôtre. »

Le corps ne doit pas être offensé ! Je voulais le crier à Vasily, mais il était trop tard. J'avais provoqué cela. Ça devait se terminer.

Vasily et moi nous écrasâmes dans les sièges alors que le vaisseau se retournait. Quelque chose craqua dans le corps de Vasily, mais il ne verbalisa pas la douleur. Yuraj, respirant à peine, saignait à mort.

Klara se retourna, tenant le gouvernail des deux mains, des veines striant les muscles de ses avant-bras alors qu'elle essayait de le redresser. « Jakub », dit-elle, comme si elle ne savait pas à qui le nom appartenait. Elle avait appris à connaître un ami fantôme, à lui faire confiance, mais elle n'aurait pu deviner à quel point je voulais rentrer chez moi. Je regrettais le moment où nous nous étions assis pour manger ensemble, la façon dont j'avais étudié les gouttes de sueur sur son corps et la manière qu'elle avait eue de l'ignorer. Quand nous ne pensions que le meilleur l'un de l'autre.

De nouveau, je me précipitai vers les commandes, battant les touches, l'écran, les panneaux, avec mes poings, mes joues et mes coudes. Klara planta ses ongles dans n'importe quel morceau de chair qu'elle pouvait atteindre, mais refusa de se détacher de son poste, en tant qu'astronaute fantôme génétiquement programmée, formée pour la mission depuis l'utérus, et je pris donc les rênes. *NashaSlava1* tourna encore une fois, et de nouveau, à travers la vitre, les champs verdoyants de la Russie, les villes divisées par des centaines de kilomètres de champs et de vide tourbillonnèrent.

Les doigts de Klara se retrouvèrent dans ma bouche et elle essaya ardemment d'arracher ma langue.

Vasily lui gifla la main par-derrière, ses dents sanglantes prêtes à mordre de nouveau, et je criai : « Non, apôtre, assez ! »

Il se retira pour observer Yuraj, pâle et qui bougeait à peine. Vasily caressa les joues de Yuraj en murmurant : « Toi aussi, tu aurais pu entendre le dieu. »

Je criai à Klara de nous ralentir, déversant des excuses, des plaidoyers, des épithètes. La surface de la Terre était si proche maintenant que nous allions la rencontrer à grande vitesse, ce qui nous tuerait sûrement tous. Je reconnus les bleus chatoyants de l'eau, tout en sentant les doigts de Klara sur mon dos, mon front et mes yeux. Elle s'était finalement détachée et libérait maintenant sa fureur, peut-être dans un ultime effort pour me tuer avant que l'atterrissage ne nous élimine tous.

Nous nous écrasâmes.

Le vaisseau heurta l'eau et la vitre explosa, ses éclats mordant mon visage nu avant que les flots ne les emportent. Mon corps était maintenant à la merci des éléments terrestres, beaucoup plus sauvages que l'hostilité calculatrice de l'espace. Le courant me jeta contre la porte de la cabine, et Vasily atterrit sur moi, saisissant mes bras alors que la cabine entière était inondée et que l'eau nous séparait. Je nageai vers la fenêtre, vers la vie, puis je fis signe à Vasily de me suivre. Je jetai un dernier regard reconnaissant à Yuraj, pâle et inconscient, peut-être mort, et saisis le bras de Klara pour la relever. Elle me griffa et me mordit la main, des bulles s'échappaient de ses narines, et je remarquai que son bras était coincé sous le siège, qui avait été propulsé contre le mur par la pression de l'eau. Son coude était étrangement tordu, certainement disloqué, peut-être cassé, mais Klara ne montrait aucun signe de douleur. Ses yeux – assassins, déterminés – étaient rivés aux miens. Elle faisait de son mieux pour me tuer avec sa seule main libre et ses dents. Je ne pouvais résister plus longtemps. Je la lâchai et cherchai Vasily, qui flottait au-dessus du cadavre de Yuraj, souriant d'une oreille à l'autre, sa mission apostolique accomplie. Non, il ne venait pas avec moi, et c'était peut-être mieux ainsi. Un homme brisé avait le droit de quitter ce monde. J'avais moi aussi une fois pris cette décision.

Je tirai sur le bras de Klara une dernière fois, et elle planta ses dents si profondément dans mon pouce que je crus qu'elle allait l'arracher. Je pouvais sentir ses dents se briser. Je me dégageai, libérai ma chair sanglante et nageai hors de la fenêtre d'observation, glissant le long du corps chavirant du vaisseau qui m'avait sauvé. *NashaSlava1*, la fierté du peuple russe, bien que le peuple russe ne soit pas au courant de son existence – fantôme dressé au-dessus de sa tête, le protégeant des ennemis, symbole de gloire scientifique et de guerre sophistiquée. Un lourd alliage de métaux conçu pour améliorer l'humanité, gonflé d'importance, de sagesse et de progrès, mais maintenant soumis au jugement de la Terre, comme nous l'étions tous, coulant comme un sac de chatons indésirables.

J'émergeai, agitai les bras et nageai si vite que je crus que mes veines allaient s'ouvrir et se vider de leur sang. J'atteignis la terre, me traînai sur le rivage, crachai et toussai, saisis le sol froid et humide sous moi, et me souvins… La Terre. Je léchai la boue. Je l'embrassai, grognai, émis des sons qui me terrifièrent, des sons de plaisir au-delà de ma compréhension, le plaisir de la folie. Enfin, la rudesse de l'hiver qui m'environnait prit le dessus sur l'adrénaline initiale, et le gel de la Russie mordit ma peau sous mes vêtements trempés. Je frottai mon corps contre la terre, comprenant maintenant pleinement pourquoi Louda le cochon considérait que se rouler dans la boue était la forme de vie idéale. La friction me réchauffait et je croquai les morceaux de boue comme si c'était du gâteau. Cela avait le goût de racines, de compost, de peaux végétales. Je les recrachai. Derrière moi, le lac qui m'avait accueilli s'étendait à travers une large plaine jusqu'à rencontrer une forêt brune couvrant l'horizon.

La surface brisée du lac glacé se gargarisait alors que le vaisseau était digéré avec les corps et les échantillons du nuage Chopra, qui semblaient maintenant un prix dérisoire de la mission. Je voulais m'asseoir et attendre que Klara, Vasily et Yuraj en émergent sains et saufs et en bonne santé, avant de courir dans la prairie gelée et de me diriger à travers les bois. Mais l'équipe de sauvetage allait investir le lac très bientôt, et je ne pouvais plus être soumis à de vastes projets, à des concepts, à des pays. Je courus et crachai des restes de boue et pleurai, pleurai pour Klara, ma sauveuse, pour sa volonté de me redonner vie. Je m'attendais à tout moment au bruit d'hélicoptères, de bergers allemands, de sirènes hululant le long des plaines, me poursuivant pour me jeter dans des catacombes de Saint-Pétersbourg et me torturer et m'affamer. Mais il n'y avait pas de rotors, pas d'aboiements. J'arrivai à la forêt dans le sinistre silence de la nature.

À la tombée de la nuit, j'atteignis un village. Je ne pouvais comprendre les paroles de quiconque, mais ils m'accueillirent, me lavèrent avec de l'eau chauffée sur un feu, me vêtirent et me couchèrent dans un lit raisonnablement doux. « *Spasibo*, disais-je, *spasibo* », calmement et avec gratitude, espérant que cela empêcherait les villageois de penser que j'étais fou.

Dehors, le ciel nocturne brillait de pourpre. Chopra, toujours fascinant, était encore en vie, mais je ne m'y rendrais plus. Je désirais les cieux noirs d'autrefois.

Je m'éveillai au milieu de la nuit, maintenu par de fortes mains, avec un goût de métal rouillé dans la bouche. Je ne pouvais ni la fermer ni mordre. Une paire de pinces brillait dans l'obscurité. La pince se resserra fermement sur ma dent et elle sortit, le sang coulant dans ma gorge tandis que cette intervention dentaire généreuse et brutale s'achevait. La garce brune, pleine de pus, fut déposée à côté de mon visage comme un trophée. Je criai, suffoquant du mélange de sang et de liqueur versée sur ma blessure.

Le lendemain matin, je trouvai deux hommes qui parlaient anglais. Ils voyageaient vers l'Estonie avec des cargaisons sensibles, dirent-ils. Ils pouvaient m'emmener si je promettais d'aider à protéger leur moyen de subsistance. J'acceptai.

Le voyage était rigoureusement organisé, sans interruption. Nous pissâmes dans un seau cloué à un coin de la remorque du camion. Lorsque des soldats russes nous arrêtèrent à la recherche d'un « dangereux fugitif », je me cachai sous des couvertures et derrière une montagne de bidons de Spam et de haricots contenant vingt kilos d'héroïne. Le chauffeur en offrit un demi-kilo au lieutenant russe, pour le dérangement. Nous continuâmes.

De l'autre côté de la frontière, en Estonie, je serrai la main de mes complices. Nous étions frères maintenant.

« Je vous suis redevable, leur dis-je.

— Pas besoin, répondirent-ils, pas besoin. »

En Estonie, je sautai dans un train de marchandises et me rendis dans la ville côtière de Pärnu. Quand les veilleurs de nuit me découvrirent, je m'enfuis, des chiens à mes trousses. Avec une morsure douloureuse à la cheville, j'entrai dans le port et errai de bateau en bateau, demandant un travail aux marins, n'importe quel travail qui me permettrait de me rapprocher de la maison. Lors de ma sixième tentative, un Polonais dégingandé éclata de rire et m'informa que le capitaine cherchait quelqu'un pour nettoyer les salles de bains. Le capitaine était un homme très propre, dit-il. Il ne pouvait pas supporter les outrages commis par l'équipage dans les toilettes du navire, et accepterait quiconque voudrait bien les maintenir présentables.

Pendant des semaines, je passai mes journées à courir entre les trois salles de bains, frottai chaque cuvette, chaque lavabo. Je les nettoyais et frottais avec tant de dévouement que j'aurais parfois voulu les lécher pour prouver ma diligence, mon engagement envers la cause. Je remplaçais le savon et fournissais des rouleaux surdimensionnés de papier hygiénique rugueux. Certaines nuits, les déjections liquides et solides des marins trop ivres rataient les cuvettes à des kilomètres. C'étaient mes appels d'urgence, des voix désolées qui me réveillaient d'un mauvais sommeil. Je les accueillais. J'avais un but ici. Un simple but.

Quand nous arrivâmes en Pologne, le Polonais dégingandé offrit de payer mon billet de train si je lui tenais compagnie jusqu'à ce que nous atteignions Cracovie. Il parlait de sa mère, qui l'accueillerait avec du porc fumé maison et des pommes de terre à l'ail. En retour, il la surprendrait avec un cadeau d'anniversaire tardif, fruit d'économies sur son salaire – un nouveau matelas et un bon pour des massages hebdomadaires pour son dos douloureux. C'est tout ce qu'il avait toujours voulu accomplir, dit-il. Se faire assez d'argent pour faciliter la vie de sa mère.

Quand il me questionna au sujet de ma famille, je demandai si nous pouvions jouer aux cartes. Il comprit.

Cette nuit-là, à Cracovie, je fis du stop avec un homme au visage marqué par la vérole. Il sentait la fumée de cigarette et le fromage, mais il aimait lire de la philosophie et avait publié de la poésie.

« Ça vous inspire, la route, dit-il. Dans la vie, on devrait voyager aussi loin qu'on le peut, s'éloigner de tout ce qu'on connaît. Qu'en penses-tu ? » Et il toussa, le même rugissement de fumeur que mon grand-père.

« Et si tout ce que tu aimes se trouve là où tu es ? demandai-je.

— Alors tu trouves de nouvelles choses à aimer. Une personne heureuse doit être nomade.

— Tu n'as donc jamais aimé, répondis-je. Si ce que tu aimes s'éloigne de toi, alors tu finis par marcher dans un labyrinthe sans issue. »

En six heures, nous arrivâmes à Prague. L'homme n'offrit pas de paroles d'adieu, mais il me donna l'ivresse. Je bus sa Staropramen. Le soleil se leva. Je renversai la bouteille trois fois, éclaboussant le sol de bière. Une offrande pour les morts.

J'entrai dans une cabine téléphonique et cherchai le nom de Petr dans l'annuaire enchaîné à un téléphone brisé. Le seul détail personnel que je connaissais de lui était que Petr résidait à Zličín. Heureusement, il était le seul Petr Koukal dans la ville. Je marchai.

Une grande brune avec un accent ukrainien et des oreilles décollées ouvrit la porte d'une jolie petite maison. Elle m'informa que son mari était au bistrot, bien sûr. Petr avait donc une femme. Je souris au plaisir tant attendu de découvrir l'un de ses mystères. Il savait donc ce que Lenka signifiait pour moi, après tout.

Je le trouvai jouant au Mariáš avec un groupe d'anciens, entourés de verres vides et de pintes dans le désordre du jeu de cartes. Sa barbe avait trop poussé et ressemblait à une brosse métallique rouillée.

Il s'était fait quelques nouveaux tatouages, et il y avait un trou dans son T-shirt, sous l'aisselle.

Quand il me vit, il laissa tomber ses cartes et inclina la tête sur le côté. Je comptai avec calme et vers la douzième seconde il me désigna et demanda à ses adversaires de Mariáš : « Cet homme. Est-il là ? »

Les hommes me regardèrent, puis regardèrent Petr. Il éteignit sa cigarette et vacilla en se levant. Les hommes tendirent la main pour le soutenir, mais il leur fit signe de s'éloigner. Ils gémirent et se saisirent de lui, lui demandant de continuer à jouer, mais Petr ne les voyait plus. Il posa son bras autour de mes épaules avec précaution, comme s'il s'attendait à ce que sa main me traverse.

« Ce type ? » dit un homme sans dents en me poussant du coude.

En silence, l'homme me jaugea, comme s'il doutait maintenant lui-même. Il essuya la mousse de bière de ses moustaches.

« Ouais, dit-il enfin. Je dirais qu'il est là. »

Pas Pénélope

L'histoire que je racontai à Petr me prit le temps de boire quatre pintes de Pilsner.

« Tu sais, quand tu te réveilles, dit-il, et la seconde avant d'ouvrir tes yeux, tu crois que tu es ailleurs ? Dans une ancienne chambre d'enfant, ou à l'intérieur d'une tente de camping. Et puis tu regardes autour de toi, et pendant un instant tu ne te souviens pas de ta vie.

— C'est très poétique pour un ingénieur.

— Jakub. C'est ta voix.

— Tu m'as reconnu. Personne d'autre n'y parvient, on dirait. Je ne me reconnais pas moi-même.

— Je te vois partout. Tu ne peux pas être ici. Je dois halluciner. Rêver, peut-être. Mais c'est agréable. C'est agréable d'être avec toi. »

Je ne mentionnai pas Hanuš, ma rencontre avec le noyau, comment j'avais atterri et trouvé le chemin du retour. Je lui dis que j'avais fait un pas dans le vide pour mourir honorablement à la frontière et qu'un équipage de fantômes russes m'avait sauvé alors que j'étouffais. Il devina que j'omettais des choses, mais comprit qu'il n'avait pas le droit de demander.

Au moment où nous revînmes chez lui, sa femme était partie travailler. Petr me dit qu'il avait pris une retraite anticipée et qu'il était en train d'enregistrer un disque avec son groupe de heavy metal grâce à son indemnité de départ du SPCR, et que le travail de sa femme payait les factures. Dans la salle de bains, je rasai mon cou et taillai ma barbe, prudent de ne pas toucher l'endroit sur ma mâchoire où se trouvait la plaie infectée par ma dent arrachée. Quand je revins dans le salon, je ne vis aucune raison d'attendre plus longtemps. Je demandai des nouvelles de Lenka.

« Une autre bière ? proposa-t-il.

— Non merci. Où est-elle ? »

Petr s'assit et retira un joint de sous le coussin du canapé. Il l'alluma avec une bougie.

« Je ne suis pas sûr que tu sois prêt. »

Je lui arrachai le cannabis de la main. « Qu'est-ce que ça veut dire, bordel ?

— Je dois te faire écouter quelque chose. Ne pose pas de questions sur Lenka avant de l'avoir fait. »

Je hochai la tête, et Petr partit. Le joint fit un trou dans le tapis. J'imaginai le laisser s'enflammer. Je l'éteignis sous ma chaussure.

Lorsque Petr revint, il tenait une clé USB argentée et une pile de pages volantes. Il me les remit.

« Écoute ça. Ensuite lis le manuscrit. J'ai trouvé ça quand j'ai vidé les bureaux. Kuřák a fait des séances avec Lenka. Elle avait besoin de parler à quelqu'un, et ne voulait pas que tu le saches. Tu y trouveras peut-être ce dont tu as besoin. »

Je tins la clé entre mes doigts. Elle était légère, trop légère pour ce qu'elle contenait. Les pages manuscrites étaient censées être une première version de la biographie de Jakub Procházka par le Dr Kuřák. L'homme connaîtrait donc la renommée comme prévu. Petr m'installa dans un coin, où un ordinateur portable reposait à côté d'une guitare et d'un piano.

« Tu l'as écouté ? demandai-je.

— Oui, dit Petr. Je n'ai pas pu résister. Je suis désolé. Prends ton temps. »

Quatre heures de fichiers sonores. Alors que j'écoutais avec un casque, Petr m'apporta un verre d'eau et un bol de ramen. Il toucha mon épaule comme si je pouvais disparaître à tout moment, puis s'attarda un instant à la porte. Je l'entendis jouer de la guitare acoustique dans la pièce voisine. Dehors, le soleil se couchait.

Après ces quatre heures, j'éjectai la clé USB. J'entrai dans la salle de bains et lavai mon visage, passai mes doigts dans les poils rugueux et frisés de ma barbe, sur la peau sèche en dessous. Mes orbites semblaient creuses, détachées du corps – mortes, comme si mes yeux étaient impatients de se rétracter, de se cacher dans mon crâne. Mes lèvres étaient de la couleur de l'huile végétale, gercées au milieu. J'avais frôlé la mort de trop près pour jamais pouvoir la regarder de nouveau. Mais il y avait quelque chose dans la façon dont mes pommettes saillaient, créant des lignes que je n'avais jamais vues auparavant. Il y avait quelque chose dans leur couleur, la manière dont le coup de soleil attrapé lors de ma sortie dans l'espace avait laissé sur ma peau auparavant pâle un soupçon de brun très seyant. Quelle que soit la nouvelle forme que je prenais, je pouvais arriver à l'aimer. Je jetai la clé USB dans les toilettes et tirai la chasse.

« Je suis désolé, déclara Petr. Je mérite la punition, on t'a laissé tomber, on a fait échouer la mission, mais je dois quand même te demander de ne peut-être pas raconter toute l'histoire aux médias.

— Petr, dis-je, tu ne comprends pas ? Je m'en fous. Je veux juste retrouver mon ancienne vie. »

Extrait de l'interview du sujet Lenka P.
Session I

Kuřák : Ces préoccupations vous sont-elles venues après le début de la mission ? Ou avez-vous ressenti ce mépris avant que Jakub ne parte ?

Lenka P. : J'ai essayé de ne pas trop y penser. Il était malade en permanence, vous savez ? Je voyais bien à quel point il était à la fois heureux et terrifié. Je savais à quel point il désirait laisser un morceau de lui-même avec moi. Je n'avais pas de place pour le mépris. Mais une fois qu'il est parti… Les gens deviennent des abstractions. Et les choses qui pèsent sur vous s'éclairent. Voilà pourquoi les gens ont si peur d'être éloignés les uns des autres, je pense. La vérité commence à s'infiltrer. Et la vérité est que je suis malheureuse depuis un certain temps. En raison de son désir de fonder une famille, à cause de la culpabilité qu'il porte, parce que sa vie a toujours été plus exposée que la mienne. Mes combats, mes insécurités ont toujours été, la plupart du temps, en arrière-plan. Le but de notre mariage a principalement été pour moi de comprendre Jakub. Mais je digresse.

Kuřák : Dites-m'en plus.

Lenka P. : Vos questions ne sont-elles pas censées me guider mieux que ça ?

Kuřák : Est-ce que cette session vous irrite ?

Lenka P. : Je suis irritée de ressentir ces choses. Et je me déteste d'avoir accepté ces séances. Il considérerait cela comme une trahison.

Kuřák : Son contrat vous interdit à tous deux de demander une aide psychologique non approuvée. Il comprendrait que c'est votre seule option…

Lenka P. : Puis-je vous dire quelque chose ? Cela donnera peut-être un sens à votre esprit d'analyse, d'une certaine manière. Jakub et moi, nous avions cette cachette. Un petit grenier dans un immeuble où je vivais étant gosse. Il semble si différent maintenant de ce qu'il était la dernière fois que Jakub et moi y sommes allés. C'était un vieux débarras poussiéreux, infesté de souris, vous voyez ? C'était notre dépotoir, couvert de fausses étoiles et d'emballages de préservatifs. Maintenant, c'est une pièce où les résidents suspendent leur lessive. Les murs sont peints en vert menthe, il y a une fenêtre en plastique. Pour voir s'il restait quelque chose, quelque chose que je puisse recueillir et conserver, je me suis faufilée à travers les serviettes et les draps mouillés, je me suis dirigée vers notre coin, et puis je les ai vues. La première fille, en casquette, en short et chemise léopard, tenant un appareil photo Polaroid. Je n'avais pas vu un de ces appareils depuis des lustres. À quelques pas se tenait une autre fille appuyée contre le mur, complètement nue, les hanches en avant. Il y avait à leurs pieds des centaines, voire des milliers de photos de cette jeune fille nue dans différentes positions. J'avais tant de questions, mais je n'en ai posé aucune. J'ai tout de suite compris que ces filles étaient amantes, et que c'était un contrat entre elles. Elles avaient une cachette, un endroit à elles, où explorer leurs rituels. Dites-moi, ne reconnaît-on pas immédiatement ces contrats dès qu'on les voit ? Un homme se verse plus de vin qu'à sa femme. Un contrat. Des amoureux regardent le film du vendredi soir, nus avec de la nourriture chinoise sur leurs genoux, des gouttes de sauce dégoulinant sur leurs poils pubiens, et se rafraîchissent avec des bières. Un rituel, un contrat. Jakub et moi parlions souvent de ces contrats, de l'importance de les respecter.

Kuřák : Vous sentez qu'il y a eu une violation.

Lenka P. : Il m'a fallu dix minutes après avoir quitté ces filles pour me rendre compte que celle qui était nue n'était autre que Petra, l'amie avec laquelle je jouais dans le grenier étant enfant. Elle était là et ne m'a probablement pas reconnue, et elle m'a pourtant fait prendre conscience de quelque chose.

Jakub et moi avions notre contrat, stipulant que nous étions censés déambuler ensemble dans ce monde, l'explorer, le rendre meilleur ou le ruiner, vivre jeunes aussi longtemps que possible. Mais il est parti, et maintenant je passe chaque minute de ma journée à attendre l'appel qui m'annoncera qu'il nous a quittés. Même s'il revient, quel genre d'homme sera-t-il ? Les choses qu'il voit, la solitude, la maladie… Vous comprenez, Jakub a choisi de devenir quelqu'un d'autre pour toujours. C'est son droit en tant qu'individu, mais cela ne présage rien de bon pour les contrats. C'est bien lui qui vole loin de moi, mais parfois… Parfois, c'est comme si j'étais dans un vaisseau spatial moi aussi, et que je fonçais dans la direction opposée. Et il n'y a aucune chance que nous entrions en collision à nouveau, à moins que l'Univers ne soit une boucle, et ça, docteur Kuřák, c'est la raison pour laquelle je me réveille debout à côté de mon lit, les bras ballants. Comme une somnambule du chagrin.

Kuřák : Que dirait Jakub de ces contrats ?

Lenka P. : Je ne pense pas que Jakub en ait la moindre idée. Il pense qu'il va revenir à la maison et retrouver la même Lenka, l'ancienne Lenka, et qu'il sera le même Jakub, et que nous reprendrons là où nous nous sommes quittés, comme si ces huit mois n'étaient pas grand-chose. Mais ce n'est pas le temps, c'est la distance, la probabilité de défaillance, le danger dans lequel il s'est mis. Je ne suis pas Pénélope. Je ne veux pas attendre le retour d'un héros. Je ne veux pas de la vie d'une femme de poésie épique, rester jolie sur le rivage et scruter l'horizon pour apercevoir son navire de retour de ses conquêtes. Ce que je dis est peut-être terrible. Mais qu'en est-il de ma vie, de mes espoirs singuliers ? Ils ne peuvent pas tous être liés à Jakub. C'est impossible.

Kuřák : Je ne pense pas que vous soyez égoïste.

Lenka P. : Merci.

Kuřák : Considérez-vous Jakub comme un idéaliste ?

Lenka P. : Mon Dieu, quelle question. Il conduit un vaisseau spatial vers nulle part. Comment définir autrement un homme qui se lance dans une telle entreprise ?

[FIN]

Ce soir-là, après avoir écouté Lenka énoncer ses vérités au Dr Kuřák, je compris que je devais rester mort, échapper à l'étreinte chaleureuse et choquée d'une nation qui m'avait construit des statues et m'aurait sûrement étouffé en criant au miracle. J'étais mort pour le pays. Ils n'avaient pas le droit de me demander une résurrection. Je discutai de cela avec Petr jusqu'à glisser dans le sommeil sans même m'en apercevoir. Le lendemain matin, je me réveillai avec un oreiller sous la tête. Petr et sa femme, Linda, se tenaient au-dessus de moi avec des tasses de café et un plan d'action. Il était clair que Linda connaissait maintenant l'identité de son hôte, et que le plan était un travail d'équipe né de leur nuit blanche.

Petr insista sur le fait que mon corps était abîmé par la gravité zéro et avait besoin de guérir. Il mentionna ma joue enflée, le résultat de ma dent grossièrement extraite. Il mentionna mes sinus bloqués et ma légère claudication. Il expliqua que près de douze pour cent de ma masse osseuse avait disparu en raison de l'ostéogénie des vols spatiaux et que sans traitement, je devais m'attendre à une vie de douleur atroce au genou. Maux d'estomac, gaz, gencives enflées par la gingivite. J'imaginais ces os décharnés transportant mes kilos d'organes, de chair et de peau comme un mulet surchargé qui gravit une montagne.

Et ils me convainquirent. J'allais passer trois semaines à Carlsbad, la célèbre ville thermale de Bohême, me plonger dans des sources chaudes, boire de l'eau minérale. J'allais soulever des poids pour reconstruire ma densité osseuse, vêtu du survêtement gris de Petr, dont la ceinture élastique s'était étiolée en raison de la circonférence de son estomac. J'allais également me soumettre à des instruments de dentiste pour me débarrasser de l'infection, et je laisserais Petr venir me voir une fois par semaine pour faire un point sur ma santé. Petr m'assura que personne n'allait me reconnaître. Car les gens ne pensaient pas aux hommes morts comme à des corps physiques, dit-il, mais comme à des concepts glorieux. Même sans ça, je savais qu'aucun homme, aucune femme ou aucun enfant ne pourrait confondre mes pommettes transformées et mes yeux tombants avec le visage frais du héros des affiches et des écrans de télévision. Petr promit qu'après ces trois semaines il me conduirait lui-même à Lenka, si c'était ce que je désirais.

Quand il me déposa, Petr me remit un sac contenant quatre-vingt mille couronnes. Une partie de son indemnité de départ du SPCR. Pas une seule seconde je n'hésitai à les prendre. On avait une dette envers moi.

Au cours de son règne au XIVe siècle, le saint empereur romain Charles IV se détendait après une journée de travail en partant à la chasse à cheval dans les monts Métallifères. Un jour, sa suite découvrit une source d'eau chaude surgissant de la terre, un miracle envoyé par Dieu pour guérir la jambe blessée de l'empereur. Charles IV connut un soulagement instantané après avoir trempé son membre majestueux dans la source et déclara qu'elle possédait des pouvoirs de guérison divine. Il accorda des privilèges urbains aux colonies basées autour des sources et cette nouvelle ville fut nommée Carlsbad, d'après son fondateur bien-aimé. Alors que la ville florissait, des médecins de renom du monde entier publièrent des articles sur les effets des sources, et au XIXe siècle, Carlsbad avait accueilli des personnalités telles que Mozart, Gogol et Freud. Afin d'installer une aire de jeux mondaine adéquate pour ces célébrités, des mastodontes architecturaux dans le style Art nouveau furent érigés autour des arbres et des fontaines de Carlsbad, transformant la ville en un Éden de conception humaine, si une telle chose peut exister. Des colonnades, des sources chaudes, des parcs nommés d'après des chefs et des compositeurs, des bâtiments aux courbes et aux bords si délicats que le diable lui-même aurait pu les sculpter. Et le silence. Le silence de la sérénité, le silence des êtres humains trop épanouis pour parler.

Ma chambre à Carlsbad n'était pas beaucoup plus grande que le Lounge de *JanHus1*. C'était certainement de circonstance pour un homme mort. Son tapis gris rugueux me démangeait les pieds et il y avait une chaise qui sentait le chlore et une table qui craquait constamment sans raison apparente. Le lit était magnifique, tout comme la nourriture fraîche, tout comme les humains qui se promenaient le cœur léger, leur existence même étant une merveille pour mes sens affamés. Je prenais tous mes repas dans ce lit et secouais les miettes du drap par la fenêtre avant de fumer une cigarette. Oui, depuis que le conducteur balafré par la vérole m'avait offert une de ses menthols, je m'étais remis à fumer. Je détestais l'odeur des cigarettes, le goût, même la fumée que je trouvais esthétiquement surévaluée, mais je fumais tout de même à la chaîne afin de me bâtir une habitude, pour donner une structure à mes jours de solitude. Je me réveillais le matin à neuf heures pile avec une forte envie de nicotine d'avant le petit déjeuner et je fumais ma dernière tige vers minuit, juste après avoir ingéré des somnifères. Le tabac était un chronométreur, l'accordeur de mon horloge biologique. Un ami.

Chaque matin, à dix heures, je faisais ma thérapie physique. Une femme aux yeux aimables nommée Valérie m'aidait à me plonger dans une baignoire bleue remplie d'eau de source chaude. Lors de notre première session, elle me demanda d'où je venais, si j'étais marié. De Prague, lui dis-je. Je ne répondis pas à sa seconde question. Elle comprit la signification de mes réponses brèves et commença alors à me parler d'elle-même. Son père avait travaillé dans une usine qui fabriquait des armes pour les nazis. Vers la fin de la guerre, lui et quelques autres travailleurs décidèrent de saboter les canons – d'endommager les ressorts des armes pour que les munitions ne puissent pas s'enclencher, ou de remplir les munitions avec un excès de poudre pour provoquer des explosions et la perte de doigts. L'inspecteur allemand était un ivrogne, toujours imbibé de slivovitz pendant ses rondes, et ils n'eurent aucun mal à le distraire suffisamment pour que le sabotage passe inaperçu. Au moment où ces armes furent mises en circulation, les Allemands battaient en retraite, et le père de Valérie ne sut jamais si sa rébellion avait eu beaucoup d'effet. Mais il déambula autour de la ville pour le restant de sa vie en bombant le torse, recevant de la bière gratuite en échange de son récit de grand sabotage, lui qui avait coupé ces ressorts d'armes avec des pinces, s'était blessé les mains, avait saigné avec fierté sur ces outils de meurtres fascistes.

« Mon père n'a jamais rien fait d'autre après ça, dit Valérie. Il est surtout devenu un ivrogne. Mais il a suffi d'une seule chose pour rendre cet homme fier. Ça le portera pour le reste de sa vie. »

Une fois, elle passa sa main sur la cicatrice de brûlure le long de mon mollet. Elle me demanda comment c'était arrivé.

« C'est la faute de mon père, dis-je.

— Hmm », répondit-elle.

Au cours de la deuxième semaine de mon séjour à Carlsbad, Petr m'emmena chez un dentiste. Une femme portant un masque blanc fixa un tube dans ma bouche. Le gaz était dense et doux, comme du maïs bouilli place Venceslas lors d'un été chaud. Je ne sentis pas les outils racler la pourriture. Je repris connaissance, craignant la douleur, mais je ne sentais qu'un espace vide, un autre morceau de mon corps disparu. « C'est fait », me rassura la femme. J'avalai une pilule de la taille d'un criquet.

De retour dans ma chambre, un bruit de grattage étrange provenant du conduit d'air conditionné me réveilla. Cela débuta avec hésitation, comme une créature cherchant son chemin dans un nouvel environnement. Après quelques minutes, le grattage prit un rythme régulier – *shka shka shkashka shka shkashka* –, le rythme qu'un petit rongeur trouverait pour se libérer. La régularité. Travailler avec constance, avec intensité. Le labeur assidu, sans interruption, permettrait certainement à la créature d'atteindre son objectif. J'écoutai mon compagnon, refusant de lui confisquer sa dignité en ouvrant le conduit. Il fallut vingt minutes pour que le rythme atteigne son point culminant – *shkakakakashkaka-kakashkakakaka*, maintenant avec un vrai désespoir, alors que le rongeur grattait le monde pour le convaincre de sa valeur, pas une demande mais une exigence : *Écoutez-moi ! Laisse-moi sortir ! Je suis là !* Je décidai qu'il était temps de nous soulager tous les deux, et quand je me levai, je vis furtivement un petit nez brun à travers les barreaux, deux yeux noirs fixés sur les miens. Je dévissai le couvercle avec une pièce de monnaie. Quand je l'ouvris, j'aperçus une petite queue dans un coin sombre et profond. Il se cachait de moi. Il ne voulait pas être sauvé. J'essayai d'atteindre la queue sans succès. Je m'assis sur mon lit, laissant l'évent ouvert pendant une heure, en attendant que mon nouvel ami en sorte. Il ne le fit pas. Je remis le couvercle, et pendant que je fixais la dernière vis, le nez apparut de nouveau, suivi par le grattage laborieux. *Le travail me sauvera. Diligent, patient, sans fin. Cela se doit.*

J'enfilai un manteau et sortis.

Une lueur jaune qui tombait des fenêtres d'un hôtel face au parc Smetana se déployait sur les dernières feuilles de chêne séchées et gelées sur la route. La fontaine devant moi brillait d'une lumière rouge qui donnait un air espiègle et diabolique à la statue de femme nue versant l'eau d'un vase. J'enlevai mes chaussures et foulai la pelouse, puis me penchai sur la fontaine et massai mon genou droit en observant le ciel sans lumière qu'un orage imminent semblait avoir repeint de goudron, cachant même la lumière de Chopra. J'étais reconnaissant pour l'obscurité. Les étoiles ne semblaient plus les mêmes – elles n'éveillaient plus mes fantasmes, n'excitaient plus mon aspiration, n'éveillaient plus ma curiosité. Elles étaient des images mortes dont je n'avais plus la moindre utilité.

Une chose mince et noire pataugeait à l'intérieur de la fontaine. Ça avait l'air trop grand pour être un serpent ou un chat. Les lumières rouges se tamisèrent. Je regardai de plus près, me penchai vers le nageur, et il se leva, se hissa sur huit pattes de bambou et tendit une paire de lèvres humaines vers le vase de la femme nue, lapant l'eau qui coulait sans me jeter un seul regard de ses nombreux yeux.

« Hanuš », dis-je.

Il ne répondit pas. Il but, toussa, cracha, et but encore avec avidité. J'entrai dans la fontaine et l'eau glaciale trempa mon jean. J'approchai d'Hanuš, mais avant que je ne puisse le toucher, la statue s'anima. Au-dessus de nous se tenait Lenka, ses mollets fermes attachés à la fontaine. Ses cheveux étaient tressés en nattes épaisses. Ma Lenka ; elle ressemblait à une reine de Bohême. Je touchai la chair douce de son mollet, plus du tout intéressé par Hanuš, et une vive douleur raidit mes genoux et me fit tomber à la renverse. Je fus submergé, et durant un instant, je ne sus plus de quel côté étaient la surface, la lumière, où étaient le bas, les profondeurs, les ténèbres. L'eau piqua mon nez et mes yeux, et je recouvrai enfin mes esprits et me relevai. J'étais seul dans la fontaine, seul avec la statue. Le jet d'eau du vase tombait sur ma poitrine et je me baissai pour y boire. Elle avait un goût de cuivre, ou peut-être de zinc. Elle avait le goût des choses mortes. Je la désirais tellement.

Quand je retournai dans ma chambre, la souris était sur mon lit. Le conduit de climatisation n'avait pas bougé. La créature m'observa, prête à bondir. J'allai au miniréfrigérateur pour lui prendre une gaufrette de Kolonada, mais quand je revins, la souris avait disparu. Était-elle restée pour me remercier de l'avoir aidée ou pour souligner qu'elle n'avait pas besoin d'aide – *Tu vois ? Je peux prendre soin de moi.* Il y avait eu une voie d'évacuation pour la souris tout ce temps. Le conduit était tout simplement un autre obstacle à surmonter, juste pour le plaisir de le surmonter. Je mangeai la gaufrette, son goût de noisette fondant sur ma langue. Nous pouvions faire des choses si incroyables. Liqueurs douces, gaufrettes fondantes, statues si proches de la vie.

La pensée du mollet de Lenka, la sensation de sa peau guidèrent ma main en dessous de ma taille. Mon corps ne répondit pas. Je massai, caressai, mais la sensation était mécanique, sans plaisir. Les désirs me venaient si facilement pourtant.

À défaut de jouir, j'arrêtai. Mon oreille me grattait, quelque chose se déplaçait autour de mon tympan. J'enfonçai mon index à l'intérieur et saisis le grain de poussière qui me tracassait. Quand je retirai mon doigt, une petite créature noire sauta sur le tapis. Ce n'était pas de la poussière. Je bondis, renversant la télévision alors que le Goromped s'échappait de mon pouce, puis j'attrapai le tapis et le secouai, les yeux rivés sur le petit point noir sautillant. Je l'attrapai alors qu'il frappait ma joue, le tins entre le pouce et le majeur. Mon premier instinct fut de presser, d'écraser la bête et de la faire glisser de ma main avec du savon, mais sa coquille extérieure était aussi dure et lisse qu'une pierre. Elle rongeait ma peau avec ses dents miniatures et tortillait ses pattes pour se libérer. Je saisis un bocal de conserve vide et jetai le Goromped à l'intérieur, puis refermai le couvercle tandis que la créature sautait de haut en bas, de bas en haut à une vitesse frénétique et avec une force qui renversa presque le pot. Je posai un gros livre par-dessus. On n'entendait plus que son tapage.

« Je t'ai eue, saloperie maléfique. Je t'ai eue. »

Je rassemblai les morceaux de la vieille télévision. À l'intérieur du pot, le Goromped tournait comme un rotor d'hélicoptère, émettant un doux sifflement qui rappelait celui du vent dans une petite ruelle.

« Intelligent. La théorie de Froude ne va pas t'aider, dis-je. Tu es à moi. »

À travers l'obscurité et le froid de la chambre, le Goromped tournait sans relâche.

Extrait de l'interview du sujet Lenka P.
Session IV

Kuřák : Vous aviez l'air très pressée au téléphone. Voulez-vous me parler de l'incident ?

Lenka P. : Ce n'est pas vraiment un incident. Une crise, plutôt. Elle est survenue quand les gens du magazine *Mode de Vie* sont venus. Ils ont pris des photos de moi assise seule sur le canapé. On m'a demandé comment je gérais l'attente. Si je dormais encore du même côté du lit. Il y avait quelque chose dans leurs questions qui suggérait que je n'étais pas entière, comme s'ils interrogeaient une personne dont on avait enlevé la moitié du corps. Ils veulent flairer mes rituels de solitude et les exhiber. Je ne veux plus le faire. Je veux… C'est horrible à dire, mais je veux juste être séparée, de la mission, de la renommée de Jakub. Je veux vivre comme je l'entends. Et je ne veux pas divertir le monde avec ma tristesse.

Kuřák : Est-ce que vous blâmez Jakub pour cette attention non désirée ?

Lenka P. : Je crois bien. Amis, famille, ils me questionnent tous à son sujet, me traitent comme une veuve temporaire. Comme s'il était mon univers et que mon univers avait choisi de disparaître. Et vous savez, il y a une certaine vérité à cela. Je suis la femme de l'astronaute. Je peux faire mes crêpes le matin, aller travailler, rentrer à la maison, aller à la gym, courir mes cinq kilomètres, et faire mes étirements, mais à la fin de la nuit, dans mon lit, je suis la moitié d'un mariage qui a été coupé en deux par cette mission vers nulle part. Son contact me manque – vous comprenez, je n'ai pas besoin des hommes, ça n'a jamais été le cas, mais je veux Jakub, parce que j'aime Jakub, je l'aime et je l'ai choisi pour partager ma vie terrienne. Son sommeil serein me manque, la façon dont il peut me réveiller quand je bouge trop et m'apporter un verre de jus d'ananas pour me calmer. Nos baises magnifiques me manquent, ainsi que les jours où je n'anticipais pas l'appel m'annonçant sa mort, quand sa vie était évidente, constante. Mais je ne sais pas si ce Jakub pourra encore exister. Le Jakub qui existe désormais est celui qui a choisi de partir.

Kuřák : Vous ne vous êtes jamais autant livrée.

Lenka P. : C'est tout ce que vous avez à dire ?

Kuřák : Lenka, je ne peux pas vous dire ce que vous voulez entendre. Vous devez y arriver par vous-même.

Lenka P. : Ce n'est pas utile du tout.

Kuřák : Les thérapeutes sont des miroirs.

Lenka P. : Chaque fois que vous dites cela, j'ai envie de vous frapper.

Kuřák : Je suis désolé de vous contrarier. Mais mon verdict reste le même.

Lenka P. : Très bien. Je ne veux plus de tout ça. Des journalistes qui m'emmerdent pour des interviews, de ma famille qui me regarde comme si je devais porter du noir et pleurer. Je ne veux plus des marques de mode qui me proposent des millions pour figurer sur leurs panneaux d'affichage. Et je suis fatiguée de regarder le visage de l'homme que j'aime, docteur Kuřák, bouffi par la gravité zéro, sa voix rauque et triste qui me raconte ces mêmes terribles blagues qu'il racontait sur Terre, mais sans l'énergie de Jakub Procházka. Je suis fatiguée du doute dans sa voix, qui trahit ses pensées – *M'aime-t-elle encore ? Alors que je suis si loin ? Attend-elle l'appel annonçant ma mort pour enfin passer à autre chose ?* Je pleurniche, n'est-ce pas ? Il est seul là-haut, et la cause est grande et noble, ne croyez pas que je ne comprends pas. C'est juste que… Docteur Kuřák, le problème est qu'il ne m'a jamais demandé. Quand on lui a fait l'offre, il m'a appelée, et j'ai laissé tomber mon téléphone dans la fontaine. Il a pensé que c'était l'excitation, mais c'était la peur. J'étais paralysée. Il est revenu à la maison et nous avons bu du champagne. Il a préparé des steaks et mis de la musique pour moi. Mais la question n'a jamais été posée – Lenka, qu'en penses-tu ? Dois-je faire cela ? Qu'est-ce que ça va me faire, et à toi, à nous, au monde que nous avons construit ? Peut-être que j'aurais dit non. Peut-être m'aurait-il écoutée, serait-il resté avec moi sur cette terre, et je me serais détestée pour ça, mais j'aurais encore mon mari. Il m'a transformée en Pénélope. Il n'a pensé qu'à lui.

Kuřák : Donc, vous auriez choisi de briser son rêve afin de le garder dans votre – ce que vous avez nommé précédemment… votre contrat ?

Lenka P. : Eh bien, dit de cette façon, ça semble monstrueux. *Briser.*

Kuřák : Il n'y a pas de monstres dans cette pièce.

Lenka P. : Ça rejoint d'autres choses dont nous avons parlé ici. Il ne demande pas. Il ne m'a jamais demandé si je voulais des enfants – il l'a juste supposé parce qu'il en veut lui-même. Il fonctionne comme ça. Il porte cette culpabilité depuis son enfance. Il porte les transgressions de son père dans un gros paquet sur ses épaules. Entre toutes les choses possibles, il devait devenir astronaute. C'est noble, c'est beau, mais je ne sais pas si je suis prête à le suivre dans sa quête de rédemption, comme s'il y avait quelque chose de magique là-haut qui puisse le libérer. Le ressentiment augmente. Et je suis forcée de me demander : avec encore une bonne partie de la vie devant moi, qu'est-ce que je veux ? De quoi ai-je besoin ? Alors que Jakub poursuit son but et pense : *Elle va juste attendre, toujours attendre…* Que dois-je faire ?

Kuřák : Je pense que nous sommes arrivés au nœud du problème, Lenka. Vous avez dit que vous vouliez partir.

Lenka P. : Oui. Pour un moment.

Kuřák : Pourquoi ne le faites-vous pas ?

Lenka P. : Parce que je ne peux pas le laisser alors qu'il est tout seul, échoué, je suis son lien le plus fort à la Terre.

Kuřák : Mais pourquoi ne partez-vous pas… simplement ?

Lenka P. : Je ne peux pas faire ça.

Kuřák : Mais vous n'êtes pas Pénélope.

Lenka P. : Non.

Kuřák : Et pourtant, vous attendez. En dépit de vous-même. Jakub s'est libéré. Il a dit au revoir à la Terre. Quelqu'un de théâtral dirait qu'il est parti accomplir son destin. Pourtant, vous n'êtes pas autorisée à faire la même chose pour vous-même.

Lenka P. : Ça le tuerait.

Kuřák : Avec tout le respect que je vous dois, c'est une idiotie. Vous vous prenez vous-même en otage.

Lenka P. : Donc, dans votre esprit, je pars. Je m'en vais.

Kuřák : Vous partez et vous déterminez ce que vous voulez pour vous-même.

Lenka P. : Je vois que vous n'avez jamais aimé personne.

Kuřák : Si. Et je leur ai toujours permis de faire ce dont ils avaient besoin. C'est le fondement de toute relation. Ne pas se piéger les uns les autres.

Lenka P. : Je dois y aller. Je dois acheter des choses pour le dîner.

Kuřák : Allez. Dînez. Réfléchissez.

[FIN]

Le Goromped devint une partie importante de ma routine à Carlsbad. Je fumais mes cigarettes du matin à l'intérieur, et je constatai que si je faisais entrer un peu de fumée dans le bocal, la créature se paralysait momentanément. Alors qu'elle gisait au fond du pot, je plaçais la cigarette allumée contre son ventre dur et j'entendais un petit sifflement aigu, qui me donnait un léger mal de tête. Quand je retirais la cigarette, la coquille du Goromped avait viré au rouge. Il fallait environ cinq minutes pour que sa teinte naturelle revienne, et quelques autres encore pour que la créature se remette à tourner rageusement dans son bocal.

Après mes excursions de l'après-midi dans les rues et les attractions de Carlsbad, j'essayai d'autres méthodes. Remplir le bocal avec de l'eau ne fit rien. En fait, le Goromped continuait son mouvement alors que le liquide immergeait son corps, comme s'il ne remarquait même pas le changement. Quand je le pulvérisais avec un insecticide, il plongeait dans la flaque et absorbait tout, la léchait comme un chien jusqu'à ce que le verre soit sec. Ce qui sembla vraiment le déranger était le produit à lessive. Après que j'en eus versé à l'intérieur du pot, le Goromped bondit vers le haut et percuta le couvercle jusqu'à le déformer, encore et encore. Je transférai rapidement la créature dans un bocal propre.

Tout en l'observant, j'essayais de savoir si j'étais en colère contre le Dr Kuřák. Il s'était empressé de conseiller à Lenka de partir, mais il semblait la traiter avec compréhension et bienveillance. Je ne pouvais pas être furieux contre un homme qui avait été bon envers elle au moment où elle en avait eu besoin. Ce qui me hantait vraiment : mes crimes de négligence présumés décrits dans les enregistrements aussi clairement que dans le réquisitoire d'un procès. Comment avais-je pu passer à côté de quelque chose d'aussi important ? Ces petits moments où j'avais fait du tort à Lenka m'apparaissaient aujourd'hui avec cruauté. Dans l'espace, je m'étais fabriqué des souvenirs où elle m'autorisait à partir en mission, mais ces questions n'avaient jamais existé réellement. J'avais tout décidé depuis le début. Je me suis demandé si je m'étais comporté comme ça toute ma vie, si un tel mépris pour la personne aimée était encore un héritage de mon père.

Les expériences avec le Goromped me gardaient enfermé dans la chambre une grande partie de mes journées, ce qui ralentissait mon rétablissement, le rendait plus douloureux. Je me rendis soudainement compte de la douleur dans mes joues, de mon incapacité à marcher sans une légère claudication. Dehors, le soleil caressait les épaules de femmes et d'hommes qui semblaient exempts de soucis, une ville de promeneurs sans destination. Moi aussi, je désirais le mouvement, mais pas celui d'un promeneur – je désirais la vitesse palpitante du Goromped.

Je recouvris le pot d'un tissu noir et sortis. Pour la première fois, je me dirigeai vers les quartiers résidentiels de la ville, ceux qui n'appartenaient ni aux patients ni aux touristes, et là, je remarquai une moto Ducati bleue appuyée contre une maison misérable. Une étiquette avec un prix raisonnable y était accrochée. Je me hâtai de retirer de l'argent dans le sac que Petr m'avait donné et j'achetai la Ducati en espèces, ainsi qu'un casque, à un homme exposant ses dents pourries alors qu'il comptait les billets. Je conduisis hors de Carlsbad et vers les collines, passant la forêt remplie d'hommes coupant du bois pour l'hiver, d'adolescents assis autour d'une fourgonnette sans roues, sniffant de la peinture ou de la colle. La route était mauvaise, pleine de nids-de- poule, et j'aimais les vibrations qu'elle provoquait. J'avais l'impression de lutter contre quelque chose, de faire un effort. Je traversai des villages sous les regards désapprobateurs de vieilles dames assises sur le seuil de leur maison, la jalousie de villageois travaillant aux champs après l'école pour se payer leur propre Ducati. Je fuis des chiens sidérés qui tendaient leurs crocs vers mes chevilles, fonçai le long de kilomètres et de kilomètres de champs de pommes de terre nus, de champs de blé, de champs de maïs, dans la désolation de la campagne de l'arrière-saison. Le paysage suscitait un intense sentiment de survie : bois coupé, nourriture entassée, et maintenant il était temps de rester à l'intérieur et de boire de l'alcool pour se réchauffer le ventre jusqu'à ce que l'hiver passe. Après une journée entière de voyage, je retournai à Carlsbad, affamé et déjà en manque de l'odeur de l'essence brûlante.

Le lendemain, je me rendis à une heure de Carlsbad, dans le comté de Chomutov. Je m'arrêtai devant l'église du village natal de ma grand-mère, Bukovec. Dans le cimetière à l'arrière du hameau, sa tombe reposait sous un saule. Elle m'avait toujours raconté des histoires sur cet arbre – elle en avait eu peur quand elle était petite, mais avait appris à l'aimer à mesure qu'elle vieillissait et sa forme affaissée avait mué de monstrueuse à apaisante, comme le flou de l'eau en mouvement. Quand son appétit pour la soupe aux choux – un autre réconfort de ses années de jeune fille – avait diminué à l'hôpital, et que le temps était venu pour nous de prononcer nos derniers mots, elle m'avait dit combien elle détestait me quitter. J'avais demandé ce que je pouvais faire, comment je pouvais m'acquitter de l'adoration qu'elle m'avait témoignée toute sa vie, comment lui prouver mon amour, et elle m'avait répondu que s'il y avait une place n'importe où près de ce satané arbre, je devrais l'y enterrer.

Je m'agenouillai sur la tombe et époussetai la pierre étincelante. J'étais triste de ne pas avoir pu répandre ses cendres dans l'espace avec celles de mon grand-père. Mais c'était son souhait. À la fin de sa vie, mon grand-père voulait devenir poussière, que toute trace du corps soit détruite afin que l'âme puisse être libre. Ma grand-mère avait un accord avec la nature. Elle voulait que son corps soit enterré entier, pour ne faire qu'un avec le sol, avec l'arbre, avec l'air et la pluie. Je les avais séparés avec le cœur lourd, mais je savais que s'il existait un semblant de justice cosmique, ils étaient déjà ensemble dans une autre vie, une autre réalité. Je restai sur la tombe jusque tard dans la nuit, parlant à ma grand-mère d'Hanuš, car je savais qu'elle lui aurait posé de nombreuses questions. Je retournai à Carlsbad alors que le soleil commençait à se lever.

Petr affirma que ma convalescence se présentait très bien. J'avais repris un peu de muscles, ma claudication n'était plus aussi marquée, je dormais même parfois des nuits entières. Mes semaines de repos arrivaient à leur terme et je commençai à me poser la question qui m'avait été interdite jusque-là : *Où est-elle ?* – « Plus tard, Jakub, dit Petr, plus tard. »

Lors de ma dernière séance de thérapie, Valérie passa ses doigts le long de la cicatrice de ma jambe. C'était une femme âgée aux yeux profondément ridés, avec une voix si basse qu'elle devait avoir passé sa vie à fumer du tabac et à boire de la vodka pour engourdir (ou exciter) ses désirs. Ses histoires étaient presque érotiques dans leur précision et dans sa volonté de narrer la vérité sans un mot inutile. Elle était la seule femme qui m'avait touché depuis mon retour. Elle était la présence de la Terre sur mon corps, elle me donnait l'impression de pouvoir être à la fois une amante et une mère. Ses ongles taquinaient ma cicatrice.

« J'ai appris à aimer votre silence, dit-elle. Vous êtes comme une toile vierge. Je peux vous imaginer n'importe quelle vie. Comme un personnage des vieilles histoires folkloriques. »

J'embrassai Valérie sur la joue. Elle me laissa faire. J'enfilai mes sous-vêtements, mon pantalon et ma chemise, et je sortis du spa en sifflotant. Je compris trop tard que c'était une chanson d'Elvis.

Ce dernier dimanche à Carlsbad, j'achetai un litre de produit lessive additionné d'eau de Javel et je transférai le contenu du bocal du Goromped dans le récipient en plastique. Un sifflement frénétique me jeta à genoux, mais je tins fermement le couvercle sur la bouteille pour résister aux tentatives de fuite du Goromped. La bouteille se craquelait le long des bords, le liquide à l'intérieur se réchauffait. Je resserrai mon emprise, prêt à tout pour étouffer la vermine cosmique dans la seule substance qu'elle ne pouvait pas supporter, jusqu'à ce que finalement la bouteille explose dans toute la pièce, faisant jaillir des éclats de plastique qui coupèrent ma joue. Le liquide gluant parfumé à la fraîcheur des cimes recouvrit tout – le lit, le tapis, le plafond et mes vêtements. Je tâtai les murs, cherchant sans succès le signe d'un cadavre, jusqu'à ce que je pense finalement à explorer ma chemise et mon visage, et là, dans ma barbe, je découvris de minuscules restes de pattes mortes et une particule de coquille. Le Goromped s'était déchiré en deux dans l'éruption. Je crachai sur les restes, les jetai dans les toilettes et tirai la chasse. Oui, je pris du plaisir à ce meurtre, que la science aille se faire voir. Pendant un bref instant, mes convictions scientifiques furent assez souples pour me laisser croire qu'Hanuš me regardait d'une sorte d'au-delà, souriant de satisfaction à ce dernier acte de vengeance.

Je laissai un pourboire de sept mille couronnes pour le service de nettoyage. Les ravages causés par la grenade détergente nécessiteraient un travail considérable. J'achetai une boîte de chocolats à la boutique d'en bas et écrivis : *Pour Valérie*. Sa bonté avait été inconditionnelle. Sa vie consistait à accueillir des hommes, des femmes et des enfants dans la douleur, certaines temporaires, certaines chroniques. Elle aidait des personnes qui attendaient la mort, des humains priant pour que leur désespoir et leur emprisonnement corporel soient soulagés d'une manière ou d'une autre, et Valérie accomplissait cela avec ses mains, sa voix, des histoires, avec cette détermination à trouver du bon dans chaque mot et chaque mouvement d'un membre malade. Valérie était une force inconsciente. Lui laisser des chocolats semblait banal, presque insultant, mais elle n'avait pas besoin d'être victime de ma glorification, l'idolâtrie en elle-même étant une sorte de mort.

Nous partîmes avant l'aube, le monde était encore sombre. Petr me proposa de porter le sac de voyage qu'il m'avait prêté, mais je refusai. Quand il ouvrit la portière de sa Citroën, je désignai ma Ducati et attachai mon casque.

« Retour à la Terre avec style », dit-il.

Je demandai à Petr de mettre le sac dans son coffre. Nous allumâmes nos moteurs, destination Plzeň, où Petr me conduirait à l'appartement de Lenka. Je ne ressentais pas la joie imaginée pour ce voyage. Certes, je rêvais de revoir Lenka, à tel point que je ne tenais pas en place. Mais nos retrouvailles seraient entachées par les vérités découvertes lors de ses conversations avec le Dr Kuřák. Les diverses façons dont je l'avais blessée, avec comme apogée la souffrance infligée par ma mort, qui serait maintenant annulée. Tous les aspects de mon retour, les bons et les mauvais, étaient extrêmes, douloureux, sans précédent. Je ne pouvais savoir ce qu'elle me dirait, ce que je répondrais, ou même comment commencer à parler à travers le fossé exponentiel de l'Univers entre nous. Elle avait raison. J'avais trop changé pour me sentir terrien. Les complexités de l'émotion humaine me semblaient incompréhensibles, une langue étrangère.

Je ne pouvais rien expliquer de mon voyage, et je ne pouvais pas expliquer qui j'étais devenu. Que faire d'un tel retour ?

Sur la route, les vibrations de la Ducati secouaient mes os et affolaient la chimie dans mes veines. J'étais soumis à la vélocité, violant les vitesses auxquelles le corps humain était autorisé à voyager. Dans l'espace, la vitesse de mon ascension était masquée par mon vaisseau, mais ici la matière était pleinement ressentie. C'était mon habitat, une planète que je gouvernais avec une volonté de fer, une planète sur laquelle je pouvais construire un moteur à combustion et un ensemble de roues pour me porter à la vitesse de deux cents kilomètres-heure, ressentir chaque secousse, chaque perturbation des particules d'air luttant pour me faire place. Pourquoi aller ailleurs ? Nous avions déjà tant fait ici.

J'étais sur les talons de Petr, mes roues à quelques millimètres de son pare-chocs. Nous devions aller plus vite. Vers Lenka. De retour à la maison. De retour à la vie.

Extrait de l'interview du sujet Lenka P.
Session V

Lenka P. : Ça s'accumule.
Kuřák : Continuez.
Lenka P. : Je continue à penser à la fausse couche, il y a des années. Je ne voulais même pas être enceinte, pas encore. Et un jour, je suis sur le tapis de course

et soudain il y a du sang partout, sur mes jambes, sur la machine. Durant les semaines qui ont suivi, Jakub est resté à son bureau. Il passait parfois pour changer de vêtements et me jetait ce regard, comme s'il me faisait une faveur en restant éloigné, comme si c'était de sa faute. Les choses n'ont jamais vraiment été les mêmes après cela. Nous avions encore de bons jours – il y a eu cette fois où nous sommes allés à la tour de l'horloge astronomique ensemble, et c'était presque comme si nous étions encore des gosses amoureux. Mais en réalité, nous ne l'étions pas. Jakub pensait que tout allait bien, mais nous avions perdu des parties de nous-mêmes.

Kuřák : Pensez-vous qu'il a choisi de se voiler la face ?

Lenka P. : Jakub est intelligent. Brillant. Mais il n'a jamais compris l'effort requis. Il a toujours pensé : nous sommes tombés amoureux, nous avons cette histoire qui nous soutiendra pour le restant de nos vies. Ce n'est pas qu'il n'y a pas œuvré. Mais il pensait que le simple fait d'être présent, d'être là, serait suffisant. Il a placé ses recherches en premier, s'est épanché sur tout le reste. Quand ça en venait à nous, il pensait que le mariage pouvait se nourrir de nostalgie et de présence physique. Pouvait se sceller par la naissance d'un enfant.

Kuřák : On dirait que vous avez pris certaines décisions.

Lenka P. : Eh bien, je me suis posé les bonnes questions. Comment auraient été les choses si Jakub n'avait pas accepté d'y aller ? Serions-nous restés ensemble plus longtemps ? Comment puis-je l'accueillir quand il rentrera chez nous ? Je voudrais sentir son corps contre le mien, bien sûr, parce que je l'aime, mais je voudrais aussi le frapper sur la tête, lui crier dessus.

Kuřák : Peut-être que s'il n'était pas parti, vous n'auriez pas trouvé le catalyseur de ces pensées. Vous auriez continué à vivre un jour à la fois, sans réfléchir aux causes de votre malheur.

Lenka P. : Eh bien, le catalyseur est là. Maintenant, je dois décider quoi en faire.

Kuřák : Et ?

Lenka P. : Je veux faire de longues promenades sans que personne attende rien de moi. Je veux être vide. Ithaque ne s'attend plus à ce que Pénélope s'assoie et attende. Elle monte sur un bateau et navigue vers ses propres guerres. Est-ce si terrible pour elle de vouloir sa propre vie ?

Kuřák : Pas du tout.

Lenka P. : Je l'aime. Mais je ne vois plus la route à suivre. Je l'ai perdue.

Kuřák : Il est normal pour les êtres humains de changer d'avis. Vous pouvez aimer quelqu'un et le quitter quand même.

Lenka P. : Je continue à penser à son doux visage. Sa voix. Comment cela résonnera si je lui dis tout ça.

Kuřák : Attendre son retour est une option.

Lenka P. : J'ai besoin d'être loin maintenant. J'ai besoin de quitter Prague, de laisser ces gens qui ne cessent d'appeler, d'envoyer des e-mails, de prendre des photos de moi sans me consulter. Comme si j'avais fait quelque chose de spécial en restant derrière.

Kuřák : Qu'allez-vous faire ?

Lenka P. : J'ai une conversation téléphonique avec lui cette après-midi. Je vais essayer de lui expliquer. Oh mon Dieu, comme cela va l'affecter.

Kuřák : Ça va le déconcerter. Mais délestez-vous de cela.

Lenka P. : Je suis surprise que vous n'essayiez pas de m'en dissuader. Pour le bien de la mission.

Kuřák : Le moment, certes, n'est pas idéal. Mais de telles choses ne peuvent pas être évitées.

Lenka P. : De telles choses ?

Kuřák : La tristesse. Vouloir y remédier. Et vous êtes maintenant ma patiente, tout comme Jakub. Le contexte n'a pas d'importance – mon travail est de vous amener à comprendre où est votre bien-être.

Lenka P. : Et le bien-être de Jakub ?

Kuřák : Notre situation unique présente bien sûr des conflits d'intérêts. Je fais de mon mieux pour prendre soin de Jakub, sachant qu'il va à peine me parler. Pour être honnête, les effets de votre mariage m'inquiètent moins que les souvenirs qu'il a enterrés. La vie d'avant qu'il essaie d'exorciser. Je voudrais qu'il se libère.

Lenka P. : Vous n'êtes pas un mauvais homme. C'est de plus en plus difficile pour moi de comprendre pourquoi Jakub vous déteste autant.

Kuřák : J'ai une théorie. Peut-être que je lui rappelle quelqu'un qu'il n'aime pas se rappeler. Ou parce que je l'ai fait parler de choses dont il aurait préféré ne pas parler.

Lenka P : Il garde ses secrets.

Kuřák : Il les serre contre sa poitrine.

Lenka P : J'ai essayé. J'essaie.

Kuřák : Je le sais. Lui aussi.

[FIN]

Plzeň. La ville qui servit de frontière à de nombreuses guerres de Bohême et produisit une bière qui devint célèbre dans le monde entier, avec des publicités de femmes à moitié nues tenant une bouteille verte au-dessus de leurs têtes comme un objet antique, comme si elles contenaient l'eau de la fontaine de Jouvence. Plzeň était bigarrée, avec une architecture magnifique de l'Ancien Monde, mais modeste quant à la culture et à l'histoire qui pulsent dans ses rues. Une concurrente de Prague à bien des égards, et aucun Bohémien ne dit ces choses à la légère.

C'était le nouveau foyer de Lenka. Nous arrivâmes alors que la ville se réveillait avec le soleil. Petr gara sa voiture devant une pâtisserie dans le centre-ville. Alors que je descendais de la Ducati, j'eus l'impression que la gravité allait m'abandonner à tout moment une fois encore. Même les lourds pavés qui bordaient la rue ne pouvaient éviter l'engourdissement de mes mollets.

« Son immeuble est au coin de la rue. Numéro soixante-cinq. Appartement deux. Il a un toit noir.

— Petr, je dois faire ça tout seul, maintenant. »

Hésitant, il me remit le sac de voyage. Je me retournai pour partir mais il saisit ma manche, puis prit une cigarette et l'alluma d'une seule main. « Donc tu ne veux plus qu'on se revoie, dit-il.

— N'y pense plus. Tu as fait tout ce que tu pouvais. J'ai pris mes propres décisions. Je voulais partir.

— Que crois-tu qu'il va se passer avec elle ?

— Tu sais, dans les mauvais jours, j'ai pensé que je l'avais inventée. Mon grand amour. Et franchement, toi, et la Centrale, et beaucoup d'autres choses. Quand tu te réveilles dans une pièce que tu ne reconnais pas, tu te sens perdu, non ? Qu'en est-il de marcher dans un poulailler dans l'obscurité totale, en utilisant seulement la mémoire musculaire ? Les poulets picorent tes pieds. Tu marches jusqu'à ce que tes sens s'accrochent à des indices familiers. Jusqu'à ce que tu sentes les toiles d'araignée sur la porte en bois et les lapins qui remuent alors que tu interromps leur sommeil. Tu marches dans l'obscurité jusqu'à ce que quelque chose devienne familier. J'ignore ce qu'il doit se passer, Petr. S'il te plaît, garde-moi dans tes pensées. »

Petr m'étreignit brièvement, puis retourna à sa voiture et partit.

Je me tenais devant la porte de l'appartement de Lenka, laquée d'un brun semblable à celle de mes grands-parents à Středa. Il n'y avait pas de paillasson, cette crêpe carrée servant habituellement à vous nettoyer des saletés des villes avant d'entrer dans un espace sacré. Je frappai, j'écoutai, je frappai de nouveau, j'attendis, les joues brûlantes et ma chemise trempée de sueur. Je m'appuyai sur la porte, y reposai mon front, frappai encore une fois. Que dirait Lenka quand elle ouvrirait ? J'avais sûrement l'air épouvantable, peut-être méconnaissable, même pour elle, comparé à l'homme qu'elle avait épousé. Je m'éloignai, redressai ma colonne vertébrale. Peut-être n'aurais-je pas besoin de dire le moindre mot. Peut-être serait-elle si extatique de me voir en vie qu'elle ne demanderait rien. Pas de réponse.

Je tâtai le dessus de la porte, où Lenka avait toujours laissé une clé quand nous vivions ensemble, terrifiée à l'idée d'oublier la sienne et de s'enfermer dehors comme elle l'avait fait petite, avec ses parents absents et les rues regorgeant d'inconnus. Sous mes doigts, je sentis la froideur du laiton, je pris la clé et la glissai dans la serrure. J'entrai dans le monde de Lenka.

C'était un appartement en enfilade, avec quatre chambres sans portes. J'entrai dans un bureau dont les étagères ne contenaient que des ouvrages lui appartenant, des romans provenant du monde entier, tandis que mes tomes de théories analytiques avaient disparu. Même notre bibliothèque prouvait que j'avais voulu conquérir tout ce qui était hors de la Terre, alors qu'elle désirait connaître chaque centimètre de la planète que je souhaitais quitter. Je posai mes mains sur ces livres, me rappelant ces nuits de silence quand nos avant-bras se touchaient et que nous lisions jusqu'à ce que le sommeil nous happe, les pages emmêlées à nos membres et à nos draps.

Dans la pièce attenante, sa chambre à coucher. Le lit n'était pas le nôtre. C'était le sien, plus petit, et un cratère en plein milieu suggérait que Lenka avait dormi confortablement sans avoir à choisir un côté. Les draps étaient soigneusement pliés, un autre de ses rituels du matin. Au-dessus du lit trônait une peinture que je n'avais jamais vue – des cormorans s'élevant au-dessus d'une rivière, un coucher de soleil aux teintes si orangées que ses rayons ressemblaient à du napalm. La signature de Lenka était visible dans le coin.

Que se passerait-il si Lenka revenait à la maison, capturait le fantôme qui fouillait son espace ? Comment expliquer que j'avais traversé le noyau qui avait vu le Commencement du monde ? Que j'étais tombé dans l'atmosphère et m'étais écrasé dans un lac russe ? Que j'étais revenu pour elle ?

La troisième pièce était un espace indécis. Un tapis de yoga et des poids dans un coin, tandis qu'au centre se trouvait un chevalet soutenant une peinture inachevée sur une grande toile. Ce nouveau projet était un ciel nocturne au-dessus de l'horizon de Plzeň. Une étoile particulièrement épaisse, à la queue rougeoyante, suggérait le mouvement. C'est ainsi que Lenka m'avait vu quand j'étais parti, se demandant quel reflet mouvant dans la vaste obscurité pouvait bien être son Jakub.

Il y avait aussi un placard. Je l'ouvris et me jetai sur ses vêtements, humant la lessive familière, les aisselles des chemisiers portant encore des traces de sueur mêlées de déodorant, des notes de son parfum d'abricot. Alors que je plongeais mon visage dans les vêtements, ils commencèrent à dégringoler, et bientôt je tombai moi aussi au sol, m'enterrant sous le tas jusqu'à ne plus pouvoir respirer.

La dernière pièce était la cuisine, où je parvins encore à sentir l'odeur de tous les plats favoris de Lenka : œufs au plat, bacon, ce sacré bacon, ragoût de champignons. Une haute table de bar était recouverte des journaux de la semaine (était-elle encore à la recherche d'articles à mon sujet, ou embrassait-elle le nouveau monde sans moi ?). Au-dessus de la table se trouvait la photo encadrée d'un coucher de soleil sur une plage croate.

Je retournai dans le bureau. Il n'y avait aucune photo de moi, aucune photo de notre mariage. Je songeai à fouiller dans ses placards pour voir si ces objets existaient encore, ou si Lenka avait nettoyé sa vie de nos souvenirs. Leur absence ne me dérangerait pas. Elle apporterait de la clarté.

Je quittai l'appartement. Si je m'agenouillais et mettais mon oreille contre le trottoir, Plzeň me parlerait-elle, me dirait-elle où chercher ? Je me retournai dans toutes les directions, les yeux fermés, j'en choisis une au hasard, puis me lançai, sachant que j'allais explorer ces rues jour et nuit jusqu'à trouver Lenka.

Alors que j'allais de l'avant, une légère musique résonna depuis la rivière Radbuza. Elle apparut. Je compris que la peinture de cormoran de Lenka avait été peinte sur sa rive. La musique se fit plus forte à mesure que je me dirigeais vers le centre historique de la ville, où la cathédrale Saint-Barthélemy dominait l'horizon. Une masse de tentes, de podiums et de stands de nourriture s'ouvrait devant moi, organisée en rangées soignées pour le festival d'hiver. Un groupe de musiciens roms jouait un folk apaisant, accompagné par les grogs fumants répandus sur le sol, le grésillement d'oignons et surtout les acclamations de voix unies dans l'extase païenne de la célébration humaine. Je pénétrai la masse, regardant par-dessus les têtes. Lenka devait se trouver là, avec son amour du rituel et de la vie. Je me payai une tasse de grog, preuve que je faisais encore partie de cet endroit, que je pouvais encore exister parmi mes congénères, mon espèce. Les heures passèrent, le soleil de l'après-midi commença à décliner et l'air se rafraîchit alors que je tournais autour de la place. Puis, à un stand devant moi, une main saisit une tranche de pain tartinée de fromage de chèvre. Le corps appartenant à la main était caché par les gens. Je fonçai à travers la foule, comprenant à présent que ces mains qui connaissaient mon corps dans ses moindres détails n'étaient pas un mirage.

Lenka. Ses douces mains.

Elle paya le vendeur et lui tourna le dos, la tunique verte sur ses épaules flottait dans le vent comme une robe de reine. Pendant un instant, la tunique glissa de son épaule droite, et les quelques centimètres de peau nue m'inspirèrent une luxure étourdissante. Je trébuchai, mais continuai à la suivre. Quelle était la meilleure façon de l'approcher ? Je ne pouvais pas mettre ma main sur son épaule avant qu'elle ne me voie. Elle avait besoin de me voir d'abord, de me reconnaître, de reconnaître l'homme qui s'était tant éloigné d'elle, à la recherche de ses propres ambitions, l'homme qui était revenu maintenant qu'elle avait construit cette nouvelle vie, pour lui demander d'abandonner sa solitude et, une fois encore, de tout changer pour lui.

Lenka. Ses douces mains, la peau de ses épaules. Étais-je encore digne d'elle ? J'accélérai le rythme, fendis le troupeau pour la devancer, et tournai dans la ruelle dans laquelle elle déambulait. Elle marchait maintenant vers moi, trente mètres, vingt-cinq. Mais trop de corps faisaient obstacle entre nous. Mes yeux cherchaient les siens, dix mètres. Pour la première fois depuis que j'avais quitté la Terre, je vis clairement le visage de Lenka. Paisible. Adorant chaque vision et chaque respiration. Comme si le monde était sa création et qu'elle était une déesse insouciante foulant le sol au septième jour de repos.

Elle était changée, plus heureuse que je ne l'avais jamais vue. Plus heureuse encore que dans nos meilleurs jours, notre somnolence orgasmique dans la tour d'Orloj, le sommet de notre amour. Cinq mètres.

Je me figeai dans mon mouvement. Lenka me regarda directement. Non. Elle regarda au-delà de moi, sans aucun signe de reconnaissance, aucune mémoire de ma forme matérielle. Elle passa devant moi. Comme si j'étais un inconnu dans une foule immense.

Pourrais-je être autre chose, dans le nouveau monde qu'elle avait bâti pour elle-même ? Elle devait me voir. Il n'y avait pas d'autre moyen de recommencer. J'ai maudit les foules impénétrables.

Je la suivis, cherchant l'occasion idéale alors qu'elle mangeait des cacahuètes bouillies, achetait quelques toiles et rentrait chez elle avec le soleil couchant. J'étais ivre, surtout à cause de toutes les mignonnettes de liqueur en provenance du reste de l'Europe, éructant le menthol, le carvi et le café pris avec les shots que j'avais bus en la traquant. Mon esprit était un chaos confus, ne savait plus si j'appartenais encore à la Terre. Mais mon corps fonctionnait en pilotage automatique – là où Lenka allait, j'allais.

Elle monta dans son appartement et je m'assis sur le trottoir, au bas de son immeuble. Le sol était frais au toucher, et les voix lointaines de ceux qui revenaient du festival, ivres de plaisirs simples, me réconfortaient. Les lampadaires s'allumèrent en grésillant. Une nuit somptueuse. J'imaginai monter à l'étage de Lenka et sonner à la porte. Elle me verrait alors. Les possibilités de sa réaction me terrifiaient, chacune d'elles apportant sa propre horreur. Si elle me touchait, mettait ses bras autour de moi, mes os resteraient-ils soudés ? Peut-être fuirait-elle, croyant voir un cadavre revenu la hanter. Cette boucle sans fin de pensées me tint rivé au trottoir. J'entendais ses paroles à Kuřák, à l'infini. Elle désirait une vie à elle, qui n'était pas éclipsée par mes obsessions, mes besoins. Et puis j'avais vu son visage dans la foule, serein et passionné, et la légèreté de son pas.

Était-elle plus heureuse ainsi ? J'avais eu besoin de quitter la Terre, de cueillir les particules de l'espace. De quoi Lenka avait-elle besoin ?

Elle ressortit de son immeuble, portant un grand sac en toile, et je me cachai derrière une façade au bout de la rue. Lenka se dirigeait vers la rivière. Je la suivis en gardant toujours mes distances, incapable de me décider à pénétrer son monde. C'était si facile, je n'avais qu'à crier son nom, parcourir la courte distance qui nous séparait et la toucher. Mais à chaque minute écoulée, je me sentais de plus en plus comme un intrus.

Elle posa son chevalet et commença à travailler sur le tableau inachevé du ciel nocturne.

Sa voix dans l'enregistrement de Kuřák, énumérant toutes les choses que j'avais faites. Oui, l'hiver de 1989 avait été le big bang de ma vie. La culpabilité due à la servitude de mon père m'avait suivi partout, nous menant jusqu'ici.

Elle but une gorgée dans un thermos. Du café ? Du vin ? Il suffisait que je lui pose la question.

La peinture sur le chevalet, les grains de poudre et d'huile colorant les fibres de coton, le solvant s'évaporant pour laisser l'huile sèche s'oxyder. Ce film résineux était maintenant la nouvelle dimension de la réalité, confinée dans une toile rectangulaire. Un nouveau monde. Une perspective. Lenka avait peint les bords violets pour évoquer l'influence de Chopra. Elle porta la main à sa tête, et bien que je ne puisse le voir clairement, je fus certain que le pourpre sur ses doigts avait coloré une mèche de ses cheveux. Et si ce rappel d'un phénomène si lointain, mais qui avait pourtant déraciné nos vies, y demeurait pour toujours ? Dans la peinture se trouvait la somme de nos existences. Ma décision de partir. Ma décision de placer autre chose avant Lenka. J'avais choisi la poussière, j'avais choisi l'espace, j'avais choisi le voyage vers nulle part, j'avais choisi de vivre au-dessus de l'humanité, j'avais choisi des missions supérieures, j'avais choisi des symboles, j'avais choisi d'atteindre la rédemption.

Je n'avais pas choisi Lenka. J'avais rompu notre contrat. Aujourd'hui, elle avait une vie à elle. Bien sûr, je pourrais me couler dans cette vie. Me débarrasser de toute ambition, abandonner tout projet d'avenir et simplement vivre aux côtés de Lenka de la manière qu'elle souhaiterait, faire ce qu'elle me demanderait sans causer la moindre dissonance. Mais une telle existence ne méritait pas que je m'y attarde, non seulement parce que je ne pourrais jamais vraiment l'accueillir, mais parce que Lenka la rejetterait, une insulte à ce que la vie est censée incarner.

Elle posa le pinceau sur le sol et s'assit au bord de la rivière. Elle remonta son pantalon et plongea ses pieds dans l'eau. Les grenouilles se dispersèrent avec des coassements indignés. L'air était devenu crayeux avec la fumée d'un brasier voisin. Lenka chantonnait et s'allongea dans l'herbe. Paisible, seule. Contemplant la surface calme.

Il n'y avait pas de place pour moi ici. Je fis un pas en arrière. Puis un autre.

Lenka retourna à son chevalet et entreprit de le démonter. L'eau teinte par toutes les couleurs de la palette se déversa sur l'herbe depuis la tasse servant à rincer le pinceau. Lenka se pencha et commença à dessiner quelque chose avec son doigt dans la flaque. Je n'avais jamais été aussi curieux qu'à ce moment, de ce que Lenka créait hors de ma vue. Elle était un ingénieur hors pair de ces petits moments. Épousant les accidents et les curiosités. Elle jaugea le travail à ses pieds et rit toute seule.

Je ne pouvais pas exister ici. Dans ce monde né de mon absence.

En moi cohabitaient à présent le mystère d'Hanuš, le rejet violent de Chopra, les corps de trois humains morts par ma faute. Les yeux de Klara, fous de la trahison, ses efforts pour me tuer d'un seul bras, ses dents s'enfonçant dans la chair de mon pouce comme des crocs.

Je n'avais plus rien à offrir à qui que ce soit. Pas ici.

Je me retournai et remontai le chemin en courant. Je sautai sur la Ducati et la démarrai, jetant mon casque au sol.

Elle m'avait aimé si parfaitement. Je n'aurais jamais pu rêver d'une vie meilleure sur Terre.

Désormais, j'étais un spectre. Des fragments de passés, de futurs, de portes à travers le temps et l'espace. J'étais la série de particules libérées par le noyau de Chopra. Mon seul destin : le mouvement. Je roulai le plus vite possible. Loin de Plzeň. Lenka s'était affranchie des choses qui me hantaient. Elle devait rester libre.

Ainsi, nous ne voyons jamais le véritable état de notre position avant qu'il n'ait été rendu évident par des fortunes contraires, et nous n'apprécions nos jouissances qu'après que nous les avons perdues.

Extrait de l'appel téléphonique final avec Lenka P., environ un jour après la mort présumée de Jakub P.

Lenka P. : Il n'a pas souffert ? Vous me dites la vérité ?

Kuřák : Oui. On m'a rapporté qu'il avait pris la pilule de cyanure. Son décès a été sans douleur.

Lenka P. : Et vous lui avez transmis mon message ?

Kuřák : On m'a assuré qu'il l'avait reçu.

Lenka P. : Je l'ai laissé mourir en pensant qu'il m'avait perdue. J'aurais dû faire comme si tout allait bien jusqu'à son retour.

Kuřák : Encore une fois, un certain rôle vous a été imposé.

Lenka P. : L'amour consiste en cela.

Kuřák : Je ne suis pas sûr d'être d'accord.

Lenka P. : Jakub a fait ce dont il avait besoin. Il accomplissait son destin.

Kuřák : Le sien, pas le vôtre.

Lenka P. : Pourquoi vous efforcez-vous tant à me faire me sentir mieux ?

Kuřák : C'est la nature de mon travail.

Lenka P. : Je suis terrifiée par ma réaction. Je ne sens rien. C'est comme si ce n'était pas arrivé. Comme si j'allais rentrer à la maison et que le Jakub que j'ai rencontré pour la première fois, si bien rasé, serait là, à m'attendre. Peut-être que le temps fonctionne ainsi – il est possible de le manipuler mais nous n'en avons simplement pas suffisamment le désir.

Kuřák : C'est ainsi qu'on fait son deuil. N'en ayez pas peur.

Lenka P. : J'ai épousé un garçon doux qui parcourait la ville comme s'il était perdu. Et puis il est parti dans l'espace. Quelle vie. Incroyable. Formidable. Terrible. Tout en même temps.

Kuřák : Vous sentez-vous libre ?

Lenka P. : J'ai l'impression d'avoir trop perdu.

Kuřák : La liberté peut se ressentir de cette façon.

Lenka P. : Vous me le promettez ?

Kuřák : Quoi ?

Lenka P. : Vous me jurez qu'on le lui a dit ? Que je l'aimais. Que notre vie ensemble n'était pas une contrefaçon – que tout ce que nous avons accompli au cours de ces années provenait des meilleures fractions de nous-mêmes ? Que nous avons eu cela, au moins.

Kuřák : On le lui a dit. Je le jure.

Lenka P. : Je continue d'avoir cette image de Jakub, comme une étoile épaisse en surbrillance dans l'obscurité, une traînée de lumière derrière elle. Je la vois tous les soirs, comme s'il allait inlassablement repartir. Comment les choses peuvent-elles s'éloigner de nous ? À quoi sert la physique de la Terre, ces couches d'atmosphère ? Elles empêchent les choses de nous atteindre. Mais j'aurais aussi voulu qu'elles l'aient retenu ici.

Un enfant de la révolution

Dépossédé du besoin de retrouver Lenka, mon temps devint une orbite perpétuelle sur le béton de la Terre. Les jours cessèrent d'avoir des commencements et des fins, alors que je conduisais ma Ducati indéfiniment sur les routes encerclant Prague à des vitesses toujours plus élevées, semblable au Goromped de ma chambre de Carlsbad. Le but singulier du mouvement. Aucun schéma en soi. Aucun projet.

Dans une station-service, j'achetai un sweat-shirt à capuche aux couleurs de l'équipe nationale de football. Je le tirai sur ma tête, toujours nerveux chaque fois que quelqu'un me fixait trop longtemps, craignant que sous un bon angle, je puisse être reconnu, en dépit de la structure à jamais altérée de mon visage, en dépit de mes yeux enfoncés, en dépit de mon poids insuffisant. Je ne regardais pas les inconnus dans les yeux, je détournais la tête pour que personne ne puisse jamais me voir entièrement à la lumière du jour. Maintenant, la capuche me rendait quelque peu invincible.

Quand je fus trop fatigué pour poursuivre ma route, je m'arrêtai dans un motel de routiers et mangeai des chips achetées dans un distributeur automatique, allongé sur un couvre-lit rugueux. Le téléviseur dans ma chambre ne voulait pas s'allumer. Je m'étais presque convaincu que cela n'avait pas d'importance, que je n'en avais pas besoin, mais je savais qu'il me faudrait plusieurs heures avant de pouvoir m'endormir, et le silence total aggravait mes maux de tête. Je demandai de l'aide à l'employé de l'accueil, qui, avec moult grands soupirs, m'apporta le téléviseur d'une autre chambre. Victorieux, j'ouvris une bière et choisis une chaîne d'actualités.

La hausse des prix du lait. (Je ricanai, me rappelant ma conversation avec Tůma.) La France, un pays de plus à quitter l'Union européenne en ruine. Puis, tout à coup, les visages d'hommes que je connaissais. Leurs mains menottées.

Le Premier ministre Tůma lui-même, en survêtement, les cheveux en désordre, était conduit hors de sa villa de Barrandov par des policiers. Ces images dataient de deux jours auparavant – l'histoire avait éclaté quand je conduisais ma moto en boucle.

Puis des images d'un autre endroit apparurent. C'était le centre-ville de Prague, un immeuble de bureaux inspiré d'un gratte-ciel de New York. De ses profondeurs, la police conduisait un homme dont j'aurais reconnu le visage parmi des millions. C'était *lui*.

Je sentis mon pied s'humidifier et jetai un coup d'œil à la bouteille de bière que j'avais renversée sans m'en rendre compte.

Selon le journaliste, les deux hommes avaient été arrêtés, ainsi que deux autres politiciens et un homme d'affaires, pour s'être enrichis avec de faux contrats gouvernementaux. Les médias les accusaient d'être les têtes pensantes d'une escroquerie qui, en l'espace de trois ans, avait permis de détourner sept cents millions de couronnes de l'argent des contribuables. Le Premier ministre Tůma, le soi-disant sauveur de la nation, et l'autre individu, apparemment un ami d'enfance proche de Tůma et son homme de paille au fil des ans. L'homme, l'Homme à la Chaussure, dont j'entendis le nom pour la première fois à travers cet écran de télévision craquelé et sale – Radislav Zajíc.

Je posai le téléviseur sur mes genoux comme pour le convaincre de me donner plus de détails. Après leur arrestation, deux jours plus tôt, les hommes avaient immédiatement payé une caution et s'étaient retirés dans un endroit inconnu. L'image de leur arrestation passa de nouveau, et bien qu'il y eût du gris dans les cheveux lisses que j'avais vus pour la dernière fois encore enfant, c'était lui, sans aucun doute. Avec toute la cruauté du cycle des actualités modernes, l'histoire se dissipa et fut remplacée par un nouveau panda rouge né au zoo de Prague.

Je courus à la réception et jetai la clé de la chambre à l'employé ainsi que de l'argent pour la bière renversée. Je me rendis au centre de Prague, dans les rues proches de mon ancienne université, un hameau de bars et de cybercafés emplis d'universitaires. J'avais eu l'habitude de m'intégrer ici, mais à présent, alors que je pénétrais dans l'une de leurs salles Wi-Fi, les jeunes esprits de l'avenir me regardèrent avec méfiance, peut-être même en fronçant le nez. Est-ce que je sentais mauvais ? Pas le temps. Quelque chose se passait, soudain des morceaux de ma vie ne formaient plus un tout, ou peut-être s'emboîtaient-ils trop étroitement. Je payai pour deux heures de connexion, m'installai avec une tasse de café que je laissai refroidir et tendis mes doigts sur le clavier. Quelques clics, le bourdonnement d'un processeur, la recherche d'un nom instantanée, des profils de réseaux sociaux, des e-mails. Radislav Zajíc, sa vie exhibée devant moi. Une légère brise parcourait le café, infusée de gaz d'échappement et d'arbres en fleurs.

Je bus finalement la moitié du café froid. Je ne savais pas trop quoi faire du nom. Peut-être voulais-je passer le reste de ma vie en vengeur, le hantant, le traquant. Qu'y avait-il d'autre à faire ? Peut-être était-ce encore la personne qui me connaissait le mieux, qui connaissait ma vie d'avant les gros titres, d'avant mon ascension, d'avant la mort. Peut-être ne voulais-je rien faire du tout.

Le magnat des affaires Radislav Zajíc et le Premier ministre Jaromír Tůma : des amis d'enfance, victimes de la persécution communiste, opportunistes postrévolutionnaires. Leurs carrières avaient pris des directions différentes, mais ils étaient restés liés, Zajíc était le plus proche conseiller de Tůma et son collecteur de fonds principal. En une seule recherche, j'eus de nouveau un but sur cette Terre, un but circonscrit dans un petit rectangle blanc et son curseur clignotant. Les deux hommes avaient construit la coalition d'une vie, Zajíc travaillant dans son domaine de prédilection, obtenant des capitaux grâce à ses investissements dans l'énergie, l'immobilier et l'importation de marques occidentales, tandis que Tůma devenait l'apôtre politique du libre-échange, ses coupes de cheveux, ses cravates en soie, et son influence financées par Zajíc et ses comparses. Maintenant, les ombres avaient été levées par le ministère de l'Intérieur, et Internet était devenu une fois de plus un tribunal populaire, l'agora de Rome où la foule tendait le pouce vers le bas. Toute l'affaire avait déjà été résumée sur Wikipédia, l'appareil de justice s'était rué pour emprisonner les hommes et le peuple de la République manifestait contre ces escrocs de haut vol dans les rues de la Vieille Ville. Je regardai dehors. Pas de manifestation en ce moment, rien d'une révolution.

Je terminai le mauvais café. L'Homme à la Chaussure et le Premier ministre Tůma, amis d'enfance. Quelle était ma place entre ces deux-là ? Je posai la tasse et me connectai à mon ancien compte de messagerie étudiante, conscient que l'université permettait à ces boîtes e-mail d'exister indéfiniment sans surveillance. Je copiai-collai l'adresse électronique de Radislav Zajíc – ses informations privées avaient été divulguées par un groupe de pirates informatiques – dans le champ du destinataire. Certes, il était peu probable qu'il le consulte beaucoup, avec tout le venin que les citoyens devaient lui balancer. Mais je devais le trouver. Avant de mourir, je regarderais l'Homme à la Chaussure dans les yeux et je poserais mes questions. *Qu'avait-il fait ?* C'était la première étape.

J'envisageai de demander une cigarette à l'un des étudiants autour de moi ou une gorgée de leur flasque pour me calmer. Étant donné l'interdiction de caféine pendant la formation et la mission elle-même, l'unique tasse de café m'affectait déjà avec ardeur – faisant trembler mes mains et causant une variété de fautes de frappe dans l'écriture de quelques phrases sommaires :

> *Vous m'avez offert du chewing-gum et j'ai dit non.*
> *Vous avez pris notre maison.*
> *Les porcs de Staline, groin groin.*
> *Mon grand-père est mort seul dans un lit double Ikea. Ma grand-mère est morte dans un lit d'hôpital après avoir mangé de la soupe aux choux bon marché.*
> *Qu'avez-vous fait d'autre ?*
> *Je suis là.*

J'envoyai l'e-mail.

À côté de moi, une jeune femme avec un gros livre sur les genoux regarda ostensiblement autour d'elle et remplit sa tasse de café avec une flasque argentée, et je me penchai vers elle pour demander si je pouvais en profiter, en échange de mon silence sur la contrebande. Elle répondit que je pouvais en avoir un peu, et que le chantage était impoli ; je la remerciai et bus en fixant ma boîte e-mail. Je l'actualisai, fixant encore, massant mes genoux endoloris. Les étudiants commencèrent à quitter l'endroit, et quand la jeune femme à côté de moi partit, le serveur commença à essuyer les comptoirs et je remarquai que le café allait fermer dans quelques minutes. Actualiser, actualiser – il était une fois un astronaute connu, maintenant réduit à un client de cybercafé dépassant son temps imparti pour vérifier ses e-mails. Le serveur me tapota l'épaule. Mes deux heures étaient écoulées, j'étais cordialement invité à revenir le lendemain matin.

Je fis planer mon curseur sur le X rouge de la fenêtre du navigateur. Il semblait plus rouge que d'habitude. La couleur d'un panneau stop. J'hésitai. Derrière moi, un soupir profond.

Une nouvelle ligne de sujet apparut. La préposition « Re », audacieuse, palpitante de vie. J'ouvris le courrier. Le serveur tapota à nouveau mon épaule.

Petit astronaute. Si c'est vraiment toi, appelle-moi.

Je sortis un billet de deux cents couronnes de mon portefeuille et lui offris contre du papier, un stylo et toutes les pièces de monnaie qu'il avait sur lui. Il accepta le billet avec hésitation et m'apporta un crayon et une serviette. Je griffonnai le numéro que l'Homme à la Chaussure avait envoyé. Le café et l'alcool dans mon sang faisaient cogner mon cœur contre ma cage thoracique. Je fermai l'ordinateur et remerciai le serveur trois fois tandis qu'il verrouillait les portes. Il haussa les épaules, et je courus au bout de la rue.

J'insérai vingt couronnes dans une cabine téléphonique à l'angle. Où vont les pièces ? Je me posai la question. Le concept ressemblait à de la science-fiction pure. Jeter un morceau de métal dans un autre engin de métal, et voilà, entendre une voix.

Je composai le numéro alors que dehors le soleil déclinait, créant un réseau d'ombres dans la cabine. Autour de moi, la ville disparaissait, les humains achevaient leurs rituels prédétente, se procurer des ingrédients pour le dîner ou se cacher dans un bar. Mon mal de tête et mon estomac gonflé me rappelèrent que je subsistais sur de la malbouffe et de la bière. Mais qu'est-ce qu'un corps, après tout ? Pourquoi le garder attrayant pour la terre du cimetière ?

À l'autre bout de la ligne, un clic, suivi d'une hésitation. Puis une voix que je connaissais, comme si je l'entendais encore par la serrure de la porte fermée de la cuisine de mes grands-parents.

« Laisse-moi entendre ta voix, dit-il.

— Où êtes-vous ?

— C'est toi.

— Qu'avez-vous fait ? dis-je.

— Tu n'es pas mort. C'est ta voix. Sauf si…

— Répondez-moi.

— Je veux te voir.

— Et si je vous tue ? dis-je.

— C'est quelque chose que ton grand-père aurait dit. Le numéro depuis lequel tu appelles, c'est Prague.

— Je serai près de la statue qu'ils ont bâtie. Demain. À midi.

— Tu as étudié dans ce parc. C'est pourquoi je leur ai demandé de la bâtir là-bas. Mais peut-être suis-je en train de me parler à moi-même, dit Zajíc. Je deviens fou. Est-ce toi ?

— Il vaudrait mieux pour vous que ce ne soit pas le cas », dis-je, et je raccrochai.

Je trouvai refuge dans une vieille boulangerie mise en vente et mangeai une tranche de pizza froide pour le dîner. Bientôt, un entrepreneur envahirait cet endroit et lui donnerait une nouvelle vie. Les sols dataient d'avant-guerre, quand la maçonnerie était encore un art. Ils étaient frais au toucher et je m'allongeai sur une nappe au sol, regardant les panneaux flétris et affaissés annonçant l'ancien menu. Des millénaires plus tôt, des personnes découvrirent qu'elles pouvaient pulvériser des grains de blé pour former un mastic qui, à la cuisson, redéfinirait l'espèce. Encore maintenant, avec les plaisirs culinaires globalisés et le monde qui offrait des délices sophistiquées, ce qui me réconforta alors que je me reposais dans la boulangerie était l'image d'une simple baguette de pain, dorée à l'extérieur, avec de la pâte pure et blanche à l'intérieur. La fissure que l'on crée avec son pouce pour déchirer la croûte.

Le but de ma nouvelle mission m'excitait. Je ne pouvais pas retourner vers Lenka, je n'étais plus dans son monde. Avec l'Univers toujours en expansion, nos circonvolutions ne pourraient plus jamais se rencontrer. Mais l'Homme à la Chaussure…

Radislav Zajíc. Il défiait ces lois de la physique. D'une manière ou d'une autre, il était revenu. Il me connaissait. Il connaissait Tůma. Je m'étais toujours dit qu'il avait dû savoir pour moi, ne serait-ce que par les journaux. J'avais compté sur lui pour assister à mon triomphe. Mais son amitié avec Tůma avait ouvert un cosmos distinct, qui ne naissait pas d'une explosion d'énergie aléatoire mais qui avait été soigneusement préparé. En m'endormant dans la boulangerie, des souris se cognant contre mes chaussures, j'avais la certitude que tout ce qui m'était arrivé était en quelque sorte son œuvre.

Le matin, je me réveillai tôt. Je conduisis jusqu'à Vyšehrad, un fort surplombant la rivière Vltava. Là, les fantômes des anciens rois gardaient les allées et les fontaines, les tours et les boutiques, les âmes des enfants qui se traînaient à l'école et celles des adultes fatigués sautant dans le tramway. Peut-être les fantômes m'observaient-ils aussi. Plus d'un millier d'années auparavant, la princesse Libuše s'était tenue sur la colline de Vyšehrad et avait regardé par-delà la rivière Vltava, et déclaré : « Je vois une grande ville dont la gloire touchera les étoiles. » Elle avait ordonné à ses hommes de se rendre sur ces terres et de trouver un paysan en train de construire le seuil d'une maison. Au-dessus de ce seuil, avait déclaré Libuše, serait construit le château de Prague. « Et parce que même les grands seigneurs doivent s'incliner devant un seuil, vous lui donnerez le nom de Praha. » Seuil. *Práh.* La fondation de Prague dépendait d'une dualité aussi stupéfiante. Au-delà de la rivière, Libuše avait eu la vision de mille tours s'élevant jusqu'aux cieux, des tours si hautes qu'on pouvait les voir d'Istanbul, de Britannia, peut-être même du trône divin de Dieu. Et pourtant le nom de cette ville glorieuse avait été choisi d'après la partie la plus humble de toute structure : un seuil, une ligne marquant l'entrée et la sortie, un symbole que personne ne remarque deux fois. Est-ce que cette dualité – le nom humble et la vision contrastée de grandeur –, qui fut confirmée lorsque Přemysl, le laboureur, un simple villageois, épousa la princesse Libuše et devint le premier souverain des terres de Bohême, était la raison pour laquelle Prague avait survécu aux guerres civiles, aux purges culturelles des Austro-Hongrois, aux occupations des fascistes et des bolcheviks ? Le monde était peut-être asservi à ses propres dualités, la fusion d'un commencement modeste et d'un rêve impossible. La vision de Libuše par-delà la rivière était le commencement. J'étais la fin. Avec moi, Prague avait enfin touché les cieux et accompli la prophétie prononcée par Libuše sur son berceau. Peu importait que le Saint Empire romain ait autrefois résidé dans le château de Prague, ou que le premier conseil de Bohême se soit réuni entre ses murs. C'était avec moi que la boucle de l'histoire de la ville se bouclait enfin.

Je montai à la Nouvelle Ville et garai ma moto à quelques pâtés de maisons de la place Karlův, qui avait été un refuge pour moi lors de mes premières années d'études. Elle avait un peu changé. Les étudiants n'y traînaient plus avec leurs sacs surchargés. Ils avaient été remplacés par des touristes pressés consultant leurs cartes et leurs agendas. Je parcourus les rues autour de la place et pris part à l'activité de ma ville natale. Je donnai de l'argent à un groupe de trois acteurs jouant du Shakespeare sur une fourgonnette. Je mangeai des hot dogs et payai les employés des latrines pour me remettre du papier-toilette soigneusement plié. Des cloches d'église sonnaient au loin, et un petit garçon laissa tomber une glace à mes pieds, ses parents le grondant en italien. J'entrai dans une allée qui s'était transformée en une librairie éphémère, avec des jeunes fouillant dans des cartons de livres de littérature et d'art. La rue se terminait par une communauté de sans-abri faite de tentes et de piles de vêtements, l'avant-poste sécurisé par un chien de rue vigilant. Je nourris le chien du reste de ma saucisse – à Prague, la probabilité de rencontrer un chien, sauvage ou domestique, était élevée, j'aimais être préparé et le gardien des trésors de la communauté me lécha les doigts.

À onze heures, je retournai sur la place, sur son herbe sombre essaimée d'oiseaux errants. Elle était entourée de murs d'arbres qui protégeaient ses habitants de la vie urbaine autour d'eux. Là, en son centre, se trouvait la statue de l'astronaute, des yeux morts sculptés dans la pierre, un nez beaucoup plus petit que le mien, un casque dans la main droite, la main gauche sur son cœur, un geste au peuple. Le socle, me surplombant comme s'il soutenait le poids d'un empereur, était marqué d'une inscription d'or pur dont les lettres avaient été gravées par le même tailleur de pierre, celui qui avait construit la cage d'escalier du Musée național. Une partie de mon nom était dissimulée par des vignes.

Au-delà de la statue, je rencontrai un groupe d'écoliers en excursion. Ils gambadaient sous la surveillance d'un professeur aux sourcils froncés, et leurs gazouillements juvéniles sonnaient comme une étrange chanson à mes oreilles. Impossible, pensai-je, mais non, je les avais entendus correctement. Ils chantaient un air sur l'astronaute mort, sur l'espoir d'être comme lui un jour.

Aucun autre son ne m'enlèverait cette mélodie de la tête. Elle reviendrait toute ma vie, inopportune, comme la grippe ou le parfum des amants. J'étais là, en chair et en os, et j'observais les enfants, tétanisé, tandis que la version statique et sans vie de moi-même, située à quelques mètres, accueillait la louange de leur chant.

Je m'assis sur un banc en face de la statue. Quelques minutes avant midi. Ma nausée, la raideur de mes phalanges, la violence du moment, la peur m'obligeaient à me plier en deux. L'homme qui avait banni ma famille était en route. Dans cette vie terrestre une fois de plus recommencée, il était maintenant tout ce qui importait.

Une minute de retard. Allait-il venir ?

Quelqu'un surgit entre les arbres. Il se dirigea vers les enfants, posa sa main sur l'épaule de l'enseignant.

Ils parlèrent ensemble et le nouveau venu pointa son doigt vers moi. Le professeur hocha la tête.

Radislav Zajíc s'avança vivement dans ma direction. Il s'arrêta à environ quinze mètres, les bras étrangement ballants, comme un garçonnet qu'on viendrait de gronder. Il paraissait plus petit que dans mon souvenir, mais c'était bien son visage, marqué par les mêmes cicatrices de vérole et de peau gercée. Son costume, armure autour de son corps, était lisse et tombait parfaitement, comme une nouvelle couche de peau fraîche.

« J'ai demandé à ce professeur s'il te voyait aussi, dit Zajíc. Et il a dit oui. »

Je me levai et me dirigeai vers l'Homme à la Chaussure. J'étais plus grand que lui.

« Vous me voyez, dis-je.

— Oui. Jakub. Tu es là. Et tu ressembles à ton père. »

Il me connaissait. Il m'avait reconnu instantanément. Cet homme était le dernier vestige vivant de mon histoire originelle. Une preuve que ces jours d'enfance n'étaient pas un mirage. Contre ma volonté, la colère et la nausée s'évanouirent. L'Homme à la Chaussure m'apaisait.

La théorie des probabilités examine de façon mathématique des événements dus au hasard. Elle étudie également des quantités mesurées qui peuvent être des occurrences uniques ou évoluer dans le temps de manière apparemment aléatoire. Si une séquence d'événements aléatoires est répétée plusieurs fois, des modèles peuvent être détectés et étudiés, créant ainsi l'illusion que les observateurs humains peuvent vraiment connaître et comprendre le chaos. Et si notre existence elle-même était un champ d'étude de probabilités menée par l'Univers ? Chacun d'entre nous représentant un personnage, une abstraction mathématique construite avec des attributs copiés sur des sujets précédents, avec une légère variation (échanger le complexe d'Œdipe contre le complexe d'Électre, ou la handicapante anxiété sociale contre le narcissisme), modélisée avec des instincts similaires – la peur de la mort, la peur de la solitude, la peur de l'échec. Les résultats – la pauvreté, la famine, la maladie, le suicide, la mort paisible sur un lit, perclus de honte et de regret – recueillis par un chercheur de l'au-delà, un compte cosmique rassemblant la probabilité du bonheur, la probabilité d'intégrité, la probabilité d'autodestruction. La probabilité de la chance. Est-ce qu'un sujet né pauvre et malade peut finir dans la tranche supérieure de la chance à la fin de sa vie ? Est-ce qu'un sujet né dans le privilège et la santé peut s'écraser et mourir dans une misère totale ? Nous avons tout vu. Nous avons tout vu, alors où sont ces schémas, et quand l'Univers publiera-t-il ses conclusions dans un journal respecté par ses pairs ? Quel est le rapport de probabilité qu'un événement cosmique se produise au détriment de tous les autres ? C'est peu probable. Pourtant, nous y voilà.

Radislav Zajíc me reconnut. Je levai mon poing et l'écrasai sur sa mâchoire. Il tomba à terre trop facilement, et j'observai l'endroit sur ma main où quelque chose avait craqué. Ma troisième phalange s'était enfoncée, créant un cratère sombre. Le sang surgit. L'instituteur rassembla précipitamment les enfants et les conduisit loin de la place.

Zajíc me regarda fixement. La défiance qu'il avait manifestée à mon grand-père avait disparu – il ne me provoquait pas, il n'essayait pas. Il attendit simplement, me regarda avec une curiosité douce. *Si tu décides de me battre à mort, c'est ton affaire.*

Je lui tendis la main et le relevai. Il se dirigea vers la statue et je le suivis.

« Tu sais, ça fait plusieurs années qu'on ne m'a pas frappé, dit-il. Il y a comme une forme de soulagement là-dedans.

— Cela fait quelques décennies que je nourris ça en moi. »

Il posa sa main sur le socle de la statue, écarta les vignes qui cachaient mon nom. « Tu aurais dû voir ça, dit-il. Je n'ai jamais vu un projet être accepté aussi vite au Parlement. Les gens pariaient sur la somme que nous devrions dépenser pour construire cette statue. Ils voulaient la faire aussi grande qu'une tour. Mais j'ai soutenu que tu préférerais quelque chose de plus modeste, dans un endroit symbolique. Je sais que tu as passé beaucoup de temps ici quand tu étais étudiant. Tu observais le ciel et étudiais toute la nuit.

— Vous et Tůma. Vous êtes responsables.

— Oui et non. Comment as-tu fait, Jakub ? Comment es-tu revenu ?

— J'ai volé, fils de pute. J'ai agité mes satanées ailes et me voilà. »

Zajíc s'adossa contre la statue, massant sa mâchoire.

« Vous m'avez envoyé vers Chopra. Vous en avez convaincu Tůma. Dites-le.

— Je lui ai donné ton nom, Jakub. Rien de diabolique à cela…

— Pourquoi ? Pour ôter le dernier Procházka de la Terre ? J'ai failli mourir. Je l'ai perdue. Pourquoi ?

— Ce n'est pas la raison, Jakub. Si je puis me permettre. »

Mes mains tremblaient, je les enfonçai dans mes poches. Je ne pouvais pas montrer la moindre faiblesse. Pas à lui.

« Oui, dis-je.

— Quand tu as quitté Středa, je n'ai pas pu te lâcher. J'ai été marié à deux reprises, et chacune de mes femmes m'a surpris chuchotant ton nom dans l'obscurité, pensant que tu étais l'un de mes amants. Je t'ai regardé grandir, j'ai vu tes bulletins de notes, tes courriers d'intention pour l'université. Je voulais m'assurer qu'ils t'admettent, mais tu n'as pas eu besoin d'aide. J'ai assisté de loin aux funérailles de ton grand-père. J'ai demandé au propriétaire du vignoble où toi et Lenka vous êtes mariés de vous faire un devis à la baisse et j'ai payé la différence. Tu étais un souvenir de l'ancienne vie, et je voulais voir, j'ai toujours voulu voir – allais-tu devenir une ordure ? Était-ce dans ton sang ? Et tu as continué à être bon. Déterminé.

— Vous avez perdu la tête. Et alors ? Vous m'avez choisi pour la mission suicide comme une sorte de compensation ?

— Une nuit, alors que nous étions ivres, Tůma m'a parlé de son rêve de programme spatial. Je lui ai ri au nez au début, mais il était sérieux, il m'a attrapé par le col et m'a juré que ça verrait le jour. Je croyais qu'il était l'homme dont le pays avait besoin, tu comprends ? Avant que nous ne devenions tous deux cyniques. Il croyait qu'il fallait nourrir à la fois le ventre et l'âme des citoyens. Il croyait en la science, en la curiosité et aux livres. Il m'a fait penser à toi. Et je lui ai donné ton nom, Jakub. Cela nous a semblé être une évidence à cet instant. Ce n'était pas pour te punir ou te récompenser. C'était une réaction à ce qui semblait être un appel cosmique. Tůma t'a donné le choix, et tu as décidé de faire quelque chose de grand, comme je m'y attendais.

— Je n'ai rien fait. J'aurais dû me satisfaire de choses familières. De certitudes. Vous n'avez jamais été autre chose qu'un homme triste et haineux. Vous avez laissé mon père gagner et vous l'avez laissé nous détruire tous les deux.

— Hmm, dit-il. Oui, c'est en partie vrai. Mais tu as fait tout ton possible, Jakub. La mission a été un échec, mais le pays croit en notre grandeur. Tu aurais dû voir les funérailles. La ville entière était plus vivante que jamais. Des dignitaires sont venus du monde entier pour te rendre hommage. Et maintenant, tu es de retour – je ne sais pas comment, je ne sais pas ce que tu as dû faire, mais tu es ici, et nous pouvons te ramener à la nation. Le retour d'un héros. Ils vont en perdre la tête, Jakub. Tu seras un roi. Tout ce que tu penses avoir perdu, tu vas le récupérer au centuple. »

J'y réfléchis. Les nouvelles, les interviews, tout ce que j'avais imaginé pour mon retour et exacerbé à un point de frénésie, les questions sans fin, comment était-ce possible, qu'est-ce qui m'avait ramené ? Cette résurrection signifierait-elle le retour de Lenka ? La fin de sa félicité ?

Non. Je ne pouvais pas. Je leur avais tout donné. Ils n'avaient pas le droit de me demander plus.

« Ça n'arrivera pas, dis-je. Je reste mort. Je l'ai mérité.

— Tu en es certain ?

— Oui. Je veux une vie tranquille.

— Eh bien, je suppose que cela ne change rien pour moi. Mon procès se tient dans un mois. À moins que je ne décide de fuir le pays, ce que j'envisage encore. Mener une vie tranquille dans les Caraïbes. Quoi qu'il en soit, Jakub, il semble que les grandes missions de nos vies soient terminées.

— Quelle était la vôtre ?

— Aider la démocratie contre des montagnes d'argent.

— Vous êtes un voleur.

— J'en suis devenu un, oui.

— Que pensez-vous de mon père maintenant ? Vous ne pouvez pas vous croire meilleur que lui, plus maintenant. Cette douleur que vous avez engendrée pour vous venger d'un mort, les gens que vous avez détruits dans le processus. Le but de tout cela.

— Puis-je te montrer quelque chose ? Ça demande un petit déplacement.

— Je ne vais nulle part avec vous.

— Ne sois pas stupide, Jakub. Je t'ai vu grandir. Je ne te souhaite aucun mal. »

Qu'y avait-il d'autre à faire ? Je ne voulais pas que cette réunion se termine, que cet homme qui me connaissait, le dernier vestige de ma vie d'avant la mission, disparaisse. Je le suivis sur la pelouse et, entre les arbres, nous entrâmes dans la ville, où un chauffeur en costume ouvrit la portière d'une BMW noire. Nous nous installâmes sur les sièges en cuir et Zajíc m'offrit un verre de scotch. Je le bus d'un trait. Était-ce une trahison envers mon grand-père de me trouver assis à côté de cet homme, de lui parler ? Il n'aurait pas pu me reprocher de vouloir comprendre. Comprendre chaque mouvement qui m'avait mené là. Le siège me rafraîchit le dos, je me versai un autre verre, me demandant comment c'était d'être un homme qui vivait dans un tel luxe chaque jour, une barrière le protégeant de l'horreur de la banalité. Zajíc m'observait et toutes ces décennies plus tard, je craignais qu'il ne lise toujours aussi facilement en moi l'expression du garçon effrayé.

Nous arrivâmes à un bâtiment dans la Nouvelle Ville. Le chauffeur ouvrit la portière et je me retrouvai devant une épicerie fine. Le bâtiment était haut de huit étages, construit au temps de l'ancienne République, avant la guerre, avant les projets de logements communistes. L'Homme à la Chaussure me fit signe de passer par la porte d'entrée et de monter jusqu'au sommet de la cage d'escalier. Là, il sortit des clés de sa poche et ouvrit une porte en métal. Elle grinça et je remarquai qu'elle était lacérée de rayures profondes.

Alors que j'hésitais, Zajíc entra dans la pièce. Les fenêtres étaient couvertes d'un papier noir qui plongeait l'endroit dans l'obscurité. Quelque chose cliqua. Une lampe illumina les lieux et l'Homme à la Chaussure se planta près d'un bureau taché de sang dont les tiroirs avaient été enlevés. La lampe – petite, avec un col rouillé et une lumière dure et invasive – et un dossier vert constituaient les seuls éléments sur le bureau. L'unique autre meuble dans la pièce était une chaise en bois recouverte d'entailles épaisses et profondes, des morceaux de ruban adhésif collés sur ses pieds et son dossier. La chaise faisait face aux fenêtres noircies. Sur le sol de pierre poussiéreux, devant la chaise, reposait l'élément central de l'histoire de ma vie. La chaussure en fer.

« Est-ce réel ? dis-je.

— Quand j'ai rencontré ton père, le sous-sol où se trouvaient les salles de torture habituelles était fumigé contre les rats. La police secrète a chassé quelques fonctionnaires médiocres de leurs bureaux et installé ces chambres provisoires. On ne peut pas laisser la vermine interférer avec les interrogatoires.

— C'est ici ? Celle-là ?

— Cette pièce. Les pieds de ton père l'ont foulée. Bien sûr, au moment où j'ai acheté le bâtiment, l'espace avait été transformé en un beau bureau. Je leur ai fait recréer la pièce de mémoire. Ne t'inquiète pas, le sang est faux. Mais je pense que tu reconnais la chaussure. »

Je m'imaginai à dix-neuf ans, avec des joues encore rebondies de gamin. Des inconnus entraient dans ma classe d'université et m'emmenaient. M'amenaient ici, noircissaient le monde au-delà de ces fenêtres, comme de la terre jetée sur un cercueil. M'infligeaient de la douleur, me blessaient avec la pleine conviction qu'ils sont du bon côté de l'Histoire, du côté moral, du côté de l'humanité. Mon père avait fait ça pour gagner sa vie. Il avait fait ça et cela nous avait valu un appartement agréable, de beaux vêtements et des albums secrets d'Elvis.

« Pourquoi m'avez-vous amené ici ?

— Je voulais que tu voies l'endroit où je suis né. L'homme que j'étais avant de connaître cette pièce allait probablement devenir chimiste. Un scientifique, comme toi. Mais quand ils m'ont expulsé de l'université, qu'ils ont tout pris à ma famille, le seul but de ma vie est devenu de ne pas me retrouver dans cette pièce à nouveau.

— Pourquoi me dites-vous ça ?

— Tu ne veux pas me connaître ? »

Je me tournai vers la chaise en bois et m'y assis. Ma douleur au genou revenait, me rappelant que je n'avais pas pris mes médicaments de toute la journée. Je sortis le flacon de ma poche et avalai une pilule sans eau.

Je glissai mon pied dans la chaussure de fer. « Attachez-la », dis-je.

Zajíc se pencha et appuya sur la sécurité, puis tira la lourde lanière de cuir dans une boucle.

J'essayai de soulever mon pied. J'en étais incapable.

« C'est la chose la plus terrifiante, dit Zajíc. Ça t'enracine. Ça te donne l'impression que tu ne marcheras peut-être plus jamais.

— C'est un réconfort maintenant. Être immobile. Lié.

— Comment as-tu fait, Jakub ? Comment es-tu revenu ?

— Ce n'est pas le moment d'en parler. »

Il acquiesça et se dirigea vers la fenêtre. Il l'ouvrit, et les bords du papier noir se déchirèrent. Le soleil se déversa dans la pièce pour la première fois depuis de nombreuses années. Sans l'obscurité pour l'isoler, cela ressemblait à un triste bureau ordinaire qui empêchait les êtres humains de vivre librement, un peu comme le bureau du Dr Bivoj.

« Vous m'avez fait croire que j'étais maudit, dis-je. Comme si toute mon existence était une sorte de tache spirituelle. Le dernier résidu du sperme de Caïn. Ce ne sont pas de bonnes pensées pour un enfant. Pour un homme. J'ai souhaité que vous mouriez de tant de façons différentes. Avant même de pouvoir me raser, je fantasmais déjà sur ce que je pourrais vous infliger avec une lame. Votre voix a résonné dans ma tête toutes ces années, sans invitation. Je devrais vous jeter par cette fenêtre, mais je n'en vois plus l'intérêt. Je ne sais pas quoi faire une fois que nous aurons quitté cette pièce. Je ne sais pas. Quand je n'ai pu me résoudre à parler à Lenka, j'ai cru que vous retrouver serait ma nouvelle mission, la seule manière de rester en vie. Mais je vous regarde et je sais que le châtiment n'est pas la vie. »

Il se tourna vers moi. Il se pencha et détacha mon pied. Je ressentis la suspension brève, la libération du poids et de la pression comme si je flottais encore dans l'espace, avec Hanuš à mes côtés, sur le point de rencontrer un noyau qui nous conduirait à la naissance de l'Univers.

« J'ai construit une vie autour de quelques heures passées dans une pièce avec un inconnu cruel, déclara l'Homme à la Chaussure. Jakub, il m'a fallu trop de temps pour en prendre conscience. Ton père a fait ce qu'il m'a fait, mais la décision de vivre comme j'ai vécu a toujours été la mienne. Pour moi, le catalyseur était cette pièce. Pour ton père, le catalyseur a été le jour où il a choisi de penser que le monde était empli d'ennemis. Pour toi, le catalyseur n'a pas besoin d'être la colère ou la peur ou un sentiment de perte. Le sens de ta vie ne repose pas sur Lenka, ni sur ton père ni sur moi. J'ai commis des choses odieuses, oui. Je t'ai observé, je me suis infiltré dans tes affaires, mais les choix… ils étaient tous à toi. Tu es tellement meilleur que ton père et moi. Tu ne laisseras pas cela te paralyser. Ça ne doit pas finir pour toi comme ça s'est fini pour nous. »

Il resta à genoux à mes pieds, et je vis que l'homme qui était entré dans la maison de mes grands-parents avec un sac à dos avait disparu depuis longtemps. Les yeux qui me regardaient sous ces sourcils gris étaient morts, comme des fenêtres menant à une nuit profonde et sans étoiles ; ses membres et ses traits s'affaissaient – victimes à la fois de la gravité et de sa vie cupide.

« Maintenant que vous avez été attrapé, dis-je, vous vous apitoyez sur votre sort.

— J'aimerais que ce soit aussi simple. En me tenant dans cette pièce avec toi aujourd'hui, j'ai même cessé de penser au châtiment qui m'attend. Ça me semble clair. Tu es libéré de la captivité et je vais faire face à la mienne.

— Vous êtes philosophe, à présent.

— Nous nous comprenons, Jakub. Tu le sais.

— Une étincelle de l'ancienne vie.

— Une étincelle de l'ancienne vie.

— Ça me manque. Le flot de la rivière qui traversait Středa. Elle me portait aux limites du village et je nageais à contre-courant jusqu'à la rive. Je n'ai jamais voulu partir de là-bas, pas une seconde.

— J'avais une maison dans un village, moi aussi, dit-il. Ils me l'ont prise.

— Je ne sais pas ce que je vais faire, maintenant, dis-je. Elle est partie. Je suis revenu pour elle, mais je n'ai pu me résoudre à lui faire face. Je sais que je devrais la poursuivre, mais je ne peux pas. Il y a une vie pour elle en dehors de tout cela. Sans moi.

— Et il y en a une pour toi. Tu peux faire quelque chose, Jakub.

— Vous avez un conseil à me donner ?

— Seulement si tu le souhaites.

— D'accord. Conseillez-moi, Homme à la Chaussure.

— Homme à la Chaussure ? C'est comme ça que tu m'appelles ?

— Depuis toujours.

— La maison est toujours là, tu sais, dit-il. Et elle t'appartient. J'ai toujours su d'une manière ou d'une autre que tu reviendrais. »

Encore agenouillé, Zajíc sortit une paire de clés de sa poche. Les originales, les mêmes qui avaient autrefois reposé dans le sac de ma grand-mère. Les mêmes qu'elle avait utilisées pour verrouiller la maison après s'être assurée que mon grand-père et moi étions en sécurité dans nos lits.

Il les déposa dans ma paume. Beaucoup plus légères maintenant que quand j'étais enfant.

« Je suis allé si loin pour revenir, dis-je.

— Moi aussi. Pourquoi vivre autrement.

— J'espère que vous allez accepter votre châtiment. Aller en prison. Faire ce qui doit être fait.

— Je ne peux pas le promettre, Jakub. La seule chose que toi et moi avons en commun est que nous aimons trop la vie pour nous soumettre au chemin prévu. »

Nous remarquâmes tous deux au même instant que mon lacet s'était défait dans la chaussure de fer. Zajíc s'en empara des deux mains. Il s'arrêta et regarda par la fenêtre, ses joues rougeaudes, ses pensées rattrapant son instinct, mais il s'était déjà engagé, et il attacha donc mon lacet en un nœud ordonné. Le tissu de mon pantalon était remonté de quelques centimètres, révélant une petite partie de la cicatrice sur mon mollet. Zajíc se figea, releva le tissu un peu plus.

« La mienne a disparu, dit-il. On ne peut plus voir les chiffres. Seulement une seule ligne blanche transversale. »

Quand il se releva, il sembla vieux – ancestral et chétif –, soumis au poids écrasant de la conscience. Le costume finement ajusté, la surface vernie de ses chaussures de cuir, les cheveux gris clairsemés – rien ne pouvait plus me tromper sur le véritable état de son être. Zajíc n'était pas une menace. C'était un homme déraciné à la recherche d'un nouveau sens à sa vie.

Radislav Zajíc consulta sa montre et se dirigea vers la porte. Il se retourna à demi, sans me regarder.

« Tu ne m'as pas demandé ce qui se trouve dans le dossier vert, dit-il.

— Eh bien ?

— Ce sont mes poèmes contre le régime. C'est bien moi qui les ai écrits, tu sais. Seulement, c'était une blague, une sorte de défi, pour impressionner quelqu'un dont je ne me souviens plus. Mais mes camarades les ont pris au sérieux et les ont diffusés. J'étais soudain un révolutionnaire publié. Tu vois. Le moindre geste façonne notre histoire. Puis j'ai rencontré ton père. Et je t'ai rencontré. »

Il disparut. Le son de ses pas, plus grand que la vie, résonna pendant quelques minutes, jusqu'à ce que la porte d'entrée, huit étages plus bas, claque bruyamment et que je reste seul avec le soleil de l'après-midi.

La chaussure rouillée me regardait, bouche bée, comme choquée d'être soudain abandonnée par son fidèle gardien. Je la ramassai et, une fois de plus, comme tant d'années auparavant, je la scrutai pour y déceler des restes génétiques de mon père, preuve physique de la rencontre qui avait défini le sort de ma famille.

Je jetai la chose par la fenêtre ouverte qui donnait sur la cour, et elle crissa affreusement le long des murs de pierre jusqu'à affronter elle aussi l'inévitabilité de l'oubli, ses morceaux fendus, les entrailles disséminées dans l'herbe et la terre, la chaussure enfin exempte de mal, de but. De gros pigeons s'en approchèrent, en quête de quoi assouvir leur cupidité instinctive. N'y trouvant rien, les oiseaux s'envolèrent pour aller piller des pâturages plus verts, mais le plus gros, que j'imaginais être le chef de bande, fit une élégante pirouette contre le cadavre de la chaussure de fer et, en s'éloignant, lâcha un épais flegme couleur crème, le liquide formant une petite boulette qui souilla avec une efficacité brutale les restes de métal.

Pendant un instant, l'idée de sauter me sembla apaisante. Je pouvais plonger après la chaussure de fer et mes maux se fendraient comme elle. Plus de pensées de Lenka, plus de douleur au genou, mais *le corps ne doit pas être offensé*. Le corps était la chose la plus importante, il contenait le code de l'Univers, une partie d'un secret plus grand, significatif, même s'il ne devait jamais être révélé. Si le corps importait à Hanuš, il m'importait, et je le vénérerais comme il l'avait fait. Je ne causerais jamais de mal au corps.

Empli d'une satisfaction mesquine quant à la fin indigne de la chaussure, je retournai sur la place Karlův. Autour de moi, Prague chantonnait : des livreurs à vélo transportaient d'importants messages ; des groupes d'hommes d'affaires en tout genre marchaient avec des mocassins à talons brillants, un-deux, un-deux ; des enfants avec des sacs à dos colorés sautillaient le long du chemin vers leur maison, troquant la sagesse et les lumières des institutions (et quelle déception les attendait !) pour la sécurité de leur foyer. C'était exaltant, tout cela – l'existence seule n'était-elle pas une révolution ? Nos efforts pour établir des routines dans un monde qui les interdisait, pour comprendre des profondeurs que nous ne pourrions jamais plus atteindre, pour déclarer des vérités alors même que nous méprisons collectivement la piété virginale du mot. Quel chaos de contradictions les dieux créèrent-ils lorsqu'ils nous gratifièrent de la conscience de soi. Sans elle, nous serions en train de courir dans les bois comme des sangliers, de creuser la terre avec nos truffes pour trouver des vers, des insectes, des graines, des noix. Pendant la saison du rut, nous hurlerions comme des loups, des femelles alpha grifferaient le dos et les oreilles des mâles alpha. Nous nous accouplerions pendant des semaines, puis abandonnerions le fardeau du sexe pour le restant de l'année. Après cela, nous stockerions de la nourriture dans des repaires souterrains et dormirions, dormirions à travers *Leden*, *Únor*, *Březen*, *Duben*, pas de *besoin d'aller au bureau épicerie courses oh mon Dieu est-ce que quelqu'un me regarde ai-je quelque chose sur le visage, mes chaussures tombent en lambeaux la Corée du Nord nous menace-t-elle à nouveau mes douleurs au dos sont revenues est-ce que les salons de massage proposent vraiment des branlettes et sont-ils ouverts aux femmes sinon c'est du sexisme et j'ai mal au ventre depuis trois ans maintenant, et devrais-je consulter mais c'est la peur et le stress et qu'est-ce que le médecin me dira ?* Là, dans notre paradis souterrain, loin du soleil de Dieu et de son Éden maudit, du paradis aguicheur qui n'arrive jamais, nous pourrions être comme Hanuš et son espèce, les explorateurs flottants qui ne connaissent pas la peur malgré la menace imminente des Gorompeds.

Hélas, nous sommes ce que nous sommes, et nous avons besoin des histoires, nous avons besoin des transports publics, des médicaments contre l'anxiété, des émissions de télévision par dizaines, de la musique dans les bars et les restaurants pour nous sauver de la terreur du silence ; de la promesse infinie de l'alcool, des toilettes dans les parcs nationaux et des slogans politiques que nous pouvons tous crier et coller sur nos pare-chocs. Nous avons besoin de révolutions. Nous avons besoin de colère. Combien de fois la Vieille Ville de Prague accueillera-t-elle un peuple bafoué, réclamant du changement ? Et le peuple s'adresse-t-il vraiment aux charlatans de la politique, réclamant l'os et la chair de leurs chefs, ou est-ce un plaidoyer déguisé pour les cieux ? *Donnez-nous un indice, bon sang, ou laissez-nous mourir pour de bon.*

Je ne faisais pas partie de la révolution. J'étais un slogan griffonné sur le côté d'un bâtiment abandonné, un témoin des changements climatiques, des humeurs. J'étais la statue de Jan Hus avec ses joues ciselées, recouvertes d'une barbe finement sculptée, la colonne vertébrale droite comme celle d'un roi et non pas courbée comme celle d'un érudit voûté sur ses livres, observant tranquillement Prague, le cœur tourmenté et l'âme en paix, ces deux éléments qui concoururent à le faire tuer. J'étais l'œuvre d'Hanuš, le chronométreur du temps de l'Univers, un bouffon répétant inlassablement sa petite danse pour des hordes de visiteurs impatients. J'étais le lion de Bohême, l'aigle noir de Moravie, les bijoux de la couronne reposant dans une vitrine du château. J'étais de la matière organique transformée en symbole. Mon existence serait pour toujours une déclaration silencieuse.

Alors que je passais dans la Vieille Ville, les manifestants se rassemblaient par centaines, flânaient autour de la statue de saint Venceslas sur son cheval, brandissaient des pancartes condamnant Tůma et Zajíc, condamnant tous les hommes de pouvoir assis dans des bureaux à décider de l'avenir du monde, chantant pour l'espoir, et il était encore tôt dans la journée et j'espérai que, la nuit venue, la foule se soit gonflée de milliers d'individus, comme aux jours de la révolution de Velours, quand notre nation était vivante, que sa clameur tonnait à travers le monde, libérée de l'avidité et de l'exploitation d'hommes qui s'étaient perdus. Chacun de ces corps qui avait décidé de mettre de côté les distractions incessantes, qui avait décidé d'enfiler des chaussures, de prendre une pancarte et de fouler les pavés de la nation au lieu de regarder la télévision, était un acteur unique de la révolution, une particule dans l'explosion du big bang. Je laissais le sort de ce monde entre leurs mains en toute confiance.

Je laissai la révolution derrière moi. La façon dont les sabots des chevaux résonnaient sur les pavés de la place principale. La façon dont les langues entonnaient des chants au-dessus de bières et de cafés à la crème fouettée. Les visiteurs grelottants des marchés d'hiver, leurs gants trempés de grog débordant de gobelets fragiles. Les cris excités de garçons sur le point de goûter de la glace à l'absinthe. Les porteurs de changement, acteurs de leurs propres destinées. Ceux qui aimaient Prague avaient toujours aimé Prague, ceux qui se promenaient chaque week-end dans les mêmes rues et projetaient des hologrammes de l'Histoire sur ses murs. Ceux qui rêvaient. Ceux qui s'appuyaient sur la statue du Christ crucifié, s'embrassaient et se touchaient avec la voracité des bêtes mourantes. Ceux qui espéraient mourir en sautant dans la rivière Vltava, et qui échouaient. Ceux qui utilisaient le journal gratuit du métro pour essuyer la sueur de leur front dans le train surchauffé. Cette Histoire massive, cette métropole de rois, de dictateurs, de livres brûlants, de chars ensanglantés paralysés par l'indécision. En cela, toute la ville était ici, ses petits et grands plaisirs jetés vers les passants ordinaires qui se précipitaient dans les bureaux et les magasins pour jouer le rôle prévu par leur existence. Ils n'abandonneraient pas. Mon Dieu, ils n'abandonneraient jamais, et bien que je dusse les quitter, je les avais aimés jusqu'au bout de l'enfer, à travers la paix et la tourmente.

Même le soleil brûle

Je retournai à Středa, le village de mes ancêtres.

Les maisons autrefois prospères étaient marquées par les hivers, les murs fendus et les toits affaissés. La vieille distillerie était condamnée, bâillonnée, recouverte des vérités grossières des graffitis. Alors que le moteur de la moto tranchait avec le calme inquiétant de la route principale, les rideaux derrière les fenêtres s'ouvraient, des yeux se fixaient sur l'intrus – un homme de retour peut-être, mais ils ne savaient pas d'où. L'ancienne épicerie était fermée et à quelques maisons de là, un tout nouveau supermarché Hodovna se détachait comme une bouteille en plastique vide dans un champ de marguerites. Le ciel couleur sable était morose, et l'odeur aigre d'une pluie imminente s'infiltrait sous mon casque. La cicatrice sur ma jambe me démangeait, et je ne pouvais pas la gratter.

La moitié du portail de ma maison s'était écroulée et pourrissait dans un désordre spongieux d'insectes noirs et de terre. L'autre moitié se dressait, d'un brun délavé, un souvenir bienvenu de mon grand-père toussant et jurant en recouvrant de peinture les insultes dont nos concitoyens nous avaient gratifiés. Je laissai la Ducati tomber dans la terre et marchai sur les ruines, dans un champ d'herbes hautes envahissant chaque centimètre de la cour, y compris le bac à sable et une baignoire d'eau lisse et verte. Les murs de la maison étaient recouverts de vigne et le paillasson surmonté d'une généreuse pile de crottes de chat séchées.

L'arrière-cour. Des plumes et des petits os ternes de poulets étaient dispersés dans la boue. Pas de chair, pas de peau, tous nettoyés par les éléments et les félins. À l'intérieur des cages à lapins, des morceaux de fourrure collés aux barreaux. Les squelettes velus rappelaient les festins du dimanche après-midi, les jarrets et les reins lentement rôtis avec du bacon et du paprika, Grand-mère présidant au-dessus de la cocotte en murmurant : « Presque cuit, presque. » Partout, des vers morts et gonflés, gloutons ayant atteint le nirvana, qui s'étaient gavés de gibier jusqu'à éclater et à se dessécher. Mêlés à la boue, les restes de la ferme étaient devenus de la bouillie, une pâte qui tirait sur mes semelles comme des sables mouvants. Les cordes sur lesquelles mon grand-père avait suspendu les lapins après l'exécution se balançaient dans la brise. Je regardai de près, émerveillé par la résilience de la matière simple à travers les tempêtes et les étés torrides. Elle avait voulu subsister autant que les vestiges des choses autrefois vivantes. La dépendance ne dégageait aucune odeur – les kilos d'excréments qui se trouvaient en dessous étaient depuis longtemps devenus de la terre, et elle pourrait peut-être être abattue et les quelques mètres carrés qu'elle occupait être transformés en champ de fraises. J'avais envie d'une cigarette. L'odeur intense du tabac de mon grand-père me frappa, comme s'il était là, en train de travailler, de couper du bois, de régner sur son petit morceau de monde.

Le jardin. Un désordre de terriers de marmottes et de traces de pneus de VTT – la jeunesse locale avait trouvé un terrain de jeu pour se défouler. Le pommier avait été déraciné et gisait sur le carré de pommes de terre, exactement comme ma grand-mère l'avait toujours prédit durant les tempêtes – « Un jour, cet arbre maudit ruinera toute notre récolte » –, la griffe de ses racines dressée vers le ciel comme une menace. Des noms et des cœurs avaient été taillés dans l'écorce. Je n'étais pas en colère. L'espace était là. Il existait sans être revendiqué. Il appartenait autant à ces vandales qu'à moi.

Je piétinai ce cimetière, l'écrasai sous mes bottes. « Je vais le louer à des gens agréables de Prague », avait autrefois promis l'Homme à la Chaussure. Et puis il avait tout laissé mourir.

J'insérai la clé de la maison dans la serrure avant de me rendre compte que la porte d'entrée était ouverte. Les rayures autour de la poignée indiquaient de nombreuses tentatives d'effraction avant que les intrus n'y parviennent. J'entrai dans une odeur de moisi.

D'épaisses couches de champignons avaient colonisé des morceaux de tapis comme des poils sur le dos d'un vieillard. Ils s'étaient également infiltrés dans les murs – leurs taches s'étaient métastasées partout où la pluie avait réussi à infiltrer la structure décrépite, partout où les vandales ivres avaient choisi d'uriner.

Je quittai l'entrée et me dirigeai vers le salon. Le sang battant dans mes doigts, je titubai vers le comptoir de la cuisine, les yeux grands ouverts à la recherche de fantômes. Le léger brouillard résiduel de fumée de cigarette épaississait l'ozone de la pièce ; l'odeur du tabac dominait même le musc des champignons. Où était-elle, la silhouette de mon grand-père, qui avait fumé et lu les journaux jusqu'à sa mort ? Était-ce aussi un mensonge ? Mais ce doute disparut dès que je vis le monument des vandales. À la place de la table du salon s'élevait maintenant une pyramide presque aussi grande que moi, composée, à sa base, de bouteilles de bière, sur lesquelles reposaient des kilos et des kilos de mégots de cigarettes, tous brûlés jusqu'au filtre, tous des Camel, la marque que mon grand-père méprisait. Les squatteurs avaient laissé le monument comme un drapeau signalant leur présence, comme les premiers hommes sur la Lune, une déclaration de propriété de cette terre oubliée, cette maison de personne.

Que signifiait mon arrivée face à leur conquête ? Effaçait-elle leur autorité, ou étais-je moi-même le squatteur, ma présence comme un esprit à exorciser ?

Je donnai un coup de pied dans la pyramide. Elle se brisa en éclats, jaillissant tel le sang d'un cochon. La puanteur de tabac froid et de salive me donna envie de vomir et je retournai dans l'entrée pour embrasser l'arôme beaucoup plus agréable de la moisissure. Je décidai d'ignorer la salle de bains et le garde-manger pour l'instant – rien de bon ne pourrait m'y attendre.

Je visitai les chambres. Dans celle qui avait été la mienne, je trouvai un lit simple jonché de chiffons tachés de sperme et de sang, et de préservatifs usagés et secs. Je retirai les chiffons. Sur le matelas se trouvaient les deux petites éclaboussures de mes saignements de nez d'enfance, ainsi qu'une tache plus grande et plus foncée provenant de la sueur fébrile et salée de mon dos. C'était mon lit. La petite forme de moi enfant était imprimée sur le tissu comme une ombre postnucléaire. Le lit avait été rongé par des souris et brûlé avec des briquets, mais c'était incontestablement le mien, encore entouré par les étagères effondrées qui contenaient les livres d'histoire de ma grand-mère, également grignotés. Je m'assis sur le matelas, nullement inquiet de savoir si le jus des carnages adolescents avait filtré à travers les chiffons.

Au-dessus de moi, un trou gigantesque dans le plafond et le toit donnait une vue directe sur le ciel nuageux. L'effondrement avait dû se produire longtemps auparavant, car aucun signe de décombres ne subsistait.

Un faucheux sortit de sous la pile de livres à moitié rongés, son gros torse se traînant sur le sol – la maison était un vrai garde-manger pour les insectes. Il s'avança vers moi sans hésitation, puis s'arrêta à quelques pas du lit. Je sentis ses yeux posés sur moi. Je me sentis chez moi.

« C'est toi ? » demandai-je à l'araignée.

Elle ne bougea pas.

« Soulève une patte si c'est toi. »

Rien. Mais elle était là, son regard fixé sur moi. Intéressé.

« Reste là, plaidai-je. Je vais revenir. Reste là. »

Je sortis, appuyai la Ducati contre le mur fissuré de la maison. J'ignorais quelle heure il était – il semblait qu'il était encore tôt le matin, un bon moment pour faire des courses, mais avec les rues du village si vides, je ne pouvais en être certain. Je pris la route principale, sans être réconforté par la vitesse folle du moteur. La gravité fusait du sol sous le béton et me tirait les chevilles, mon allure était désormais plus lente, mais régulière.

Une vieille femme dont je ne reconnus pas le visage me fit signe depuis le banc devant sa maison. Elle tirait sur une pipe, relevant sa jupe pour exposer ses jambes marquées de veines noir et bleu. Combien la douceur des vents coulant de l'est devait être apaisante à la douleur de l'âge. Je lui fis signe en retour, lui demandai l'heure.

« Je n'ai pas eu de montre depuis treize ans », répondit-elle, édentée.

Je me dirigeai vers le nouveau supermarché. Dans mon panier, je mis des chips, du bacon, des œufs, du lait, de la glace au brownie, du déodorant, un pain au levain frais, du maquereau fumé, deux beignets de gelée, du saindoux, une poêle et un pot de Nutella. Des choses terriennes. Je pris un journal avant de le remettre sur l'étagère. C'était trop.

Avec mes sacs en plastique remplis, je déambulai autour du supermarché et en bas du chemin de gravier à côté de la distillerie fermée. J'atteignis ce que nous, les enfants du village, appelions la Riviera, une plage de sable rêche et de touffes d'herbe flanquant la rivière. Les courants y jaillissaient, sauvages et profonds lorsqu'ils passaient devant la distillerie, et nous nous retenions à d'épais poteaux de bois enfoncés dans la boue du fleuve qui perçaient la surface. L'eau s'élançait par-dessus nos épaules et nous jouions à voir qui tiendrait le plus longtemps avant que le courant ne l'arrache et ne l'emporte dans le virage. Je gagnais presque toujours.

Il était évident que la Riviera n'avait pas vu de nageurs depuis un moment. Des journaux à demi enterrés et des bouteilles en plastique jonchaient le sable. Un serpent rampa hors des buissons et disparut sous la surface de l'eau. J'envisageai de me déshabiller et de suivre son exemple, mais l'eau serait trop froide pendant encore deux mois au moins. Je posai les sacs, roulai mon pantalon juste au-dessous des genoux et entrai, frissonnant un instant quand ma peau toucha la rivière glacée. Je me tins là jusqu'à ce que le sentiment de froid se dissipe et que la boue sous mes orteils se réchauffe. Tout avait changé sauf l'eau. Chaque fois que j'étais dans son flux, elle coulait simplement autour de moi et continuait son chemin. Elle m'accueillait pour une baignade et ne se souciait pas que je reparte. Même sa menace sur ma vie d'enfant avait été sans mauvaise intention. J'avais été si proche de perdre la vie trop tôt, de périr ici et de ne jamais connaître Lenka, ou Hanuš, de ne jamais voir les continents dorés de la Terre depuis l'espace. Mais j'avais inlassablement regagné le rivage, je m'y étais agrippé, et j'avais vécu.

Je quittai la désolation de la Riviera et me dirigeai vers la maison de Boud'a, sur la route principale. La porte était fermée, les fenêtres brisées, le jardin autrefois si méticuleusement soigné par la mère de Boud'a maintenant rempli de béton. Quatre planches de bois recouvertes de plastique étaient posées contre un mur de la maison. Je regardai vers la route principale vide, puis chargeai les planches sur mon épaule. Je restai à observer la porte un moment, espérant qu'un vieil ami pourrait encore en émerger, un autre humain capable de reconnaître mon visage.

Sur le chemin du retour, je questionnai la vieille sans montre sur le sort de la famille de Boud'a. Ils avaient fui vers la ville, dit-elle, comme la plupart des gens, pour trouver des emplois et des supermarchés de la taille de tentes de cirque, où l'on pouvait choisir entre des tomates d'Italie et des tomates d'Espagne. Je me retins de demander si elle savait ce que Boud'a faisait maintenant de sa vie, craignant d'apprendre qu'il soit devenu banquier. Je préférais imaginer qu'il avait accompli son rêve de posséder un restaurant qui servait de la pizza aux moules. Il avait une fois mangé une pizza aux moules en Grèce, et après cela, tout ce qu'il avait désiré était de devenir adulte et de faire la meilleure pizza aux moules sur Terre. La vieille femme me demanda si j'avais besoin d'autre chose, et je lui fis un signe d'adieu.

Je retournai à la maison et apportai les planches à l'intérieur, en cas de pluie, puis entrai dans ma chambre pour retrouver l'araignée. Elle était partie. Dans la cuisine, je coupai une des planches et remplis le poêle. Pendant que le feu prenait, je fis cuire huit tranches de bacon dans du saindoux. En dix minutes, l'odeur des mégots de cigarettes fut recouverte par celle, brute, de l'animal. De la salive s'écoulait du coin de ma bouche – je ne pouvais la retenir. Mon idée était de faire cuire quelques œufs aussi, mais je ne trouvai pas la patience d'attendre et de nettoyer la petite poêle pour une autre tournée. J'arrachai un morceau de pain et séparai la mie de la croûte. Dedans, je cassai un œuf cru. Je fourrai le bacon à l'intérieur de la croûte. Je me jetai sur le sandwich improvisé comme une bête. Le sang de mes gencives s'infiltrait dans la nourriture, mais je mâchai avec avidité, sans souci de dignité, avec le plaisir charnel d'un animal sauvage. Je perdis la notion du temps. Alors que je terminais, le soleil, caché par les nuages, surgit quelque part derrière l'horizon.

La remise contenait encore tous ses outils, rouillés, certes, avec quelques poignées de bois pourries, mais à la lumière déclinante je trouvai un marteau et des clous, dont certains semblaient encore à peine sortir de l'usine. Je traînai l'échelle hors de la dépendance, vérifiai chaque barreau. Tant de choses du royaume de mon grand-père avaient été préservées – avec quelques outils supplémentaires, je pourrais encore convertir la remise en un atelier extraordinaire. Construire une nouvelle table, de nouvelles étagères, restaurer le lit simple avec un nouveau cadre de bois. Je pourrais arracher les tapis moisis et le carrelage de la salle de bains, fracasser les murs imbibés d'urine, remplacer les câbles électriques, installer la plomberie. Je ne manquais pas de temps. Je ne manquais pas de patience. J'enlèverais chaque chose, les jetterais à la poubelle par tonnes. Je serais un artiste qui restaurerait sa propre peinture – rafraîchissant les couleurs que j'avais autrefois connues radieuses. Je serais le chirurgien esthétique de l'Histoire. Conserver les fantômes et rafraîchir leur apparence.

Oui, je pourrais le faire. Ça pourrait être ma vie. Jan Hus était mort pour le pays et avait vécu pour lui-même. Si seulement il pouvait vivre à notre époque, devenir mon frère fantôme. Nous assisterions aux petits plaisirs des fêtes du village du Dr Bivoj, boirions la gnôle brune. Nous rendrions visite à Petr et apprendrions à jouer de la guitare. Hus me parlerait de sa veuve et je lui parlerais de ma Lenka, de ce qui existait autrefois.

Je quittai la remise, les outils à la main, et observai la cour intérieure. Ici, les animaux déambuleraient encore. Je pourrais élever un Louda, explorer Internet pour trouver un pistolet à silex pour l'abattage. Je pourrais tous les matins faucher les champs d'herbe derrière le village, en porter des tas sur mon dos, les laisser sécher sous le soleil du midi, et le donner aux lapins. Je pourrais élever des poulets pour récolter leurs œufs et la sincérité charnelle de leur nature profonde. Petits dinosaures. Je pourrais avoir quelques cochons d'Inde, peut-être un furet. Des créatures banales dont je pourrais m'occuper.

Et le jardin au-delà ? Je replanterais chaque récolte. Je cultiverais les carottes de mon grand-père, les pommes de terre, les pois. Les fraises, les tomates, le céleri de ma grand-mère. Après avoir soigné les animaux, j'enfilerais mes bottes et prendrais la pelle. Je sifflerais des mélodies du passé en cultivant ma terre.

Oui. Cette vie m'attendait. Je vis des pieds d'enfants marquant la boue d'automne dans le jardin. Mes filles et mes fils cueillant leurs premières tomates. Les enfants de mes enfants creusant pour trouver des pommes de terre quand mes genoux seraient trop vieux pour se plier. Et il y avait Lenka, aux cheveux d'argent, regardant la vie éclater et s'épanouir autour de nous. D'une façon ou d'une autre, je l'aurais récupérée. D'une façon ou d'une autre, nous nous serions retrouvés.

Pendant un moment, le visage de Lenka se transforma en celui de Klara. Ses cheveux si épais que je ne pouvais arrêter d'y passer mes mains. Elle n'était jamais morte, elle avait fui avec moi et nous étions devenus des amants fantômes.

Dans cet avenir, nous étions libérés du système. D'autres humains devenaient des symboles, sacrifiaient leur vie au service de la nation. D'autres humains utilisaient la torture, les coups d'État, la rédemption. Nous semions, récoltions simplement, et buvions un peu avant le dîner. Personne n'essayait de prendre ce qui était à nous. Nous avions trop peu.

Nous étions invisibles, et dans cette vie plus lente, nous étions nos propres dieux.

Oui, il restait des choses dans ce monde. J'avais parcouru l'espace, j'avais vu des vérités sans précédent, mais de cette vie terrestre, je n'avais presque rien vu. Quelque chose repose dans l'âme mortelle, affamée de sentir tout et n'importe quoi dans ses profondeurs infinies. Aussi illimitée et croissante que l'Univers lui-même.

De retour dans la maison, je poussai le lit contre le mur, où il se trouvait quand j'étais enfant, et j'appuyai l'échelle contre le cadre intérieur du toit. Je grimpai et plaçai chaque planche contre le cadre, les clouant jusqu'à avoir fini la première couche. Pendant que je travaillais, l'Univers au-dessus semblait étonnamment clair, comme pour essayer de m'attirer une fois encore. Il avait exactement le même aspect que le jour où mon grand-père et moi nous étions assis près d'un feu et avions parlé de révolution. La lueur violette de Chopra subsistait encore, affaiblie, s'effondrant sur elle-même et prononçant son dernier adieu aux Terriens avides de connaître ses secrets. J'appréciai cet appel, mais ne pus me résoudre à laisser même le plus petit espace entre les planches pour regarder les étoiles. J'avais besoin de l'intimité d'une maison fermée. Une structure pour me protéger.

La réparation créait une obscurité presque parfaite. Je descendis lentement de l'échelle, craquai une allumette et la tins au-dessus d'une mèche de bougie. Le silence infiltrait mes muscles et écartait leurs fibres, causant une certaine douleur et une chaleur sereine. La seule force présente était une petite flamme. J'avais construit un barrage pour contrer le murmure du cosmos.

Je sortis le pot de Nutella du garde-manger de la cuisine. Je m'allongeai sur le lit, l'ouvris et y plongeai les doigts. L'étalai sur ma langue.

Les ténèbres me submergèrent. Je me réveillai un peu plus tard à cause d'un léger tapotement sur ma peau. Le faucheux se tenait sur mon avant-bras.

« Est-ce toi ? » demandai-je.

J'étalai un peu de Nutella sur mon poignet, juste à côté de l'arachnide.

Goûte. Tu adorais ça.

Aucun mouvement. Son gros ventre restait logé sur les poils de mon avant-bras.

« As-tu encore peur ? » dis-je.

La pesanteur est agréable. Que serait le monde sans elle ? Rien que de la peur et de l'air. Oui, la pesanteur est agréable.

Est-ce toi ?

Parce que c'est moi. Je te le promets, je suis là.

C'est moi. L'astronaute.

REMERCIEMENTS

Je voudrais remercier :

Mon pays et mon peuple. Pour leur résilience, leur sagesse, leur art, leur nourriture – et leur humour face à une grande adversité.

Les femmes magnifiques de ma famille – ma mamka, Marie, et ma babicka, Marie, ma teta Jitka et sestrenka Andrejka. Mon petit Synovec Kryštufek.

Ben George, ami et éditeur incroyable, qui a donné à ce livre plus que je n'aurais jamais pu demander. Tout le monde à Little, Brown pour avoir donné à *Un astronaute* une maison accueillante, en particulier Sabrina Callahan, Reagan Arthur, Sarah Haugen, Nicole Dewey, Alyssa Persons, Ben Allen et Tracy Williams.

Drummond Moir, pour sa brillante vision éditoriale et pour avoir amené cette histoire au Royaume-Uni. Tout le monde à Sceptre, en particulier Carolyn Mays, Francine Toon et Caitriona Horne.

Marya Spence, agente superhéroïne aux pouvoirs infinis, humaine et amie remarquable, complice férue d'aliments étranges. Tout le monde à Janklow & Nesbit, centrale de superhéros.

Tous les brillants écrivains et mentors que j'ai eu le plaisir de rencontrer au cours des années, en particulier Darin Strauss, Jonathan Safran Foer, Rick Moody et le Dr Darlin'Neal.

Tout le monde à la Lillian Vernon Writers House de NYU – ce que vous faites pour encourager les futures voix littéraires est incroyable. Nous vous devons tant. Le projet d'écriture de Goldwater pour avoir rendu possible ce livre et m'avoir permis de rencontrer les talentueux et extraordinaires résidents de l'hôpital Goldwater. Je pense tous les jours à eux et à leur écriture.

Les amis et les collègues qui m'ont gardé sain d'esprit, ont fourni des conseils avisés, partagés dans l'alcool, la nourriture et l'anxiété – en particulier Christy et Scott, Adam, Emily, Bryn, Peng, Tess. Tous mes amis en République tchèque, aux États-Unis, et entre les deux, qui font de la Terre un endroit magnifique.

Plus important encore, j'aimerais remercier tous les lecteurs et toutes les lectrices de livres, pour savoir continuer à faire vivre la conversation à travers les siècles.